В лесу

Николай Ф. Бажин

ВЪ ЛѢСУ

(ПОВѢСТЬ)

I

Въ одной изъ скромныхъ улицъ губернскаго города, далеко отъ обѣихъ столицъ, стоялъ маленькій, одноэтажный домикъ дворянина Починкова.

Починкова знали въ городѣ очень немногіе,— больше старожилы, люди пожилые,— да и тѣ, услышавъ эту фамилію, нѣсколько призадумывались, потирали лобъ и вообще рылись въ своихъ воспоминаніяхъ о годахъ давно минувшихъ. Подумавъ и поприпомнивъ, они могли сообщить, что Починковъ — помѣщикъ не изъ бѣдныхъ, извѣстенъ былъ лѣтъ двадцать назадъ своими пирами, буйствомъ, жестокостью,— потомъ вдругъ очувствовался, давно уже зажилъ отшельникомъ и теперь славится своею начитанностью по части духовной литературы,— и только. Они даже не могли бы положительно сказать, живъ Починковъ или уже давно умеръ. Другіе, знавшіе Починкова не по однимъ преданіямъ и темной молвѣ, а раза два встрѣчавшіеся и даже говорившіе съ нимъ, утверждали, что онъ дѣйствительно ученый человѣкъ, знаетъ еврейскій языкъ, удивительно начитанъ, но, къ сожалѣнію, сектантъ,— сильно уклоняется въ ересь. О прошломъ Починкова они не могли сообщить ничего опредѣленнаго. Легко догадаться, что Починковъ рѣдко является въ обществѣ,— никто его не знаетъ хорошо и близко.

Въ небольшой комнаткѣ, выходящей своими двумя окнами во дворъ, ходилъ задумчиво самъ Починковъ. Въ углу стояла кафельная печь съ лежанкой; въ одной изъ стѣнъ, прилегающихъ къ ней, была дверь въ прихожую, вдоль другой стѣны длинный, широкій, обитый кожею диванъ, служившій и постелью. Между окнами помѣщался большой бѣлый столъ съ письменными принадлежностями,— около двери комодъ, остальную стѣну занимали два шкапа съ книгами, а въ промежуткахъ между крупной мебелью тѣсно вдвинуты были кресла и стулья, все черные, кожаные. Полъ былъ бѣлый,

1

некрашеный; стѣны оклеены старенькими темносиними обоями.

Починковъ считалъ себѣ сорокъ семь лѣтъ, но на видъ ему можно было дать тридцать,— не больше. Роста онъ былъ повыше средняго, худой, гибкій, державшійся прямо и строго, когда находился въ обществѣ. Волосы у него темные, длинные, лице красивое, съ худыми, тонкими щеками, всегда оживленными легкимъ румянцемъ, чрезвычайно молодившимъ его. Надѣто на немъ нѣчто въ родѣ чернаго пальто,— одежда, извѣстная въ провинціи подъ именемъ мѣшка. Двубортный жилетъ его застегивался по самое горло, а длинная шея повязана чернымъ платкомъ, скрывающимся сзади подъ длинными волосами, а спереди подъ большой, клинообразной бородой. Въ лицѣ, въ походкѣ, о всѣхъ пріемахъ Починкова держаться — всегда было нѣчто сосредоточенное, невозмутимо спокойное, даже суровое.

Едва только поднялся онъ изъ-за своего письменнаго стола, у котораго онъ, очевидно, не въ первый разъ перечитывалъ какое-то письмо, и началъ ходить по комнатѣ, какъ въ прихожую вошелъ кто-то. Вслѣдъ за тѣмъ въ дверяхъ появился маленькій, плотный человѣкъ лѣтъ пятидесяти съ лишнимъ, полный и румяный, съ добродушнымъ, нѣсколько простоватымъ взглядомъ. Въ одеждѣ и лицѣ его было что-то неуловимое для наблюденія, но тѣмъ по менѣе изобличавшее купца.

— А!.. Здравствуйте, Семенъ Ѳедорычъ,— произнесъ Починковъ остановившись.

— Здравствуйте, здравствуйте, батюшка, Валерьянъ Петровичъ,— отвѣчалъ гость, особенно дружески хлопнувъ его по рукѣ.— Я думаю, цѣлую недѣлю не видались? А? Какъ вы полагаете!...

Онъ развернулъ красный носовой платокъ, громко высморкался, подошелъ къ столу и придвинулъ свѣчу къ раскрытой книгѣ.

— Что, какъ?.. Что подѣлываете?.. Что теперь изучаете?— А-а!.. Да это чтожь такое? Чѣмъ это вы занимаетесь?

Къ словахъ Кононова (такова была фамилія гостя) слышно было значительное уваженіе къ занятіямъ Починкова, да и слова-то онъ выбиралъ болѣе книжныя, тяжеловѣсныя.

Починковъ опять началъ ходить.

— Это я давно уже,— отвѣчалъ онъ; греческимъ языкомъ занимаюсь...

— Языкъ греческій,— съ особенной остановкой и нѣкоторымъ смиреніемъ повторилъ Кононовъ. Да-съ...

2

И онъ перенесъ книгу за свѣчу, посмотрѣлъ на нее въ этомъ положеніи, немного наклонивъ голову на бокъ, потомъ омять положилъ на мѣсто, еще посмотрѣлъ и затѣмъ медленно покачалъ головой.

— Да-съ; греческій даже языкъ,— въ раздумьѣ повторилъ онъ какъ-то даже безсмысленно, смотря куда-то въ воздухъ, но близко отъ себя и все качая головой. А вотъ мы грѣшные, я думаю, и во сто лѣтъ не дошли бы до этого, не уразумѣли...

— Отчего же?

— Нѣтъ, недошли бы.— Это и подумать-то только, такъ ой-ой... Языкъ греческій... Потомъ и лѣта-то уже не такія. Не йдетъ одно къ одному... Это вѣдь представить себѣ надо: какъ старуха моя съ очками на носу чулки вяжетъ, а я тутъ, съ своей сѣдой головой за книжечкой сижу, за складами. Какъ представить себѣ это,— такъ и не тово... А вы вотъ и еврейскій-то... и вона еще... греческій...

Онъ опять развернулъ свой платокъ.

— А вы слышали? Упадышевъ, мой племянникъ, пріѣхалъ, сказалъ Починковъ.

— Нѣтъ, не слыхалъ... Племянникъ, вы говорите? Точно спохватился гость.

— Да; и съ женой...

— И съ женой...Что же это, право... И совсѣмъ это вѣдь, совсѣмъ у меня изъ головы вылетѣло, что у васъ племянникъ есть... И вѣдь я его, бывало, баловалъ, конфетки ему таскалъ. Тихонькій такой былъ мальчикъ, скромненькій. Потомъ вы его въ Петербургъ отправили; такъ я ему туда-то одинъ разъ даже письмо писалъ, по вашему желанію... Это и есть племянникъ?

— Онъ самый...

— И скажите, что онъ тамъ такое? Это вѣдь лѣтъ десять какъ я ему писалъ?..

— Семь лѣтъ...

— Семь... Тогда вѣдь онъ желалъ оставить свое изученіе богословія, и мы съ вами усовѣстить его пытались... Это я помню. Письмо-то я писалъ — помню. Что же онъ потомъ? Гдѣ онъ былъ?.. Какъ это тамъ онъ?..

— Ничего не знаю...

— И не писалъ онъ вамъ?..

— Ничего. И я ему ничего не писалъ...

— Да-съ... То-то я будто вспоминаю, говорили вы мнѣ, что совсѣмъ разошлись съ нимъ... Да-съ... А вотъ и пріѣхалъ, и женился даже. Вы какъ это — встрѣтили ею гдѣ нибудь?..

3

— Онъ мнѣ записку прислалъ. Пишетъ, что сегодня будетъ ко мнѣ; повидаться хочетъ...

— Не былъ еще?..

— Не былъ...

Кононовъ вытащилъ часы.

— Шесть часовъ... Странный, очень странный онъ молодой человѣкъ,— проговорилъ онъ. Подумаешь, что за охота была ему ссориться съ вами, единственнымъ его родственникомъ, отцемъ; можно сказать... Призванія, говоритъ, нѣтъ. Какъ нѣтъ прозванія? Развѣ можно это?

— И что за цѣль его? спросилъ Починковъ, переставъ наконецъ ходить и остановившись передъ Кононовымъ, будто въ ожиданіи отъ него отвѣта. Зачѣмъ ему у меня быть? Что ему отъ меня нужно?..

Кононовъ помолчалъ.

— Да я думаю,— какая тутъ цѣль,— отвѣчалъ онъ наконецъ; никакой у него цѣли не можетъ быть. Просто, пріѣхалъ къ чужимъ, никого знакомыхъ нѣтъ,— къ вамъ и обратился...

Починковъ ничего не отвѣчалъ на это и опять началъ ходить. Кононовъ, глядя на него, тоже началъ соображать что-то,— этотъ ли самый вопросъ,— другое ли что.

Вскорѣ хлопнула калитка. Захрустѣлъ снѣгъ,— дворная собака проснулась въ своей конурѣ и залаяла.

— Онъ, и думаю? полушопотомъ спросилъ Кононовъ.

— Должно быть... Кому больше... Никто ко мнѣ не ходитъ, безпокойно отвѣчалъ Починковъ.

— Такъ и уйду... Что мнѣ тутъ,— заторопился гость. Ужо какъ нибудь, на дняхъ зайду... Прощайте, прощайте...

Починковъ остался одинъ, оперся обѣими руками на столъ и такъ стоялъ все время до прихода племянника, склонивъ немного голову и прислушиваясь къ шуму въ передней. Наконецъ онъ обернулся и совершенно равнодушно посмотрѣлъ на входящаго племянника. Упадышевъ очень походилъ на дядю: тотъ же ростъ, тотъ же стройный, тонкій складъ тѣла, тоже очертаніе лица, только лобъ молодаго человѣка не былъ еще прорѣзанъ морщинами, да не было на его щекахъ ровнаго, здороваго румянца, оживлявшаго лицо Починкова. У вошедшаго и былъ румянецъ, но этотъ румянецъ казался скорѣе цвѣтомъ болѣзни и смерти, чѣмъ здоровья: точно два большіе, пунцовые листика розы налѣплены были на щекахъ Упадышева.

Онъ посмотрѣлъ въ лицо Починкова и протянулъ руку.

4

Починковъ торопливо дотронулся до нея и также торопливо отступилъ назадъ.

— Моя жена,— произнесъ Упадышевъ обернувшись назадъ,

Починковъ вдругъ какъ будто окаменѣлъ на мгновеніе въ томъ положеніи, въ какомъ былъ, и приросъ къ мѣсту, на которомъ стоялъ. Въ дверяхъ, въ полумракѣ, стояла молодая женщина, и ея большіе синіе глаза съ какимъ-то любопытствомъ смотрѣли въ лице Починкова, на ея губахъ бродила странная, непонятная для него усмѣшка. Но не взглядъ этотъ, не усмѣшка эта поразили Починкова; не то поразило его, что такъ внезапно, неожиданно, въ первый разъ въ теченіе многихъ, многихъ лѣтъ появилась въ этой комнатѣ, въ его кельѣ молодая, прекрасная женщина. И это все произвело свое впечатлѣніе, но особенно Починковъ былъ пораженъ сходствомъ этой женщины съ кѣмъ-то другимъ; вѣроятно, давно уже умершимъ въ его памяти. омъ безсознательно, невольно разсматривалъ ея глаза, лобъ, губы, плечи,— точно онъ сравнивалъ. Когда она пожала его руку, она чувствовала, что рука эта была холодна и дрожала.

Всѣ сѣли.

— Давно вы пріѣхали?.. обратился Починковъ къ племяннику.

— Нѣтъ, сегодня только четвертый день,— отвѣчалъ Упадышевъ.

Онъ пристально вглядывался въ лице дяди, точно желая прочесть на немъ его мысли и чувства. Починковъ былъ суровъ, встревоженъ, глаза его все останавливались безцѣльно за одномъ предметѣ, будто онъ забывалъ о присутствіи постороннихъ и уносился мыслью куда-то далеко, далеко.

— Вы думаете поселиться здѣсь?.. спросилъ онъ черезъ нѣсколько минутъ.

— Да, меня пригласили сюда механикомъ на фабрику.

— Это Власьева?..

— Да...

Разговоръ опять прервался.

— Какъ вы поживаете? спросилъ Упадышевъ, съ какою-то тоской взглянувъ въ это суровое, холодное лице.

— Все по старому. Все такъ же,— глухо и холодно отвѣчалъ Починковъ, смотря куда-то въ сторону.

Упадышевъ закашлялся, долго, мучительно.

— Кашляете? спросилъ Починковъ.

— Да, грудь слаба немного...

5

— Давно ли это?...

— Да, давно ужъ...

— Вотъ третій годъ,— сказала его жена, и въ ея непріятномъ голосѣ послышалась не то насмѣшка, не то горечь.

Починковъ вздрогнулъ и искоса взглянулъ на нее. Она перелистывала какую-то книгу, низко наклонясь надъ нею. Починковъ видѣлъ только бѣлый прекрасный лобъ ея и тонкую черную линію бровей, но все-таки почему-то онъ увѣренъ былъ, что въ ея глазахъ свѣтилось злобное чувство, а на губахъ была таже самая усмѣшка, которую онъ уже видѣлъ. Онъ чувствовалъ, что она считаетъ его виновникомъ болѣзни своего мужа.

— Какое это странное чувство, когда послѣ многихъ лѣтъ разсматриваешь комнату, въ которой провелъ свое дѣтство,— заговорилъ Упадышевъ, осматриваясь кругомъ. И все здѣсь то же, все такъ же, какъ и было. Вотъ здѣсь у окна, на этомъ концѣ стола я училъ свои уроки, писалъ... Тутъ же я и засыпалъ часто, положивъ голову на книги.

Онъ вздохнулъ и помолчалъ.

— Позволите вы мнѣ посмотрѣть на другія комнаты?— спросилъ онъ.

Вмѣсто отвѣта Починковъ зажегъ другую свѣчу. Пошли. Остальныя двѣ комнаты смотрѣли совсѣмъ забытыми, нежилыми сараями; на мебели лежала пыль толстыми слоями, углы и карнизы затянуты были паутиной, вѣяло сыростью.

— Здѣсь вотъ я спалъ,— проговорилъ Упадышевъ, остановившись у стараго, истертаго дивана. На этомъ окнѣ я часто сиживалъ, когда былъ боленъ,— по цѣлымъ часамъ смотрѣлъ на проходящихъ и проѣзжающихъ... Да, да; все цѣло, все живо,— все такъ же, какъ было .

Починковъ все молчалъ. Молча возвратились они обратно.

— Жалко, что зима,— сказалъ Упадышевъ, смотря въ окно. Какая славная зеленая трава бывала всегда на этомъ огромномъ дворѣ. Часто я лежалъ на ней подъ припекомъ солнышка.

— Больше ты уже не будешь бѣгать,— десяти шаговъ не пробѣжишь,— опять замѣтила молодая женщина, все не поднимая глазъ отъ книги.

Починкову стало тяжело и больно отъ этихъ словъ.

Спросилъ Упадышевъ о старыхъ знакомыхъ. Одни умерли, другіе уѣхали, о третьихъ Починковъ ничего не зналъ. Разговоръ шелъ все тѣмъ же порядкомъ. Все такъ же спрашивалъ Упадышевъ то объ одномъ, то о другомъ предметѣ;

все такъ же односложно, холодно отвѣчалъ ему Починковъ и все по прежнему молчала его гостья.

Наконецъ Упадышевъ всталъ.

— Прошу васъ.... къ намъ когда нибудь,— нерѣшительно проговорилъ онъ.

— Да... когда нибудь,— вѣроятно,— отвѣчалъ Починковъ. Онъ проводилъ ихъ до двери, потомъ сѣлъ въ кресло, подперъ рукой лобъ и надолго погрузился въ какое-то раздумье.

II

Упадышевы наняли для своего помѣщенія малелькій деревянный флигелекъ на довольно глухой улицѣ, недалеко отъ фабрики. Днемъ.Упадышевъ рѣдко бывалъ дома; только вечеромъ возвращался онъ въ семейной жизни, къ своей личной жизни. Обыкновенно онъ приходилъ домой часовъ въ семь. Къ этому времени всегда готовъ былъ самоваръ, топилась печь, разстилался передъ нею коверъ; на немъ усаживался Сережа съ своими игрушками; тутъ же садилась и Елена Павловна въ ожиданіи мужа. Сережѣ шелъ третій годъ. Онъ былъ ребенокъ молчаливый, сосредоточенный, нелюбившій дѣлиться съ кѣмъ бы то ни было своими мечтаніями, и потому онъ возился на своемъ уголкѣ ковра самъ по себѣ,— а мать большею частью сидѣла сама по себѣ. Сережа отправлялъ своихъ картонныхъ героевъ, усаженныхъ въ крошечную повозку, въ опасное путешествіе по складкамъ и изгибамъ ковра, изображавшимъ собою равнины, рѣки и горы,— и всѣмъ своимъ сердцемъ слѣдилъ за этимъ путешествіемъ, исполненнымъ препятствій и трудныхъ положеній. Мать по временамъ взглядывала на Сережу своимъ задумчивымъ взглядомъ.

Когда въ домѣ внезапно наступала какая-то мертвая тишина,— когда въ этой тишинѣ рѣзко и ясно слышался на улицѣ отчаянный визгъ полозьевъ и какая-то особенно торопливая побѣжка лошади, напоминающая о лютомъ морозѣ,— когда гдѣ-то за стѣнами проносился вдругъ пьяный, дикій крикъ, вылетающій изъ мерзлаго горла,— тогда молодой женщинѣ становилось тяжело и страшно, дыханіе ея дѣлалось рѣже, и съ тоской устремлялись ея глаза куда-то вдаль и упорно долго покоились на одной точкѣ. Ей вдругъ слышался тамъ гдѣ-то, среди мороза, глухой кашель мужа. Потомъ ей видѣлось близко здѣсь, въ воздухѣ, передъ самыми ея глазами, его блѣдное худое лицо съ болѣзненно спокойными глазами. Потомъ ей видѣлось, уже тамъ,— въ темной сосѣдней комнатѣ, что онъ умеръ, на столѣ лежитъ, свѣчи горятъ у его изголовья. Затѣмъ ей хотѣлось бы оторваться отъ этой картины, заглянуть дальше, въ будущее, но она съ ужасомъ отшатывалась отъ своего намѣренія и начинала пѣть что нибудь. Звуками она прогоняла эти мрачные образы.

Одинъ разъ, когда она сидѣла на коврѣ въ ожиданіи мужа, изъ передней выступила какая-то тощая фигура и остановилась въ дверяхъ. Звонка не было въ домѣ и потому неудивительно, что тощая фигура явилась совершенно неожиданно. Ходила она тихонько, задумчиво, ступала не слышно,— къ тому же какъ Упадышева такъ и ребенокъ были слишкомъ глубоко погружены въ свои размышленія,— и вслѣдствіе всего этого худенькій человѣчекъ могъ стоять на своемъ мѣстѣ сколько ему было угодно, не обращая на себя вниманія хозяевъ. Сережа провозилъ своихъ путешественниковъ по трудно-проходимой горѣ, образовавшейся изъ брошенной на коверъ шали, а мать обняла руками колѣни, положила на нихъ же свой подбородокъ и смотрѣла на яркій огонь въ печкѣ.

Худенькій человѣчекъ съ минуту смотрѣлъ на эту группу, потомъ опять скользнулъ въ переднюю, съ шумомъ пошаркалъ тамъ ногами, кашлянулъ и затѣмъ вторично выступалъ въ гостиную,

— Мнѣ нужно бы Константина Ѳедорыча увидать,— заговорилъ онъ, кланяясь какъ-то неловко, какъ будто ему приходилось исполнять эту церемонію всего только въ первый разъ.— Я слышалъ, что они не приходили еще.. Я бы ихъ подождалъ, если бы позаолили...

Онъ скромно усѣлся въ уголкѣ и прилежно принялся свертывать пагиироску. До прихода Упадышева онъ не вымолвилъ ни слова. Когда же тотъ пришелъ, онъ всталъ съ своего мѣста, сдѣлалъ шага два впередъ, и они нѣсколько мгновеній смотрѣли другъ на друга съ обоюднымъ недоумѣніемъ.

— Трудно узнать, трудно,— проговорилъ худенькій человѣчекъ, покачавъ головой.

— Что-то такое знакомое есть въ вашемъ лицѣ, а узнать не могу,— отвѣчалъ Упадышевъ.

— Должно полагать, что стараго хоть что нибудь да

осталось въ немъ, въ лицѣ-то моемъ,— съ усмѣшкой сказалъ гость. Я Карповъ...

Упадышевъ повернулъ его къ свѣту, посмотрѣлъ въ его лице, потомъ какъ-то порывисто обнялъ его и, не сказавъ ни слова, вышелъ переодѣться. Карповъ отеръ губы и опять усѣлся въ свой уголокъ. Елена Павловна пристальнѣе посмотрѣла на него. Онъ былъ тощъ, сидѣлъ и ходилъ сгорбившись, отчего казался ниже своего средняго роста, блѣденъ, жиденькіе волосы его были длинны и часто разсыпались на пряди, усики и бородка смотрѣли тоже какими-то хилыми клочками; одѣтъ онъ былъ въ короткое старенькое платье, по привычкѣ выгибавшееся на локтяхъ и колѣняхъ даже въ то время, когда онъ стоялъ или вытягивалъ руки.

— Вотъ онъ, мой старый товарищъ по гимназіи,— заговорилъ Упадышевъ. Когда-то мы съ нимъ въ бабки игрывали; потомъ когда сдѣлались побольше, стихи вмѣстѣ переписывали въ тетрадки, то есть такіе стихи, которые особенно гармонировали съ собственными нашими тогдашними чувствами... Помнишь ли ты это?..

— Путь широкій давно предо мною лежитъ,— вполголоса продекламировалъ Карповъ вмѣсто отвѣта, простирая въ воздухѣ свою тощую руку.

— Такъ тебѣ не очень повезло? спросилъ Упадышевъ. Карповъ какъ-то неловко улыбнулся и махнулъ рукой.

— Ты теперь что же такое? продолжалъ Упадышевъ.

— Чиновникъ. По перепискѣ больше.— Выше этого какъ-то не въ силахъ подняться... Не могу...

Самолюбіе-ли его страдало, просто ли тяжело было его положеніе, только отвѣчалъ онъ чуть не стиснувши зубы, какъ человѣкъ, котораго трогаютъ за больное мѣсто.

— Мать твоя жива?..

— Какже. Сидитъ себѣ въ своемъ уголкѣ; все по прежнему заплаты кладетъ на заплаты... Ничего, здорова. Бранится только, что я невѣсты не ищу. Только бы, говоритъ, тебѣ въ кабакъ...

— Это какъ?

— Нѣтъ ты не думай. Это вѣдь она такъ только,— любя, преувеличиваетъ. Нѣтъ, я не такой ужь злодѣй.— Ради храбрости только...

— Зачѣмъ?.. переспросилъ Упадышевъ.

— Храбрости ради... А то, видите-ли, идешь это въ свою палату или обратно, руки запрячешь въ рукавишки,— холодно,— скрючишься, даже не идешь, а бѣжишь какъ-то. А

9

тутъ вдругъ коляска какая нибудь: лошади по воздуху мчатся, баринъ и барыня грозно такъ смотрятъ;— подумаешь, какъ налетятъ они на тебя на своихъ коняхъ, такъ отъ тебя только подошвы останутся. И кто имъ запретитъ это? По тротуару, особенно по вечерамъ, народу бездна гуляетъ. Барыни такія все красивыя, веселыя, нарядныя; мужчины такіе строгіе, величественные. Ну, думаешь, какъ не понравится имъ моя фигура? Да вѣдь они прикажутъ кучерамъ смести метлами въ оврагъ куда нибудь! Ну и почувствуешь необходимость въ храбрости.

Всё примолкли. Упадышевъ закашлялся.

— А ты что кашляешь? Случайно или уже пошло въ привычку?.

— Да ни то, ни се,— повидимому равнодушно отвѣчалъ Упадышевъ.

— Вошло въ привычку,— дрогнувшимъ голосомъ сказала его жена.

Карповъ тихонько посмотрѣлъ на нее, потомъ на ея мужа.

— А съ морозу-то ты показался мнѣ такимъ румянымъ, здоровымъ, только очень ужь стройнымъ такимъ, гибкимъ, какъ всѣ вы Починковы и Упадышевы; точно у насъ тѣло только ради необходимости имѣется,— чтобы душу облекать... Ну что, видѣлся съ Починковымъ? И что такое у васъ съ нимъ произошло въ бытность твою въ столицѣ? Поссорились вы что ли? И за что? На этомъ-то вотъ пунктѣ и прекратилась наша переписка...

— Ты знаешь ли, зачѣмъ онъ отдалъ меня въ гимназію? Нѣтъ?.. Затѣмъ, чтобы я познакомился тамъ съ положительными науками... Къ чему это? А вотъ къ чему... Онъ, видишь ли, между прочимъ хотѣлъ сдѣлать изъ меня бойца противъ матерьялизма — и притомъ такого бойца, который умѣлъ бы владѣть оружіемъ противниковъ, зналъ бы всѣ ихъ силы и всѣ слабыя стороны. Понимаешь ли ты теперь?..

— А-а! съ изумленіемъ протянулъ Карповъ.

— Да. А когда я познакомился съ враждебной стороной, тогда нужно было познакомиться съ дружественной. Но я не былъ способенъ сдѣлаться тѣмъ, чего онъ ожидалъ отъ меня. Я началъ заниматься не богословіемъ, а механикой.— Конечно, Починковъ не могъ быть этимъ доволенъ. Онъ писалъ ко мнѣ назидательныя письма, просилъ, убѣждалъ, одинъ разъ прислалъ даже увѣщаніе своего пріятеля, Кононова. Послѣ этого онъ прекратилъ всякія сношенія со мной.

— Онъ любилъ въ тебѣ идеалъ свой,— идеалъ бойца этого, а не тебя,— философически замѣтилъ Карповъ.

Упадышева какъ будто испугали эти слова.

— Ты думаешь? спросилъ онъ быстро и недовѣрчиво.

— Развѣ ты не видишь этого? Любящій человѣкъ любитъ и блуднаго друга: плачетъ, но все таки любитъ, не оставляетъ его на произволъ...

Упадышевъ задумался.

— И тебѣ видно не очень улыбалось счастіе,— продолжалъ Карповъ. Ты вѣдь былъ въ тѣ времена такимъ кроткимъ, невиннымъ птенцомъ. Тогда какъ тамъ, въ столицѣ, когти нужны, сильные, когти.

— Да... Но все вѣдь это самая обыкновенная исторія. Сначала вещи, какія были, продавалъ понемногу. Потомъ уроковъ искалъ,— иногда находилъ, иногда нѣтъ. Лѣтомъ дрова перетаскивалъ съ барокъ на возы. Тамъ это можно,— стоитъ только одѣться прилично, чтобы однимъ словомъ барскаго ничего не было... На тѣхъ же баркахъ воду выкачивалъ... Иногда была квартира, иногда нѣтъ. Одно время каждый день обѣдалъ, а то и по три дня не ѣлъ ничего...

Елена Павловна быстро встала и ушла изъ комнаты.

— Не любитъ, когда я разсказываю объ этомъ времени,— сказалъ Упадышевъ, кивая на дверь, въ которую она вышла. Воображеніе у нея прыткое. Сейчасъ я представляюсь ей чѣмъ-то въ родѣ отощавшей собаки, слабымъ, грязнымъ, съ воспаленными, больными глазами, съ растрескавшимися губами... Да. Все было такъ, какъ обыкновенно и повседневно бываетъ съ нашей бѣдной молодежью, отдавшеюся служенію наукѣ. Одинъ только періодъ,— это уже на третьемъ курсѣ,— пришлось мнѣ совсѣмъ не хорошо, и я умеръ бы, навѣрно умеръ бы, еслибъ не она, не Лена. Работы никакой, нигдѣ, ни даже надежды на нее, какъ я ни бѣгалъ, ни искалъ. Кажется, еслибы я имѣлъ силу крикнуть на весь городъ и крикнулъ бы:— "работы мнѣ дайте!" такъ и то мнѣ отвѣтили бы мертвымъ молчаніемъ. Подъ конецъ я уже и искать пересталъ. Все лежалъ: когда лежишь,— меньше хочется ѣсть. Была у меня,— года два уже,— собака. Собачонка такъ себѣ, невзрачная, простая; но мы привыкли другъ къ другу, я ее щенкомъ взялъ. Отощала она въ это время ужасно. Это меня больше всего терзало. Я лежу,— она сядетъ передо мной, посмотритъ-посмотритъ мнѣ въ глаза, простонетъ такъ жалобно, вздохнетъ и свернется себѣ клубкомъ,— тоже спать. Это больше всего меня мучило. Красть она не умѣла почему-то. Вотъ я и думаю: чѣмъ ей помочь? Отдать — некому,— кто ее, такую плюгавую возьметъ; на улицу прогнать — все такое же мученье.

Додумался наконецъ до того, что лучше всего — это убить ее, разомъ все покончить. У меня и насчетъ самого себя приходили мрачныя мысли. Была зима. Лѣтомъ конечо лучше бы было,— утопить не трудно. На этомъ я и остановился, потому что лучшаго исхода не было. Досталъ веревку. Вечеромъ устроилъ петлю... Дикость начала на меня находить, злоба... Надѣлъ ей на шею петлю, сталъ на ея шею ногой и изо-всей силы затянулъ... Я думаю, у меня въ это время пѣна была на губахъ; глаза налились кровью, а руки мой и ноги и все тѣло тряслось вотъ какъ, Долго этакъ тянулъ... Потомъ усталъ,— оставилъ... Лежитъ собаченка... Взялъ я спичку, зажегъ, къ глазу ея открытому поднесъ,— глазъ не шевелится. Еще постоялъ я... Потомъ взять ее хотѣлъ,— выбросить. И только-что и нагнулся,— она какъ резиновый мячикъ подскочила; сѣла и дико, глупо озирается кругомъ себя налитыми кровью глазами, точно смотритъ, гдѣ она и что съ ней... Сначала я какъ: будто обезпамятѣлъ. Потомъ дикая какая-то лютость, бѣшенство, смѣшанное съ ужасомъ напало на меня... Бросился я къ ней... Ну, убилъ...

Онъ закашлялся.

— Убилъ и снесъ,— выбросилъ...

Онъ помолчалъ.

— Эта вотъ сцена... да и нѣтъ,— что эта сцена? Все вмѣстѣ: и положеніе мое, и голодъ этотъ, и сцена эта, какъ финалъ,— окончательно измучили меня. Въ ту же ночь,— какъ я собаченку-то убилъ,— жаръ меня схватилъ. Дальше и не помню. Горячка сдѣлалась. Когда я очнулся, такъ первое, что я увидѣлъ, это была Лена,— она со мной няньчилась,— закончилъ онъ, указывая на вошедшую въ это время жену.

— Вы тамъ какъ же случились такъ кстати? спросилъ Карповъ.

— Я жила въ томъ же домѣ,— отвѣчала молодая женщина, садясь подлѣ мужа и крѣпко прижимаясь къ нему.

— Родные ваши жили тамъ? Отецъ? Мать?

— Нѣтъ; у меня нѣтъ и тогда уже не было ни отца, ни матери. Давно уже ихъ нѣтъ. А тамъ я жила у какой-то моей дальней родни, которые взяли меня къ себѣ потому, кажется, что не нашли предлога отказаться. Не правда ли, какая я неблагодарная? Но право не могу иначе говорить о нихъ,— не выходитъ. Впрочемъ, я думаю, что не особенно обремѣняла ихъ. Сама барыня, благодѣтельница моя, была далеко не такъ умна, какъ зла и не одинъ разъ проговаривалась. "Ваши родители, говорила она, вовсе не такіе капиталы оставили вамъ, чтобы мы кормили тебя всю твою жизнь. Своихъ приходится приплачивать". Когда она хотѣла уязвить кого-нибудь, она всегда перемежала вы на ты. Она, кажется, сама не знала, чего ей хотѣлось отъ меня. То ей хотѣлось поскорѣе выдать меня замужъ за кого бы то ни было, то она желала, чтобы я замѣнила ей кухарку и горничную... Вообще мое положеніе было самое странное.

— Его, продолжала она, указывая на мужа,— до самой его болѣзни я видѣла только на дворѣ. Окна нашей квартиры выходили на дворъ. Дворъ вашъ былъ большой, чистый такой. Жильцы были все бѣдный народъ, да и улица была глухая, такъ что нравы нашего двора очень походили на провинціальные. Лѣтомъ, напримѣръ, по вечерамъ, жильцы часто сидѣли на дворѣ, дѣти играли въ мячъ, дѣвушки прогуливались группами, мастеровые пѣли пѣсни. Иногда выходилъ и Костя съ своей собаченной. Сидѣлъ онъ больше въ сторонкѣ, задумчивый такой, блѣдный. Заинтересовалъ онъ меня. Я познакомилась съ его хозяйкой и иногда, когда его не было дома, заходила въ его комнату, разсматривала его книги. Отзывались о немъ какъ о какомъ-то нелюдимѣ, но должно быть добромъ человѣкѣ.

Упадышевъ улыбнулся.

— Когда онъ заболѣлъ,— я сейчасъ же узнала...

— И продала чуть ли не всѣ свои вещи,— добавилъ Упадышевъ.

— Какъ же ты потомъ справился?— спросилъ Карповъ.

— Все ей же благодаря. Достала она мнѣ богатые уроки. Потомъ уже я вывѣдалъ отъ нея, какъ это она сдѣлала, да и то насилу вывѣдалъ. Къ нимъ, видишь ли, ѣздилъ какой-то богатый женатый баринъ. Ея синіе глаза плѣнили его,— любовницу хотѣлъ онъ сдѣлать изъ нея. Она какъ-то ухитрилась скрыть свое презрѣніе къ нему, не отталкивала его, но желая,— видишь ли,— предварительно узнать его сердце, указывала ему на разные гуманные подвиги. Между прочимъ указала и на бѣднаго больного, лишеннаго работы студента. Такъ-то она и испытывала его, и дѣлала его руками разныя благодѣянія многимъ бѣднякамъ, дѣлала ихъ до тѣхъ поръ, пока я не кончилъ курса и не женился на ней. Однимъ словомъ, она гнусно обманывала этого барина. И этого конечно не проститъ ей ни одинъ добродѣтельный человѣкъ, развѣ что за исключеніемъ тѣхъ бѣдняковъ, которыхъ она спасла отъ голодной смерти или отъ преступленія. Ты простишь ли ей?

При этомъ вопросѣ Карповъ встрепенулся и отвѣсилъ Еленѣ Павловнѣ свой непривычный поклонъ.

— Не могу бросить камня,— сказалъ онъ нѣсколько торжественно, но въ глазахъ его, устремленныхъ на молодую женщину, можно было замѣтить какое-то наивное благоговѣніе...

Онъ прошелся своей неслышной походкой по комнатѣ.

— Шестаковъ здѣсь,— сказалъ онъ вдругъ.

— Онъ что такое?

— Лекарь, модный и богатый лекарь. Онъ вѣдь тоже въ Петербургѣ былъ; развѣ ты не видѣлъ его тамъ?

— Нѣтъ. Ну что же онъ? Какъ?

— Въ Петербургѣ бѣдствовалъ, но здѣсь — нѣтъ, не бѣдствуетъ. Ѣздитъ въ коляскѣ, большую игру ведетъ, на богатой женатъ. Я впрочемъ не знакомъ съ нимъ. Слышалъ я, что онъ обо мнѣ спрашивалъ,— какъ живу, въ какомъ рангѣ состою, приличенъ ли; но, ты понимаешь, тѣмъ дѣло и кончилось. Я къ тому о немъ заговорилъ, что, можетъ быть, ты былъ съ нимъ знакомъ въ Петербургѣ.— Да. У этого человѣка есть когти, сильные когти, и потому онъ не пропадетъ. Вообще нужно когти имѣть.

Отсюда разговоръ перешелъ на вопросы болѣе общіе. Часы летѣли незамѣтно. Вдругъ откуда-то издали слабо долетѣлъ въ комнату отрывочный, одинокій ударъ часоваго колокола, и Карповъ вскочилъ, прорвавъ на половинѣ начатую фразу.

— А мать-то, а мать-то молитъ теперь Бога, чтобы меня хоть полуживаго, хоть какого нибудь, да принесли къ ней изъ кабака; чтобы она хоть еще разочикъ взглянула на меня,— вскричалъ онъ. Она вѣдь думаетъ, что я непремѣнно въ кабакѣ. Избитаго, искалеченнаго воображаетъ... Морозъ тамъ,— прибавилъ онъ, взглядывая на окно и вздрагивая. А у васъ тепло.

Упадышевы показали ему свою квартиру. Въ спальной всѣ они остановились надъ спящимъ на кроваткѣ ребенкомъ. И во снѣ былъ онъ такой же суровый, задумчивый, какъ и надъ своими игрушками.

— Упадышевъ,— прошепталъ Карповъ,— кровный Упадышевъ. Хоть бы тѣмъ, что теперь спятъ въ колыбелькахъ, полегче стало жить, чѣмъ намъ грѣшнымъ, бормоталъ онъ, выходя изъ комнаты.

— Да, что-то у насъ впереди? замѣтилъ Упадышевъ.

— У меня н=все тоже, что и теперь. Это только маменька моя мечтаетъ женить меня на богатой купчихѣ. Она любя, воображаетъ, что если меня причесать, умыть, да локти заштопать, такъ всѣ принцессы съ ума сойдутъ отъ любви ко мнѣ.

III

Прошло еще нѣсколько дней. Упадышевъ все чаще кашлялъ и дѣлался день ото дня задумчивѣе. Какъ-то вечеромъ онъ только-что пришелъ съ фабрики, молча сѣлъ за чайный столъ и задумался,— долго, неподвижно смотрѣлъ онъ куда-то въ сторону.

— Тебѣ хуже? спросила жена.

Онъ вздрогнулъ.

— Нѣтъ, ничего... Все тоже... Никого не было безъ меня?

— Никого...

Онъ опять задумался.

— Нѣтъ, нейдетъ дядя,— проговорилъ онъ, какъ будто подождавъ. Все нейдетъ.

— Какъ видно и не думаетъ о примиреніи,— замѣтила жена. И зачѣмъ это тебѣ нужно его? Что ты такъ ждешь его?

Упадышевъ какъ будто не слышалъ этого вопроса.

— Какъ-то странно даже видѣть васъ вмѣстѣ,— продолжала она. Ничего-то, кажется, и не можетъ быть общаго между вами. Положимъ, ты говоришь, сердце у него доброе; да я какъ-то не вѣрю этому. Вонъ и Карповъ говоритъ, что Починковъ больше занятъ своими идеалами, чѣмъ живыми людьми. Характеръ, ты говоришь, сильный у него и натура талантливая... Можетъ быть... Да вѣдь ты съ нимъ, какъ огонь съ водой, никогда не сойдешся. Ты говоришь — любишь его; а я на твоемъ мѣстѣ ненавидѣла бы его...

— За что?

— За то, что онъ оставилъ, бросилъ тебя въ самое трудное для тебя время. А вѣдь онъ зналъ, что онъ одинъ у тебя близкій, что у тебя никого больше нѣтъ... Этого я не простила бы ему никогда...

— Во-первыхъ, онъ не зналъ, что со мной дѣлалось,— раздражительно возразилъ Упадышевъ; во-вторыхъ онъ навѣрное не одинъ разъ терзался при мысли, что я, можетъ быть; бѣдствую. Но онъ считалъ противнымъ своему долгу — помогать мнѣ и потому не помогалъ, хотя сердце его навѣрное

15

не разъ обливалось кровью... За эту твердость можно только уважать его...

— За что же уважать? И что же это за долгъ, который запрещаетъ намъ помогать человѣку? Я не знаю этого.

— Ты не знаешь? А если бы вотъ онъ, сынъ мой,— все больше и больше раздражаясь отвѣчалъ Упадышевъ, указывая на ребенка,— если бы онъ когда нибудь отрекся отъ всего,— что я считаю непремѣнною принадлежностью, обязанностью всякаго порядочнаго человѣка,— я отступился бы отъ него,— пускай онъ умираетъ. Если бы онъ сдѣлался единомышленникомъ людей, которыхъ я считаю гадкими, вредными,— я отвернулся бы отъ него,— пускай онъ умираетъ..

Ребенокъ со страхомъ смотрѣлъ на него. Жена съ ужасомъ замѣтила зловѣщіи пунцовыя пятна, ярко загорѣвшіяся на тонкихъ щекахъ мужа.

— Да, да,— заговорила она торопливо. Ты правъ; какъ всегда, ты правъ, мой другъ. Я ошиблась.

Упадышевъ угрюмо наклонился надъ своимъ стаканомъ.

— Да ты, можетъ быть, такъ только? Притворяешься, что не права?— угрюмо спросилъ онъ. Ради этой проклятой моей болѣзни притворяешься?

Она глотала слезы.

— Право нѣтъ,— отвѣчала она дрожащимъ голосомъ. Я думаю, видишь ли, что я сама, по крайней мѣрѣ, относительно сына,— можетъ быть не поступила бы такъ. Но у меня нѣтъ характера. Я понимаю, что сильный человѣкъ такъ и поступитъ, какъ ты говоришь.

— А дядя правъ или нѣтъ?— угрюмо допытывался больной.

— О, да,— онъ совершенно правъ...

Упадышеву стало невыносимо тяжело, когда онъ увидѣлъ слезы на ея глазахъ. Онъ быстро опустилъ поднятый къ губамъ стаканъ и закрылъ лице руками.

— Проклятая, проклятая болѣзнь, прошепталъ онъ.

Потомъ онъ подозвалъ къ себѣ ребенка, посадилъ его къ себѣ на колѣни и крѣпко поцѣловалъ въ голову.

— Подожди,— сказала жена: дождемся лѣта; уже не долго до него. Тогда поѣдемъ на югъ куда нибудь,— въ Крымъ или на Кавказъ. Тамъ мы будемъ по старому жить...

Упадышевъ грустно усмѣхнулся.

— Поѣдемъ,— повторилъ онъ какимъ-то страннымъ тономъ. Ты хочешь ѣхать?— обратился онъ къ ребенку.

— Ѣхать? Куда ѣхать?

16

— Опять далеко. На тройкѣ лошадей, съ колокольчиками...

— Я опять сяду на козлы и буду править,— сказалъ ребенокъ.

— Да. И повезешь насъ быстро, во весь духъ,— какъ во снѣ говорилъ отецъ, думая о другомъ.

— Нѣтъ, не быстро. Я не хочу ѣхать быстро; тише лучше. Лошади бѣгутъ такъ хорошо и колокольчикъ звенитъ хорошо. А то онѣ какъ испугаются чего; глаза у нихъ такіе страшные и все стучитъ такъ — тукъ-тукъ... Тише лучше...

Вдругъ въ передней скрипнула дверь. Упадышевъ быстро поднялся; лице его вспыхнуло. Вошелъ Починковъ. Онъ неловко пожалъ руку племяннику, еще болѣе неловко поклонился его женѣ и въ смущеніи остановился, разсматривая комнату.

— Садитесь пожалуйста,— пригласилъ его Упадышевъ, подвигая кресло.

Починковъ опять сдѣлалъ какой-то полупоклонъ, должно быть, въ знакъ благодарности — и сѣлъ, но переставая однакоже отирать цвѣтнымъ платкомъ бороду и съ видимымъ замѣшательствомъ разсматривать стѣны, мебель, какъ человѣкъ, попавшій въ чуждое ему общество и незнающій, за что бы ему взяться, куда дѣвать глаза и руки. Онъ даже на потолокъ посмотрѣлъ.

— Удобно устроились,— замѣтилъ онъ наконецъ полувопросительно, обращаясь къ одному племяннику и даже какъ будто отворачиваясь отъ его жены.

— Да, ничего; на сколько возможно было при нашихъ средствахъ. Квартира маленькая, но удобна. Взгяните,— я покажу вамъ всѣ достопримѣчательности нашего жилища.

Починковъ пошелъ за нимъ. Въ каждой комнатѣ онъ останавливался, обводилъ глазами стѣны — и все молчалъ.

— Вотъ моя библіотека,— рекомендовалъ Упадышевъ.

Починковъ съ сукою недовѣрчивостью, равнодушно пробѣжалъ глазами по переплетамъ книгъ — и отошелъ.

— Вотъ музей моего сына...

Гость взглянулъ на игрушки и сложилъ губы въ принужденную, снисходительную улыбку.

— Вотъ это — работа моей жены, когда она была еще моей невѣстой,— указалъ Упадышевъ на вышитую шерстями полушку.

Починковъ какъ-то странно торопливо шагнулъ къ ней, наклонился и долго разсматривалъ ее. Человѣкъ, которому

17

вздумалось бы наблюдать за нимъ, имѣлъ бы полное право сказать, что Починкова, какъ какого нибудь дикаря, больше всего заинтересовали деревья и козы, изображенныя шерстями.

— Ты что же не здоровался съ дядей? — замѣтилъ Упадышевъ, увидѣвъ Сережу, внимательно наблюдавшаго въ нѣкоторомъ отдаленіи за гостемъ.

Мальчикъ еще пристальнѣе посмотрѣлъ на Починкова и отодвинулся еще дальше, Замѣтно было, что Упадышевъ терпѣливо старается ввести въ свой домашній кружокъ своего дикаго, молчаливаго дядю,— старается познакомить его съ женой, расположить къ сыну. Цѣль всѣхъ этихъ стараній была тайной Упадышева, о которой онъ никогда даже не намекалъ женѣ; но эта тайна должна быть разоблачена передъ читателемъ. Упадышевъ за тѣмъ и пріѣхалъ сюда, чтобы примириться съ дядей. Онъ чувствовалъ приближеніе смерти, зналъ, что уже не въ силахъ отдалить ее, и потому, оставивъ всѣ помышленія о себѣ, думалъ только о будущемъ жены и сына. Мрачно было это будущее. Родныхъ, если не считать Починкова, не было у михъ,— немногіе друзья и товарищи были сами бѣдны и голодны,— капиталовъ Упадышевъ не умѣлъ нажить. Страшно было будущее. Не будучи пророкомъ, можно было предсказать уже въ ближайшемъ грядущемъ крайнюю нужду и горькія лишенія; а въ дальнѣйшемъ будущемъ самое бѣдное воображеніе не затруднилось бы провидѣть многообразныя трагическія картины. Конечно, Упадышеву онѣ представлялись еще въ большемъ разнообразіи и съ болѣе мрачнымъ освѣщеніемъ, чѣмъ кому бы то ни было другому, постороннему.

Примиреніе съ дядей являлось для него единственнымъ спасеніемъ. Будь онъ одинъ и умирай съ голода, онъ не попросилъ бы у Починкова и куска хлѣба,— это онъ доказалъ уже; но теперь, въ виду неотразимой бѣды и будущаго положенія своей семьи, Упадышевъ пожертвовалъ своей гордостью. Одинъ разъ ему пришло въ голову пожертвовать даже своими убѣжденіями, и принести дядѣ притворное раскаяніе во всѣхъ заблужденіяхъ молодости, во всѣхъ своихъ мысляхъ, но всемъ направленіи своей жизни. "Что мнѣ? думалъ онъ. Двѣ жизни, двухъ близкихъ спасу я этимъ и не обижу никого кромѣ самого себя. Конечно, дуракомъ меня назовутъ... Да мнѣ что изъ того, что назовутъ? Даже подлецомъ назовутъ... И пускай зовутъ... Вотъ развѣ другіе,— пожалуй мой же сынъ,—

потеряютъ вѣру... Разумѣется, для этого нужно быть дураками... но все-таки..."

Какъ бы тамъ ни было,— онъ не пошелъ на это, не хватило духа. Бранилъ онъ себя за это, но все-таки духа не хватало и не отрекся онъ ни отъ чего. До послѣдней минуты онъ оправдывалъ себя тѣмъ, что этого вовсе по нужно, что и безъ этого дядя не отвернется отъ его жены и сына.

— Ну что? Какъ работаете? спрашивалъ Починковъ, опять усаживаясь на свое мѣсто.

Заговорили о фабрикѣ, о рабочихъ. Упадышевъ жаловался на ихъ невѣжество, предразсудки, дикость, на грязь и бѣдность ихъ жизни; говорилъ, что даже не для ихъ собственнаго блага, а для спасенія будущаго поколѣнія необходимо серьезное вниманіе на преобразованіе ихъ быта.

— Да, отвѣчалъ Починковъ. Дѣйствительно не хорошо ихъ положеніе. Что дѣлать. Мало сѣятелей... И тѣ,— которые могли бы утвердить въ сердцахъ людей миръ и братскую любовь другъ къ другу,— и тѣ бѣгутъ своего долга,.

Холодно прозвучали эти слова. Блѣдность покрыла лобъ Упадышева, и отчаяніе мелькнуло въ его глазахъ. Онъ понялъ, что ударъ былъ направленъ въ него. Примиреніе показалось ему невозможнымъ.

— Вы правы,— отвѣчалъ онъ,— людей мало. Школы, напримѣръ, могли бы уничтожать предразсудки. Но нѣтъ людей...

— Да-съ,— сказалъ Починковъ. Только для того, чтобы хозяева устроили школы, нужно, чтобы въ сердцѣ у нихъ, у хозяевъ этихъ, любовь обитала.

— И пониманіе своей пользы, сознаніе солидарности....

— Мало-съ,— рѣзко и сухо прервалъ Починковъ...

— Но предположите вы, что эти самые работники узнали какъ нибудь выгоды, представляемыя общимъ дѣломъ... Чтобы вы тогда сказали?.. Предположите, что я хозяинъ фабрики и устроилъ школу... Что вы тогда сказали бы?..

— Тоже бы сказалъ, что мало-съ...

— Почему?..

— Потому что не хлѣбомъ однимъ сытъ человѣкъ...

— Однако, во всякомъ случаѣ я, человѣкъ, избавившій десятки себѣ подобныхъ отъ нищеты и грязи, развѣ не былъ бы достоинъ вашего уваженія?..

— Что же, за это васъ и поблагодарили бы пожалуй,— уклончиво и сухо отвѣчалъ Починковъ.

Упадышевъ умолкъ. Тяжело было у него на сердцѣ. Что-то

19

непримиримо враждебное слышалось въ голосѣ дяди. Упадышеву казалось, что чѣмъ больше онъ высказывается, тѣмъ враждебнѣе смотритъ на него Починковъ, но все-таки, но смотря ни на что,— даже, можетъ быть, именно потому, что въ него начало закрадываться полное отчаяніе въ возможности примиренія, онъ не отказался отъ продолженія спора.

— Братской любви, о которой вы говорите,— продолжалъ онъ,— потому и нѣтъ между рабочими, что они бѣдны, очень бѣдны. Вы знаете, что когда человѣкъ голоденъ, тогда онъ способенъ убить изъ-за какого нибудь куска хлѣба даже лучшаго своего друга,

— А между богатыми есть она?

— Нѣтъ; потому что самое богатство и праздность, соединенная съ нимъ, портятъ человѣка.

— Такъ-то и выходитъ,— холодно возразилъ Починковъ. Бѣдный не красивъ; а сдѣлайся онъ богатымъ,— еще хуже сдѣлается... Кто не видалъ примѣровъ этому? Кто осмѣлится отрицать это?

— Трудно отрицать это. Грубый и неразвитый мужикъ, сдѣлавшійся купцемъ, становится грязнѣе и безжалостнѣе мужика, который ходитъ за сохой. Безъ развитія нѣтъ спасенія.

— Развитія... То есть, по вашему, знанія, наукъ... Незнаю-съ.. Не видалъ я что-то между образованными этими людьми, не видалъ особенной чистоты нравовъ и жалости. Не видалъ,— не могу похвастаться..

— Образованными,— горько повторилъ Упадышевъ. О, Боже мой,— воскликнулъ онъ вдругъ; но чему же, чему же обязанъ я тѣмъ, что когда я умиралъ съ голода,— не пошелъ я воровать, не вздумалъ убить кого нибудь, обмануть,— а умирать готовился!...

Починковъ какъ будто съ удивленіемъ поднялъ на него свои глаза и сейчасъ же опустилъ ихъ.

— И часто вы были тамъ въ такомъ положеніи... несчастномъ? спросилъ онъ, разглаживая уголокъ скатерти и пристально смотря на это мѣсто.

— Да, нерѣдко,— отвѣчалъ Упадышевъ, съ радостью, съ удивленіемъ, но все еще недовѣрчиво смотря на дядю и вслушиваясь въ его перемѣнившійся голосъ.

Въ Починковѣ дѣйствительно шевельнулось доброе чувство.

— Какъ же это вы? Съ женой-то и ребенкомъ-то какъ же жили? Трудно вѣдь тамъ,— произнесъ онъ все тѣмъ же измѣнившимся голосомъ.

20

— Да, бывало очень трудно. Но не тогда было особенно трудно, когда я женился, а тогда, когда я былъ одинъ. Когда я женился, тогда и жена моя работала. Не было у меня работы,— была у нея; у нея не было,— у меня была. Да, нужно знать эту женщину,— продолжалъ Упадышевъ съ волненіемъ. Нѣкогда она въ довольствѣ жила, даже въ роскоши, среди свѣтскихъ удовольствій. Но она все это бросила; она не испугалась моей бѣдности; она работала,— изъ какихъ нибудь копѣекъ цѣлыя ночи просиживала...

Починкову ясно, какъ будто живая,— во плоти и крови,— привидѣлась эта женщина. Онъ видѣлъ ея лице, тонкія темныя брови, глаза, губы, оживленныя улыбкой; она поклонилась ему именно такъ же свободно, граціозно поклонилась; какъ поклонилась при первомъ ихъ свиданія. Онъ какъ будто слышалъ шелестъ ея платья, звукъ ея шаговъ. Онъ поднялъ глаза,— никого, кромѣ него и племянника, не было въ комнатѣ. Онъ прикрылъ рукой глаза,— образъ еще ярче. Лице его становилось все суровѣе и суровѣе.

— Она великолѣпная музыкантша, страстно любитъ музыку, но и страстью своей она пожертвовала,— донесся до него какъ издали голосъ Упадышева.

Починковъ плотнѣе прижалъ ладонь къ своимъ глазамъ. Мысли его унеслись далеко, далеко. Онъ еще молодой, богатый помѣщикъ. Жизнь его летитъ, какъ на крыльяхъ среди ночныхъ оргій, пьяныхъ пѣсень, при блескѣ десятковъ огней, среди непрерывающагося говора веселыхъ гостей. Онъ въ залѣ богатаго барина. Зала залита огнемъ, жарко, пахнетъ тонкими ароматами, слышится шелестъ женскихъ платьевъ, мелькаютъ разгорѣвшіяся лица. Въ уголъ втиснута толпа дворовыхъ пѣвчихъ въ однообразныхъ костюмахъ. Кто-то играетъ на фортепьяно; а подлѣ, немного сзади музыканта стоитъ прекрасная женщина и поетъ русскую пѣсню. Эта женщина принадлежала другому, а онъ, Починковъ, втайнѣ любилъ ее и она ничего не знала объ этомъ. Странно, какъ эта женщина походила на ту, что недавно такъ неожиданно явилась передъ нимъ и теперь недалеко отъ него.

Онъ вдругъ вздрогнулъ. Что же это онъ? Онъ ли это? Какъ смѣетъ это прошлое являться передъ нимъ? Отчего оно не изчезаетъ?... Но оно все-таки не изчезаетъ — и волнуетъ, печалитъ его.

Упадышевъ закашлялся. Починковъ внимательно смотритъ на него.

— Нисколько не лучше? спрашиваетъ онъ.

— Нѣтъ...

— Вы лечились бы...

Упадышевъ махнулъ рукой.

— Къ чему отчаяваться,— говоритъ Починковъ, но голосъ его былъ холоденъ. Не можетъ быть, чтобы не было никакой надежды и никакихъ средствъ.

— Нѣтъ, нѣтъ никакихъ средствъ,— кашляя отвѣчалъ Упадышевъ.

Починковъ недовѣрчиво разсматриваетъ его лицо, грудь.... Вдругъ онъ опять какъ будто просыпается... Что же это, что же это такое? Вѣдь онъ какъ будто радуется смерти человѣка? Вѣдь онъ какъ будто ждетъ и не дождется его смерти?

Онъ съ какою-то торопливостью всталъ съ мѣста, поспѣшилъ проститься и уйти домой.

Въ дверяхъ онъ столкнулся съ какимъ-то богато одѣтымъ и красивымъ бариномъ съ черной окладистой бородой, черными усами и такими же глазами, блестѣвшими изъ-подъ дорогой шапки, нахлобученной на брови.

IV

Войдя въ прихожую, новый гость пристально взглянулъ въ дице Упадышева, державшаго свѣчу, усмѣхнулся и не торопясь началъ раздѣваться.

— Я Шестаковъ,— сказалъ онъ наконецъ; узнали вы меня!

Они вошли въ залу. Упадышевъ представилъ ему свою жену.

Шестаковъ особенно вѣжливо поклонился — и потомъ еще разъ довольно внимательно посмотрѣлъ вслѣдъ ей, когда она вышла на зовъ ребенка.

— А знаете, вы остались все тѣмъ же, какимъ я насъ помню въ гимназіи,— заговорилъ Шестаковъ, когда они остались одни. Положительно и буквально тѣмъ же. Задумчивымъ такомъ съ виду, какъ будто скучающимъ по далекомъ прекрасномъ отечествѣ. Хотя наше отечество здѣсь и есть,— среди березъ здѣшнихъ и мѣщанъ, прибавилъ онъ усмѣхнувшись.

Они сидѣли другъ противъ друга,— Шестаковъ по одну сторону круглаго стола, Упадышевъ по другую. Шестаковъ курилъ сигару и пристально, съ улыбкой смотрѣлъ на Упадышева; Упадышевъ положилъ обѣ руки на столъ, запряталъ ихъ въ рукава, точно ему было холодно и, не поднимая глазъ, все смотрѣлъ на скатерть, все на одно мѣсто.

— Тогда,— какъ это, повидимому, давно было,— какъ будто я сто лѣтъ прожилъ,— тогда мы съ вами были друзьями продолжалъ Шестаковъ.— Помните ли вы, что мы въ нашихъ дневникахъ писали? Помните ли вы? "Мнѣ иногда кажется, что я или умру скоро, или сдѣлаюсь чѣмъ нибудь извѣстенъ. Я не могу жить такъ, какъ живутъ всѣ эти люди,— не стоитъ." Это вы писали.

Упадышевъ улыбнулся.

— Да, это вы писали. "Лучше прожить семьдесятъ дней и царствовать, чѣмъ прожить семьдесятъ лѣтъ и нищенствовать." Это писалъ я, какъ ваше эхо...

— У васъ все такая же замѣчательная память...

— Все такая же... Да, тогда мы были друзьями, большими друзьями...

— Вы, я и Карповъ,— прибавилъ Упадышевъ, и послѣднее слово вышло у него съ удареніемъ

Шестаковъ съ нѣкоторымъ безпокойствомъ взглянулъ на него.

— Да, и Карповъ... Онъ здѣсь, кажется?..

— Здѣсь — и бѣдствуетъ,— и опять заключительное слово вышло у Упадышева сильнѣе обыкновеннаго.

Шестаковъ на минуту задумался, потомъ раза два прошелся по комнатѣ, затѣмъ опять сѣлъ и все еще задумчиво провелъ нѣсколько разъ ладонью по лбу, какъ будто сгоняя набѣжавшія на него пасмурныя морщины.

— Ну что же? заговорилъ онъ вдругъ, но уже не такимь голосомъ, а какъ-то робчѣе. Не сбылись значитъ ваши предсказанія? Или осуществленіе ихъ въ будущемъ еще? Должны мы ждать какого нибудь открытія, изобрѣтенія?

— Я умираю,— коротко, тихо отвѣчалъ Упадышевъ и съ улыбкой взглянулъ на гостя.

Шестаковъ широко раскрылъ за него свои черные глаза и точно застылъ въ этомъ положеніи.

— Какъ? Нѣтъ... Что вы говорите? заговорилъ онъ ст недоумѣніемъ.

— Я вамъ говорю,— подтвердилъ Упадышевъ съ своею болѣзненно-спокойною улыбкою. У меня вотъ тутъ что-то такое,— чахотка что ли... Когда я былъ боленъ въ послѣдній разъ,— это въ Петербургѣ,— то докторъ сказалъ мнѣ, что если я простужусь и заболѣю еще разъ,— въ третій разъ,— то пускай я не льщу себя никакими тамъ надеждами. Онъ мнѣ совѣтовалъ непремѣнно уѣхать въ болѣе теплый климатъ,— а я вотъ былъ вынужденъ сюда прибыть,— объяснялъ Упадышевъ, понижая свой голосъ до послѣдней степени и безпокойно поглядывая на дверь въ сосѣднюю комнату.

Пасмурныя морщины опять начали набѣгать на лобъ Шестакова. Въ тихомъ голосѣ друга его юности было для него что-то убійственное. Въ немъ поднималось все выше и выше почти тоніе чувство,— какое должно охватить пребѣжчика изъ побѣжденной арміи, проходящаго мимо обезображенныхъ труповъ своихъ друзей и товарищей, съ которыми онъ еще недавно стоялъ въ одномъ ряду.

— Но вѣдь здѣсь, при вашемъ занятіи, вы почти неизбѣжно опять простудитесь,— проговорилъ онъ.

— Кажется, что я уже простудился,— отвѣчалъ Упадышевъ. Сильнѣе и сильнѣе набѣгали морщины на лобъ Шестакова.

Онъ молча разглаживалъ ихъ и смотрѣлъ куда-то на полъ.

— А вы царствуете?— вдругъ возвысилъ голосъ Упадышевъ. Гость вздрогнулъ.

— Что такое? Какъ царствую? торопливо спросилъ онъ.

— Мое предсказаніе исполнилось,— а какъ наше!

— Ахъ, вы вотъ про что,— заговорилъ онъ наконецъ съ нѣкоторою горечью. Я богатъ. Если мнѣ будетъ опасно простудиться, то я могу пожалуй обшить свой домъ дорогими мѣхами и не выходить изъ комнаты хоть до конца моей жизни. Вы правы,— я царствую...

Упадышевъ молчалъ.

— Но дорого стоило мнѣ это...

Упадышевъ все-таки молчалъ и неподвижно сидѣлъ, прислонившись плечомъ къ спинкѣ дивана и по-прежнему запрятавъ руки въ рукава.

— Вы въ Петербургѣ учились послѣдніе годы? спросилъ Шестаковъ.

— Въ Петербургѣ...

— Я тоже тамъ-же. Жаль, что мы разошлись въ послѣдинхъ классахъ гимназіи и не встрѣтились въ столицѣ.

Наступило молчаніе.

— Вамъ помогалъ вашъ дядя?— спросилъ: гость.

— Нѣтъ. Мы поссорились...

— Скверно вамъ было тамъ? Жить-то скверно?

— Да. Вѣдь въ то время я и здоровье испортилъ... Да, да...

Иначе и не могло быть. Матери самой было тяжело, а другимъ родственникамъ дѣла до меня не было; да и тоже бѣдный народъ, голь. Одинъ я былъ, и одному себѣ предоставленъ. Ну вы знаете вѣдь, какія такія силы у студента, неимѣющаго ничего кромѣ горячей, мечтательной головы своей. Сами знаете, какая такая жизнь его. А я гордъ былъ, самолюбивъ. Памятью тамъ я обладалъ замѣчательной, способностямъ моимъ удивлялись, въ спорахъ я чуть ли не всегда и не всѣхъ своихъ товарищей побивалъ, потому что не по лѣтамъ былъ развитъ. Какъ же мнѣ было не быть гордымъ и самолюбивымъ? Какъ было не считать себя выше большинства?.. А тутъ,— идешь по улицѣ, — по Невскому какому нибудь,— все это тебѣ глаза колотъ контрастомъ съ твоею оборванностью и съ твоимъ пустымъ желудкомъ; все это, начиная отъ встрѣчной барыни и до прикащика въ магазинѣ, окидываетъ тебя презрительнымъ взглядомъ, все это дорогу отъ тебя требуетъ. Прочь, говоритъ, съ дороги,— прочь!

Лице Шестакова поблѣднѣло и глаза блеснули.

— Первый годъ я въ университетъ ходилъ. Въ лавку зайдешь купить сапоги, обругаютъ за бѣдность. Даже дворники и кучера, то есть, извощики эти, на что ужъ кажется народъ тоже голодный, такъ и тѣ на тебя съ презрѣніемъ смотрятъ, прозвищемъ какимъ нибудь стараются окрестить. Это все дѣйствовало на самолюбивую, гордую голову... Что я вынесъ? Какія чувства должно было все это вселить въ меня? Да и не вселить, а врѣзать, острымъ ножемъ глубоко врѣзать, чтобы никогда я не забылъ этого, во всю жизнь не забылъ...

— Но все это было только вступленіе, такъ сказать заготовленіе матерьяловъ... Знаете, какъ снѣгъ накопляется, накопляется на скалу, а потомъ уже довольно удара птичьяго крыла, чтобы свергнуть ее внизъ, по крутой дорогѣ. Помню я одну морозную зиму. Лютая была зима. Нечего было ѣсть, нечѣмъ укрыться. Двадцать пять градусовъ холода чувствительны для всякаго, а для голоднаго, отощавшаго человѣка они во всѣ сорокъ станутъ... Написалъ я статейку. Снесъ ее въ одинъ сатирическій журналъ. Напечатали. Прихожу за деньгами и счастливъ я одною мыслью о полученіи ихъ. Выходитъ редакторъ, толстенькій такой, румяный, съ ароматической сигарой въ зубахъ. "Нѣтъ, говоритъ, денегъ." А вокругъ него шелкъ и позолота. Оттоманы, зеркала, картоны дорогіе, паркетные полы, мебель орѣховая. Равнодушно такъ говоритъ, смѣючись. Приходите, говоритъ, чрезъ недѣлю. Скрѣпился я. Прихожу опять. Опять смѣется, опять куритъ ароматическую сигару. "Нѣтъ, говоритъ, денегъ... А вы, говоритъ, напишите еще что нибудь." Понимаете ли? Голоденъ, такъ усерднѣе будешь работать. А я въ самомъ дѣлѣ былъ голоденъ, мерзлъ, оборванъ, истомленъ... Да-съ. Должно быть я ему страшенъ показался, потому что онъ скорехонько отступилъ отъ меня, потомъ пугливо посмотрѣлъ въ мое лице, раскланялся и ушелъ. Да, страшное нѣчто было во мнѣ въ эту минуту. Но должно быть, въ это самое время переломъ во мнѣ совершился, потому что я вдругъ какъ-то успокоился и только всю дорогу шелъ стиснувши зубы. Скала свалилась и покатилась внизъ Нѣтъ, думалъ я, нѣтъ,— постойте, погодите!.. Всякъ думалъ и, всё и всякъ, отъ дворника, что ходитъ согнувшись въ дугу подъ цѣлой полѣницей дровъ — до редактора этого, что развалившись на своемъ оттоманѣ, толкуетъ съ сигарой въ зубахъ о людской испорченности, всякъ думаетъ только о себѣ, объ одномъ себѣ... Ни о комъ больше... Умирай ты съ голода, никто изъ нихъ не откажется ни отъ одного пятака изъ своихъ барышей, ни отъ одной сигары не откажется, чтобы спасти тебя. Почему не откажется? Потому, что когда ты голоденъ,— ты рабъ, ты будешь на нихъ работать, барыши ихъ удвоивать!.. Будешь ли ты теперь церемониться съ кѣмъ нибудь? спросилъ я самаго себя. Нѣтъ, рѣшительно отвѣчалъ я,— не буду. И не сталъ церемониться. Я тогда хотѣлъ жить. Во время голоданья и нищеты жажда жить возрастала въ десять разъ. Къ этому прибавилось еще желаніе отомстить.

Лицо его сдѣлалось еще блѣднѣе, голосъ звучалъ рѣзко, безпощадно, взглядъ, устремленный на Упадышева, былъ блестящъ и холоденъ...

— Сердце, вы знаете, было у меня доброе. Во время этихъ бѣдствій начало оно... не то чтобы каменѣть, нѣтъ, это не вѣрно будетъ... А, знаете ли, какъ будто бы оно сначала обросло одной чугунной скорлупой, потомъ другой, третьей... Такъ что прежнее сердце, юношеское-то, я чувствую — живо еще; но добраться-то до него трудво, очень-очень трудно.

Онъ засмѣялся и сѣлъ къ столу. Помолчалъ.

— Какъ вы находите эту исторію, спросилъ онъ потомъ.

— Что жь?— отвѣчалъ Упадышевъ. Ничего тутъ нѣтъ непонятнаго. Захотѣли вы разбогатѣть и разбогатѣли. А то бываетъ даже,— до того доводятъ человѣка, что онъ совершенно хладнокровно рѣжетъ маленькихъ дѣтей. Слыхали вѣдь, я думаю?

— Такъ чтожъ такое? Что этимъ вы хотите сказать?

— Говорю, что бываетъ и не то,— хуже бываетъ...

— Странный вы, право... Хуже бываетъ... Право странной,— съ недоумѣніемъ повторилъ Шестаковъ...

— Мало ли гдѣ и какъ людей погибаетъ,— пояснилъ Упадышевъ.

Шестаковъ широко раскрылъ глаза, потомъ вдругъ быстро опустилъ ихъ.

— Погибаетъ,— повторилъ онъ, какъ будто разомъ понявъ смыслъ рѣчи своего стараго товарища... Погибаетъ,— прошепталъ онъ.

Упадышевъ перемѣнилъ положеніе и опять сидѣлъ неподвижный, спокойный. Долго помолчали.

— Нездоровится вамъ? спросилъ Шестаковъ.

— Нѣтъ, ничего...

Опять наступило молчаніе.

— Ну, что? Какъ вы находите нашъ городокъ? точно обрадовавшись заговорилъ гость, обращаясь къ вошедшей въ это время Еленѣ Павловнѣ.— Скучаете, я думаю? Театръ у насъ плохенькій; общественной жизни и въ поминѣ нѣтъ...

— Для меня все равно — въ Петербургѣ или здѣсь. Я и тамъ безвыходно сидѣла дома. Домашняя сцена для меня милѣе театральной.— почти сухо отвѣчала молодая женщина.

Шестаковъ засмѣялся.

— Въ такомъ случаѣ я считаю своею обязанностью привезти къ вамъ мою жену. Непремѣннымъ долгомъ считаю, потому что вы останетесь очень довольны другъ другомъ. Когда-то она была чрезвычайно веселая женщина, любила танцевать, любила всякія дѣтскія святочныя игры, въ жмурки играла, любила весело поговорить о легкихъ матеріяхъ, кататься любила... Вдругъ (онъ щелкнулъ пальцами) — перемѣна декорацій, волшебное превращеніе. Олинька наша никуда не выѣзжаетъ, во время веселыхъ разговоровъ молчитъ или дѣлаетъ неудачныя попытки смутить ихъ ироническимъ замѣчаніемъ,— играетъ мрачныя классическія пьесы, зачитывается книгами... Я вѣдь уже два года какъ женатъ,— обратился онъ къ Упадышеву.

Потомъ онъ опять перенесъ свои глаза на его жену, пристальнымъ, испытующимъ взглядомъ обвелъ ея полосы, лице, грудь и, не сводя съ нея глазъ, продолжалъ...

— Она у меня маленькая такая,— меньше насъ,— худенькая какъ дѣвочка. Плечики узенькія, пальцы тоненькія.— смотритъ какой то птичкой. Слабенькой такой смотритъ, что вы навѣрно захотите подружиться съ нею и защищать ее отъ всякихъ тамъ бѣдъ и несчастій...

— Неужели я кажусь вамъ такой могущественной?

— Да. Рядомъ съ нею всякій почувствуетъ себя сильнымъ. Ходить она какъ обиженная чѣмъ-то, тихо такъ, задумчиво... Точно маленькая опечаленная фея...

— Отчего же она такъ разомъ перемѣнилась?

— Вотъ этого я вамъ и не могу сказать,— отвѣчалъ онъ съ комически-сокрушеннымъ видомъ. Разное я думалъ... Первое я думалъ, началъ онъ съ той же комической озабоченностью высчитывать по пальцамъ,— что, можетъ быть, она увидѣла всю пустоту свѣтской жизни и захотѣла сдѣлаться женщиной ученой. Но это неосновательно потому, что она читаетъ одни только романы. Второе я думалъ, что, можетъ быть, въ ней происходитъ внутренняя борьба, что, можетъ быть, она полюбила кого-нибудь и колеблется между долгомъ и влеченіемъ... Но это неосновательно потому, что она меня очень любитъ, во всякомъ случаѣ больше, чѣмъ я ее... Больше чѣмъ я ее... Въ третьихъ я думалъ...

Но тутъ онъ вдругъ расхохотался, какъ пораженный внезапнымъ воспоминаніемъ объ одной изъ самыхъ комическихъ исторій, какую только онъ слышалъ или встрѣчалъ въ своей жизни.

— Ну, да вы конечно сами отъ нея отъ самой все узнаете,— всякія тамъ причины и основанія,— смѣясь проговорилъ онъ. А знаете ли, отчего я вдругъ такъ расхохотался, такъ глупо и некстати расхохотался?— обратился онъ къ Упадышеву.

— Откровенно говоря, оттого расхохотался, что мнѣ вдругъ пришла на память эта вотъ исповѣдь, что я вамъ приносилъ десять минутъ назадъ... Право. Такъ это меня поразило. Контрастъ этотъ. Такъ это торжественно было, волновался я, чувства какія-то юношескія изливалъ... Вошла женщина,— и я шутомъ сдѣлался, самымъ искреннимъ, искренно-веселымъ шутомъ. Шутъ — и вдругъ исповѣдь... Я вѣдь всегда шутъ,— а тутъ исповѣдь.

Онъ беззаботно смѣялся.

— И что это такое? Никогда этого со мной не бывало,— никакихъ этихъ оборачиваній на прошлое, рѣчей оправдательныхъ. Какъ это я былъ смѣшонъ съ сантиментальностью этой. И не понимаю, что это такое. Всегда что ли такъ бываетъ при встрѣчѣ съ друзьями юности? Вы какъ замѣчали?...

— Да, часто бываетъ...

— Странная сантиментальность... Да; такъ вотъ приближаются праздники, удовольствія,— обратился онъ къ Еленѣ Павловнѣ. Конечно будете выѣзжать...

28

— Если бы я и захотѣла выѣзжать, то здоровье мужа не позволяетъ этого...

Шестакову вдругъ сдѣлалось скучно.

— Могу я вамъ служить чѣмъ нибудь? спросилъ онъ Упадышева.

— Нѣтъ; благодарю васъ...

Отвѣтъ былъ почти сухъ. Гость, съ усиліемъ подавляя зѣвоту, взглянулъ на часы и поднялся. Упадышевъ проводилъ его до двери.

Выйдя на улицу, Шестаковъ протяжно зѣвнулъ и оглянулся во всѣ стороны. Саней его не было. Должно быть, кучеръ вздумалъ проѣзжать застоявшуюся лошадь.

— Пропалъ,— бормоталъ Шестаковъ, завертываясь въ шубу и направляясь домой. Въ кабакѣ сидитъ,— грѣется. Всякая-то собака только о себѣ и думаетъ... Однако иной разъ пріятно и пѣшкомъ пройтись,— освѣжаетъ. Боже, какая скука съ этимъ господиномъ; одинъ видъ его одуряетъ... Другъ дѣтства, умираетъ... И я другъ дѣтства, и я умру,— всѣ мы помремъ... И съ чего это совѣстливость такая на меня напала? Исповѣдываться вздумалъ, оправдываться, извиняться въ тѣхъ, что я богатъ, тогда какъ онъ умираетъ, а Карповъ бѣденъ... А она ай-ай... Глаза — такая прелесть,— синіе, бюстъ соблазнительный и руки тоже прелесть. Я когда-то въ рисовальномъ классѣ видалъ такую великолѣпную гипсовую руку... Образцовая значитъ... Хорошъ однакоже и и! Сантиментальничалъ, волновался,— а вошла женщина, и всю дурь какъ вѣтромъ сдуло...

Онъ вслухъ засмѣялся.

V

Починковъ положительно бѣжалъ, спасался отчего-то. Онъ шелъ не только изъ квартиры Упадышевыхъ; онъ уѣхалъ даже изъ своего дома.

Верстахъ въ пятидесяти отъ города, среди большой деревни, стоялъ на берегу рѣки его деревенскій домъ Это впрочемъ не былъ тотъ старый, громадный домъ, въ которомъ нѣкогда пировали его предки, въ которомъ и онъ провелъ свою бурную молодость. Старые хоромы сгорѣли еще лѣтъ двадцать назадъ. На мѣсто ихъ Починковъ, уже вступившій тогда во второй, покаянный періодъ своей жизни, выстроилъ небольшой двухъ-этажный домикъ, комнаты по четыре въ каждомъ этажѣ. Внизу постоянно жила старуха нянька Починкова съ своей семьей, а верхній этажъ стоялъ нежилымъ до тѣхъ поръ, пока хозяину не приходило въ голову провести нѣкоторое время въ деревнѣ.

Съ одной стороны дома лежалъ дворъ, застроенный амбарами, съ другой — садъ, понемногу спускавшійся къ рѣкѣ, за которой разстилались луга и поля, принадлежавшія Починкову и издавна уже отдаваемыя имъ въ аренду. Губернія не была богата хлѣбородной землей.

Еще однообразнѣе, еще бѣднѣе какими бы то ни было развлеченіями была жизнь Починкова въ деревенскомъ домѣ. Въ городѣ онъ хоть изрѣдка появлялся въ какомъ нибудь единомышленномъ ему обществѣ,— иногда встрѣчался съ какимъ нибудь незнакомымъ человѣкомъ, говорилъ съ нимъ, спорилъ, волновался; здѣсь же — точно гробовая крышка прикрыла его. Тамъ за его глазахъ совершалась жизнь общества; и вотъ онъ слышалъ о какихъ нибудь несчастіямъ, бѣдствіяхъ или неожиданныхъ радостяхъ, посѣтившихъ кого нибудь, и сами многіе приходили къ нему, плакались, волновались или восторгались,— тамъ жилъ онъ и чужою жизнью, а здѣсь ему оставалось жить только собой, своимъ внутреннимъ міромъ. Но мудрено поэтому, что внутренняя борьба, начавшаяся въ немъ еще въ городѣ, развилась здѣсь до потрясающихъ размѣровъ.

Вставалъ онъ рано, часовъ въ шесть утра, пилъ чай и принимался за свои занятія греческимъ языкомъ. Въ двѣнадцать часовъ онъ обѣдалъ. Обѣдъ его состоялъ изъ двухъ блюдъ, непремѣнно мучныхъ или молочныхъ,— уже лѣтъ семь, какъ Починковъ сдѣлался строгимъ вегетаріанистомъ и говорилъ, что ему противно и отвратительно есть мясо, трупъ,— какъ онъ выражался,— еще такъ недавно жившаго, двигавшагося, можетъ быть, нами же вскормленнаго животнаго, хотя,— странное дѣло,— отвращеніе это явилось въ немъ тогда только, не прежде, какъ онъ прочиталъ изъ какого-то журнала о существованіи вегетаріанизма и вегетаріанистовъ. Послѣ обѣда онъ принимался за чтеніе какой нибудь статьи недавно полученнаго журнала, внимательно прочитывалъ ее и затѣмъ принимался ходить, ходить по комнатѣ, то заложивъ руки за спину, то скрестивъ ихъ на груди, то дѣлая ими различные жесты. Прежде бывало, послѣ долгой ходьбы, онъ вдругъ хваталъ за перо, торопливо подвигалъ къ себѣ листъ бѣлой бумаги и, часто даже не давая себѣ времени сѣсть на стулъ, не садясь, принимался писать. Онъ нерѣдко помѣщалъ статьи духовно-нравственнаго содержанія въ губернскихъ и эпархіальныхъ вѣдомостяхъ.

И теперь, въ это посѣщеніе, тѣмъ же порядкомъ шло его время. Точно также читалъ онъ послѣ обѣда, точно такъ же принимался ходить, окончивъ чтеніе, только теперь онъ не писалъ уже ничего,— мысль его была точно парализована,— и густымъ слоемъ плѣсени заростали чернила въ чернильницѣ, засыхали длинныя гусиныя перья, которыми онъ обыкновенно писалъ. Ходилъ, ходилъ онъ по своей тихой, какъ подземелье, комнатѣ,— и все не поднималась его рука для обычнаго презрительнаго или торжествующаго жеста.— все не раскрывалъ онъ ни одной книги для провѣрки или сличенія только-что прочитаннаго,— должно быть не статьи, которую онъ прочиталъ, занимала его мысли,— не о ней онъ думалъ

Все одно — прошлое тревожило его, приходило къ нему съ своими давно минувшими сценами, образами, ощущеніями, приходило облитое какимъ-то обольстительно прекраснымъ свѣтомъ и вызывало невольные вздохи изъ его груди. Онъ подходилъ къ окну и смотрѣлъ. Вотъ тутъ, прямо передъ его глазами, были нѣкогда окна стараго сгорѣвшаго дома. Въ нихъ,— видѣлось ему,— блеститъ свѣтъ, яркій, праздничный свѣтъ; слышится гулъ голосовъ, громкіе звуки музыки,— и какъ по волшебству переносился онъ во внутренность этихъ шумныхъ покоевъ. На стѣнахъ горитъ кенкеты, на потолкѣ люстры. Жарко, шумно, музыка. Онъ, въ мужицкомъ костюмѣ, въ красной шелковой рубахѣ, разгорѣвшійся, волнующійся пляшетъ бѣшеную, цыганскую пляску; а передъ намъ, прямо, близко передъ нимъ,— онъ только ее и видитъ,— стоитъ все та хе женщина, которую онъ недавно вспомнилъ по поводу музыки и вспомнилъ какъ будто затѣмъ, чтобы уже не забывать ее, каждый вечеръ видѣть ее то поющей, то танцующей, то просто стоящей и всегда неотвратимо смотрящей за него своими большими — большими синими глазами, окруженными длинными черными рѣсницами... Тоска давитъ Починкова.— Не умерла ли вся эта жизнь? Не изчезла ли въ тотъ самый день, когда рухнулъ старый домъ, объятый пламенемъ? Зачѣмъ же теперь, послѣ столькихъ лѣтъ, она опять воскресаетъ? Зачѣмъ она преслѣдуетъ его? Зачѣмъ даже женщина эта встала изъ своего гроба и явилась передъ нимъ во всемъ блескѣ своей красоты и молодости? И хотя бы она только въ воображеніи явилась передъ нимъ... Нѣтъ; она именно встала изъ гроба и живая, молодая, прекрасная предстала предъ нимъ; онъ дотрогивался до ея руки и точно такъ же вздрогнулъ отъ этого прикосновенія, какъ и двадцать лѣтъ назадъ, когда въ первый разъ коснулся пальцевъ той женщины...

Онъ садится передъ пылающей печью, полузакрываетъ лице руками и смотритъ въ огонь. И въ огнѣ все тѣ-же картины и образы, все тѣ же, тѣ же... Кажется, онъ вырвалъ бы свое ноющее сердце и бросилъ бы его въ огонь. Зачѣмъ оно тоскуетъ о прошломъ? Онъ не хочетъ жить этимъ прошлымъ; оно умерло, умерло на всегда...

Нѣтъ, оно не умерло, потому что въ немъ поднимаются, все выше и выше поднимаются, все громче и громче говорятъ старыя чувства, которыя онъ давно уже считалъ умершими.

Иногда онъ ночью выходилъ изъ дома, спускался съ горы къ рѣкѣ, переходилъ мостъ, шелъ по узкой дорогѣ, обставленной елками, и мало по малу деревня изчезала изъ виду. Кругомъ пустыня, снѣжная, бѣлая пустыня, которой, каи;ется, нѣтъ предѣла; — надъ головой безконечнымъ, прекраснымъ шатромъ раскинулось звѣздное, ясное небо,— и ни звука нигдѣ, ни голоса, ни призрака жизни. Все тоже, что и прежде,— что онъ часто видалъ, чѣмъ часто наслаждался. Но отчего же теперь въ его душѣ нѣтъ прежняго возвышеннаго спокойствія? Отчего не смотритъ онъ на міръ и на жизнь такъ, какъ смотрѣлъ прежде,— спокойнымъ взоромъ учителя, старшаго брата? Отчего теперь онъ какъ будто завидуетъ жизни другихъ, тѣхъ самыхъ, на которыхъ недавно еще смотрѣлъ, какъ на школьниковъ, дѣтей? Отчего въ немъ чувствуется какая-то пустота, какое-то одиночество? Отчего, отчего ему показалось одинъ разъ, что онъ стоитъ не на равнинѣ, а внизу, въ самой глубинѣ какой-то снѣжной, глубокой, междугорной долины, которой края постепенно поднимаются, поднимаются къ верху и наконецъ теряются среди далекихъ звѣздъ, отдѣляя его такимъ образомъ отъ всего міра? Отчего ему при этомъ стало такъ грустно и отчего въ этой грусти онъ вспомнилъ опять о той женщинѣ?

Куда же идти ему отъ этихъ мыслей и воспоминаній,— скрыться отъ нихъ? Чѣмъ заглушить ихъ? Некуда и нечѣмъ...

Дни и недѣли шли въ этой безплодной борьбѣ. Наконецъ Починковъ даже заболѣлъ. Утромъ ему было холодно, клонило ко сну,— по вечерамъ жарко, горѣло лице, руки, голова.— все тѣло горѣло: чувствовалъ онъ себя слабымъ, ходилъ неровной походкой.

Однакоже дальше болѣзнь не пошла.

Начало пахнуть весной: солнце грѣло теплѣе, зачернѣли дороги, деревья освободились отъ снѣга. Починковъ жилъ въ деревнѣ уже больше мѣсяца. Ни съ кѣмъ изъ жителей города не видѣлся онъ во все это время, ни отъ кого не получалъ писемъ. Наконецъ однажды мужикъ, только-что возвратившійся изъ города, привезъ ему письмо. Почеркъ былъ Упадышева. Неохотно распечаталъ его Починковъ, медленно пробѣжалъ первыя строки, и ужасъ изобразился на его лицѣ; опустилъ онъ письмо, подошелъ къ окну и безсмысленно смотрѣлъ въ него.

Рука его дрожала. Женщина, которую онъ полюбилъ да, онъ полюбилъ ее; теперь онъ уже зналъ это, эта женщина была свободна.

"Я умираю,— писалъ Упадышевъ. Я даже умеръ, могу написать,— потому что когда ты получишь это письмо, я уже буду зарытъ въ землю. И такъ, мертвый пишетъ къ тебѣ, обращается къ тебѣ съ послѣдней мольбой. Ты разочаровался вэ своихъ надеждахъ на меня и потому ты не могъ любить меня,— но я умеръ теперь. Я знаю,— ты добръ,— мертваго ты простишь и, можетъ быть, даже опять полюбишь его, забудешь все, чѣмъ онъ поранилъ твое сердце. Забудь же, забудь все и не оставь моей жены и моего ребенка. Вотъ моя мольба... Больше, больше хотѣлъ бы я написать тебѣ, но не могу,— поздно... Прощай, дядя"...

VI

Упадышева похоронили; надъ его могилой поставили большой черный крестъ безъ всякой надписи. За гробомъ его шла жена, шелъ Карповъ, Шестаковъ, шли рабочіе съ фабрики. Карповъ и Шестаковъ повидимому не узнали другъ друга. Елена Павловна была очень блѣдна и все дрожала,— иногда незамѣтно, иногда всѣмъ тѣломъ,— но, странное дѣло, ни одна слезинка не омочила ея рѣсницъ до самаго зарытія въ землю еще такъ недавно жившаго и говорившаго съ нею человѣка, любимаго человѣка. Когда же начали забрасывать могилу землею, и мокрые комки глухо застучали и покатились по крышкѣ гроба, тогда ея дрожащія, блѣдныя губы искривились, раскрылись,— руки начали протягиваться къ могилѣ, голова откинулась назадъ,— казалось, вотъ-вотъ вырвется изъ ея груди крикъ невыносимой боли и отчаянія,— но она очнулась и отступила отъ ямы. Двѣ пары глазъ съ любопытствомъ слѣдили за нею.

А весна приносила все больше теплоты и жизни. Улицы были совсѣмъ черны,— въ палисадникѣ обнажилась прошлогодняя желтая трава, солнце раньше и раньше заглядывало въ окна осиротѣвшаго жилища Упадышевыхъ.

— А вы все сидите да раздумываете, прошлое вспоминаете,— одинъ разъ говорилъ Карповъ.

— Все сижу,— отвѣчала Упадышева,— и ничего не могу взять въ руки, ничѣмъ не могу заняться. Знаете ли вы это состояніе? Каждую минуту кажется, что сейчасъ придется идти куда то далеко-далеко, въ какое-то трудное путешествіе и поэтому не стоитъ браться за что нибудь.

— А прошлое,— продолжала она, помолчавъ немного,— какое у меня прошлое... Нѣтъ за мной прошлаго.

Карповъ пристально смотрѣлъ въ это задумчивое лице, рѣзко отдѣлявшееся отъ ея чернаго шерстянаго платья. Онъ не хотѣлъ вѣрить, чтобы она не думала о томъ человѣкѣ, который говорилъ, жилъ, страдалъ въ этихъ самыхъ комнатахъ и потомъ вдругъ изчезъ, чтобы никогда больше не появляться въ нихъ.

— Да если бы и было оно,— продолжала молодая женщина,— то право, кажется, оно осталось бы въ тѣни, на заднемъ планѣ сравнительно съ нашимъ будущимъ... Потомъ, что такое мое прошлое? Моя жизнь съ мужемъ, вдвоемъ?...

Голосъ ея дрогнулъ.

— Знаете ли вы, какая это была жизнь? Вы можете только догадываться кое о чемъ. Вы, можетъ быть, догадываетесь, что онъ былъ вѣчно золъ, вѣчно раздражителенъ. Какъ нибудь вамъ придетъ въ голову даже то, что на него нерѣдко находило отчаяніе. Но знаете ли вы, знаете ли, что онъ часто проклиналъ всю свою жизнь, проклиналъ свою честность за то, что она помѣшала ему обезпечить будущность жены и ребенка? Какова была его жизнь? Вѣдь это говорилось съ отчаяніемъ во всемъ, во всемъ, съ презрѣніемъ къ самому себѣ, съ ненавистью къ себѣ. Вѣдь этакія проклятія говорятся съ кровью на губахъ! Нѣтъ, счастье это для него, что онъ умеръ,— лучше смерть, чѣмъ такая жизнь... Это исходъ, счастливый исходъ изъ его положенія.

Карповъ качалъ головой.

— Все это такъ,— произнесъ онъ; а все-таки не легко похоронить любимаго человѣка...

Ея губы задрожали.

— Я его давно похоронила,— отвѣчала она,— и привыкла уже къ этой потерѣ. Я давно знала, что его часъ пробилъ, и очень, очень немного ошиблась. Все-таки я никакъ не думала, чтобы такъ скоро,— невольно вырвалось у нея грустное признаніе. А то я все знала и видѣла, каждую его мысль привыкла читать. Я давно видѣла его похороны. Къ тѣхъ поръ прошло столько времени, что можно было привыкнуть.

— Я все знала, все знала. Когда ему произнесли смертный приговоръ, я тотчасъ же это увидѣла, хотя онъ не говорилъ мнѣ ни одного слова. Когда мы сюда поѣхали,— я знала, зачѣмъ мы ѣдемъ, хотя мнѣ ничего не было сказано. Вы вѣдь не знаете, зачѣмъ мы сюда пріѣхали?

— Я слышалъ, что отсюда было ему самое выгодное предложеніе...

— Вовсе нѣтъ, вовсе нѣтъ. Мы ѣхали сюда затѣмъ, чтобы примириться съ Починковымъ. Мужъ зналъ, что смерть уже дотронулась до него. Нужно было спѣшить. Во что бы то ни стало, нужно было примириться съ дядей, нужно было оставить насъ на его попеченіе...

— И что же?

— Не знаю,— спокойно отвѣчала она. Сколько я ни слушала этого господина, сколько ни вглядывалась въ него, сколько ни выпытывала у мужа о немъ,— не могу составить себѣ никакого понятія... И вы не знаете его?...

— Нѣтъ... Что же, если онъ предложитъ вамъ помощь?

— Смотря по обстоятельствамъ. Если найду занятіе, которое могло бы прокормить меня и Сережу,— тогда не приму его помощи. Если нѣтъ,— приму...

— Значитъ все дѣло въ занятіи?...

— Да. Я не принималась искать его въ эти три недѣли, потому что какъ-то не въ силахъ была. Теперь начну хлопотать...

— Чѣмъ же вы хотите заняться?

— Учить буду, шить возьмусь кое-что, потомъ я музыкантша очень не дурная...

Все это говорилось довольно спокойно, увѣренно.

— Но куда же вы пойдете? Гдѣ будете искать?

— Прежде всего къ вамъ обращусь,— отвѣчала она съ улыбкой; затѣмъ къ тому же Починкову, потомъ къ Шестакову, потомъ къ хозяину фабрики, на которой былъ мой мужъ, потомъ къ одному господину Кононову. Видите ли сколько шансовъ...

— Да, да, да,— задумчиво подтвердилъ Карповъ.

— И когда я найду хотя что нибудь, хоть очень маленькое, тогда расположусь совершенно по новому,— продолжала она. Найму маленькую квартиру въ одну комнату съ кухней; постараюсь при этомъ, чтобы она выходила окнами куда нибудь въ садъ, въ палисадникъ съ сиренью, непремѣнно съ сиренью,— повторила она смѣясь. Найду для Сережи какую нибудь старуху,— одну изъ тѣхъ, знаете ли, которыя вѣчно сидятъ за прялкой и шумятъ своимъ веретеномъ. У этихъ старухъ лице всегда такое строгое, головная косынка нахлобучена всегда на брови, но сердце у нихъ доброе и всегда они имѣютъ въ запасѣ какую нибудь сказку или загадку или притчу для своего ребенка. У меня была именно такая нянька. Сама же я буду весь день работать, ковать деньги, За то вечеръ,— вечеръ мой; я буду играть съ Сережой, разсуждать съ вами и съ нянькой о возвышенныхъ матеріяхъ, буду читать книги... Урокъ, только одинъ урокъ; десять лѣтъ жизни за одинъ хорошій урокъ,— вскричала она и засмѣялась тихимъ, грустноватымъ смѣхомъ.

Карповъ молча и задумчиво сидѣлъ на своемъ мѣстѣ.

— Что же вы молчите, точно преждевременно оплакиваете мои мечтанія? Надѣетесь вы увидѣть осуществленіе ихъ? Не надѣетесь?

— Право, я такъ мало видѣлъ въ своей жизни удачъ, что вообще не вѣрится въ мечтанія,.

— А въ самомъ дѣлѣ, что же это все я, да я, все обо мнѣ... Что наконецъ вы? Какъ вы тамъ? Какъ ваши дѣла?

— Мои дѣла все тѣ же,— нехотя отвѣчалъ Карповъ. Все пишу,— переписываю то есть; куда ужь намъ писать. Самое это слово писать заключаетъ въ себѣ нѣчто возвышенное, аристократическое; а куда ужь намъ до возвышеннаго или аристократическаго, не пристало... Вотъ только маменьку мою посѣтило наконецъ, кажется, полное отчаяніе въ моей будущности. Какія-то тамъ сокращенія расходовъ, что ли, сдѣлала она и купила мнѣ поношенный, но по ея мнѣнію очень-очень приличный виц-муидиръ; затѣмъ, знаете, чтобы я имѣлъ болѣе солидности въ своей фигурѣ. Совѣтуетъ она мнѣ перестать съ настоящаго времени курить въ должности; чтобы начальство видѣло меня на своемъ мѣстѣ. Совѣтуетъ она мнѣ въ своей обновкѣ почаще бывать въ прихожей, чтобы при случаѣ услужить начальству,— шубу подать или калоши. Затѣмъ наказываетъ она мнѣ запастись съ наступленіемъ лѣта какою нибудь душеспасительною книгою, ходить съ нею въ публичный садъ, садиться тамъ на скамеечку, въ уголокъ какой нибудь и погружаться въ чтеніе. Начальство, говоритъ, увидитъ, полюбопытствуетъ и обратитъ на тебя вниманіе. Да и кромѣ начальства, говоритъ, мало ли внимательныхъ людей, какъ мужчинъ, такъ и женщинъ, особенно изъ купеческаго сословія: Конечно совѣтуетъ при этомъ непремѣнно быть въ виц-мундирѣ.

Въ это самое время Шестаковъ, возвращавшійся съ какого-то веселаго обѣда, проѣзжалъ мимо дома Упадышевыхъ. Онъ былъ въ очень мечтательномъ настроеніи духа; воображеніе его работало съ пламеннымъ вдохновеніемъ. Препятствій для него не существовало, міръ казался полнымъ наслажденій и радостей, самый воздухъ вокругъ него былъ полонъ пріятныхъ образовъ и картинъ. Онъ велѣлъ остановиться у флигеля.

Когда дверь въ переднюю растворилась, Карповъ съ какой-то жалобой взглянулъ на молодую женщину. Она торопливо зажгла свѣчу и быстро пошла съ нею на встрѣчу гостя.

— Будемъ дѣйствовать, дѣйствовать — прошептала она, проходя мимо Карпова.

Шепотъ долетѣлъ до Шестакова. Онъ съ любопытствомъ взглянулъ изъ передней. Увидѣвъ его красивое лицо, Карповъ взялъ фуражку. Когда Шестаковъ входилъ въ залу,— онъ уже выходилъ изъ нея, и оба они только износа взглянули другъ на друга.

— Ну, скажите, скажите,— какъ вы поживаете, какъ пережили всѣ эти дни и недѣли,— заговорилъ Шестаковъ, садясь къ столу, пристально разсматривая лицо молодой женщины.

Она сидѣла по другую сторону стола. Свѣтъ большой лампы, стоявшей между ними, ярко освѣщалъ ихъ лица.

— Живу очень хорошо, строю различные планы на будущее,— быстро и съ улыбкой отвѣчала она. Здоровье мое, какъ вѣроятно вы и сами видите, ничуть не пострадало.

Шестаковъ былъ повидимому пріятно удивленъ ея живымъ, почти веселымъ тономъ.

— Нѣтъ, нѣтъ; сохрани меня Богъ увидѣть когда нибудь на вашемъ лицѣ хоть малѣйшіе признаки нездоровья. Сохрани меня Богъ... Вы неизмѣнно прекрасны, оживлены и — непроницаемы...

37

Онъ пытливо посмотрѣлъ въ ея глаза.

— И непроницаемы,— повторилъ онъ. Когда мы недавно принуждены были сдѣлать одну печальную прогулку за городъ,— я съ любопытствомъ наблюдалъ за вами... Неужели, думалъ и, неужели она и здѣсь, какъ у постели умирающаго, ничѣмъ не обнаружить своего горя? Неужели съумѣстъ совладать съ своими чувствами? И дѣйствительно съумѣли, смогли... Была одна минута, когда я уже видѣлъ, что вотъ-вотъ это чувство вырвется наконецъ наружу, скажется намъ... Нѣтъ! Вы остались непроницаемы.

Она повидимому совершенно спокойно смотрѣла на него и даже раза два улыбнулась.

— Я лекарь,— продолжалъ онъ. Я видалъ много умирающихъ, мертвыхъ и зарываемыхъ въ землю (тутъ его губы слегка дрогнули). Я видалъ много женщинъ, навѣки прощающихся съ любимымъ или не любимымъ человѣкомъ; но я не кидалъ ни одной, которой глаза были бы сухи при этомъ прощаньѣ. Я не видалъ ни одной. И Боже мой, какъ невыносимы всѣ эти женщины. Если вы придете къ одной изъ нихъ черезъ мѣсяцъ или два послѣ похоронъ ихъ мужа,— онѣ сейчасъ же дѣлаютъ постное лицо. Если у васъ послышится въ голосѣ хоть одна маленькая скорбящая нотка,— онѣ вынимаютъ платокъ и начинаютъ тереть глаза. Если ихъ мужа звали Иваномъ и вы невзначай заикнетесь о своемъ кучерѣ Иванѣ,— онѣ въ ту же минуту разражаются рыданіями. И скажите пожалуйста зачѣмъ у нихъ такое обиліе слезъ даже въ тѣхъ случаяхъ, когда уже положительно извѣстно, что имъ скорѣе очень весело, чѣмъ очень скучно?.. Это очень интересно...

— Неужели вы не знаете причины этого? Вы докторъ... Кому же и знать человѣческую натуру...

— Да, положимъ; но все-таки мои предположенія такъ и остаются предположеніями, догадками,— не больше; тогда какъ мы въ этомъ случаѣ можете утверждать и рѣшать...

— Я думаю оттого, что мы хотимъ показаться полными глубокаго чувства, любящими, нѣжными. Мы думаемъ, что насъ будутъ боготворить за это богатство, за эту глубину чувствъ...

Шестаковъ громко и весело засмѣялся.

— Мои предположенія не были далеки отъ этого,— заговорилъ онъ.

— Впрочемъ кромѣ этого я имѣлъ въ виду еще слабость характера; ребяческую слабость. Но какъ это всё мы, рѣшительно всѣ,— и мужчины, и женщины,— любимъ блеснуть именно тѣмъ, чего у насъ нѣтъ. Тѣмъ чего у насъ нѣтъ гораздо больше стараемся блеснуть, нежели тѣмъ, что у насъ есть. Я только что былъ на одномъ обѣдѣ. Общество было веселое. Весело говорили о пустякахъ, пили, ѣли, смѣялись. Можете ли вы представить себѣ, чтобы изъ этого беззаботнаго кружка поднялся вдругъ одинъ изъ самыхъ глупыхъ и веселыхъ членовъ и произнесъ спичъ, въ которомъ говорилось объ общественныхъ вопросахъ. Спикеръ этотъ интересовался во время своей рѣчи тѣмъ,— нравится ли онъ той молоденькой женщинѣ и идетъ ли къ нему его новый жилетъ или нейдетъ,— а говорилъ объ общественныхъ вопросахъ...

— А однако здѣсь все недостаетъ чего-то или кого-то — вдругъ сказалъ онъ, оглядываясь во всѣ стороны.

— Неужели вы спохватились моего мужа?.. съ улыбкой спросила Елена Павловна...

— Нѣтъ. Гдѣ Сережа?..

— Спитъ уже...

"Нѣтъ, она не любитъ, не любитъ его, думалось Шестакову. И Боже мой, какъ она прекрасна, какъ прекрасна..."

Онъ не былъ пьянъ; но точно туманъ какой-то бродилъ въ его головѣ и гналъ его мысли то въ одну, то въ другую сторону...

— Это вѣдь Карповъ былъ у васъ?..

— Да, онъ... Скажите пожалуйста, отчего вы, оба, какъ будто избѣгаете другъ друга?..

— Это оттого, что мы оба очень неглупые люди,— не торопясь отвѣчалъ Шестаковъ. И я уменъ, и онъ уменъ, нужно ему отдать справедливость. Вы предположите только, что мы какъ нибудь сошлись другъ съ другомъ. При самыхъ лучшихъ обстоятельствахъ мы обмѣнялись бы рукопожатіями, затѣмъ состроили бы очень постныя, очень скучныя лица и стали бы молча, изкоса поглядывать другъ на друга. И о чемъ намъ говорить? Онъ, вѣроятно, не прочь бы потолковать о вопросахъ тамъ соціальныхъ,— какіе тамъ у нихъ есть,— да мнѣ-то что во всемъ этомъ?.. Этакая скука... Я бы радъ былъ сообщить ему, что недавно Лапотниковъ, купецъ, выписалъ въ свой магазинъ очень не дурныя вина,— да ему-то что въ этомъ?.. Пожалуй еще обидится.. Конечно, при другихъ обстоятельствахъ я могъ бы быть для него полезенъ кое-въ-чемъ... Да это вѣдь при другихъ обстоятельствахъ, но при существующихъ. А теперь, вы думаете, онъ согласится быть мнѣ обязаннымъ? Какъ же! Но скажите пожалуйста, не находите ли вы, что я говорю о себѣ чрезвычайно откровенно, свободно и безпристрастно?.. Я

39

человѣкъ безъ всякихъ претензій на что нибудь такое, чего у меня нѣтъ... Право. Это достоинство есть у меня.

Она тоже наблюдала за нимъ. Ей все казалось, что онъ какъ-то страненъ.

— Да,— проговорила она, это достоинство. Вы напьетесь со мной чаю?

— Да, да, да,— быстро подхватилъ онъ,— если вы позволите. Дѣло можетъ быть только за вами, за вашимъ позволеніемъ.

Туманъ гуще и гуще скоплялся въ его головѣ. Онъ облокотился на столъ и пристально смотрѣлъ на выходившую изъ комнаты молодую женщину. Она ходила быстро, свободно, граціозно. По поводу этого ему пришло въ голову,— какія у нея красивыя, должно быть, стройныя ножки. Румянецъ густо покрывалъ его щеки, глаза блестѣли.

— Для меня нѣтъ на свѣтѣ большаго удовольствія, какъ пить чай на единѣ съ молодой, умной женщиной и болтать обо всемъ, что придетъ въ голову,— говорилъ онъ, когда принесли чай, а хозяйка возвратилась изъ спальни ребенка. Ну, скажите же мнѣ теперь... Когда я только-что пришелъ, вы, кажется, говорили, что мечтаете о будущемъ, планы строите... Скажите же мнѣ теперь, какія такія у васъ мечтанія...

Она засмѣялась.

— Это дѣйствительно интересно, Прежде всего нужно, вамъ сказать, что основаніе, для всѣхъ моихъ мечтаній, необходимое основаніе,— это уроки, вообще какое нибудь занятіе...

Онъ какъ будто удивился.

— Когда же это основаніе будетъ положено, тогда я, непремѣнно перемѣню эту квартиру на другую,— маленькую, очень маленькую,— въ одну комнату. Потомъ я поселяю въ мою квартиру старуху, деревенскую старуху, которая будетъ няньчить моего сына, прясть ленъ на высокой прялкѣ и пѣть духовные стихи... Сама же я буду весь день работать, а вечеромъ принимать моихъ гостей...

— Или фантазія ваша бѣдна, или наши вкусы очень несходны,— заговорилъ Шестаковъ послѣ какихъ-то соображеній. Уроки,— что такое уроки? Скверная прогулка въ худенькихъ ботиночкахъ по дождю и грязи,— выслушиваніе замѣчаній дерзкой прислуги, каждодневное испытываніе пренебрежительныхъ взглядовъ глуповатыхъ хозяевъ: наконецъ маленькій идіотикъ-ребенокъ, которому вы сто разъ повторите père, и который точно также аккуратно сто разъ отвѣтить вамъ cher... Маленькая квартира,— что такое маленькая квартира?.. Это резервуаръ, въ который собираются всѣ ароматы кухни,— адъ, въ которомъ несчастные грѣшники поминутно наступаютъ другъ другу на мозоли и воютъ отъ боли,— базаръ, на которомъ гость говоритъ о любви, хозяйка гремитъ чашками, ребенокъ кричитъ на кошку, а нянька поетъ духовный стихъ...

Молодая женщина смѣялась. Онъ провелъ рукой по горячемулбу и продолжалъ.

— Я же мечтаю васъ видѣть въ болѣе удобной обстановкѣ. Представьте себѣ довольно большую квартиру, очень красивую и комфортную. Ребенокъ кричитъ вдалекѣ, нянька поетъ тоже далеко отъ васъ... Голоса ихъ почти неслышны... О существованіи кухни вы можете вспоминать только тогда, когда подаютъ обѣдъ... О существованіи же въ природѣ дыма и чада вы можете совсѣмъ и навсегда забыть... Васъ же собственно... васъ... я мечтаю видѣть не иначе какъ за фортепьяно, за книгой... Вы будете окружены книгами... Или же въ веселой бесѣдѣ, гдѣ вы освѣжаете своею умною рѣчью наши нерѣдко пустыя головы...

— Да, ваша фантанзія сильнѣе моей,— отвѣчала она. Если бы стоило только помечтать, чтобы переселиться въ такой рай, то я дала бы полную волю своей фантазіи...

— Не помечтать,— вамъ стоитъ сказать одно только слово, и завтра же рай будетъ оконченъ...

— Что? Что такое? Да что вы говорите? вскричала она.

Онъ облокотился на столъ, опустилъ на ладонь свою отяжелѣвшую голову и какъ-то глухо отвѣчалъ:

— Скажите одно слово, и я все это сдѣлаю... все сдѣлаю...

Онъ посмотрѣлъ на нее своими черными глазами, какъ-то дерзко посмотрѣлъ. Она приподнялась. Негодованіе, гнѣвъ покрыли ея лице смертною блѣдностью. Еще мгновеніе и она велѣла бы ему идти вонъ — и онъ ушелъ бы. Но вдругъ какъ молнія мелькнула въ ней мысль, что если она не хочетъ умереть съ голоду и уморить ребенка, то должна мириться съ окружающею ее пошлостью.

— Полноте говорить вздоръ,— сказала она тихо и только съ чуть-чуть замѣтнымъ волненіемъ въ голосѣ. Вы были на слишкомъ веселомъ обѣдѣ...

Шестаковъ откинулся на спинку кресла. Ее ли онъ видѣлъ сейчасъ? И что такое онъ видѣлъ? Какое чувство заставило ее подняться такъ внезапно съ своего мѣста? Гнѣвъ? Изумленіе? Внезапность его словъ? Кажется, что въ ея глазахъ онъ прочелъ

41

гнѣвъ... Нѣтъ, не можетъ быть: вонъ она какая спокойная, невозмутимая. Что же это такое?

— Лучше перейдемте къ серьезнымъ рѣчамъ,— продолжала она тѣмъ же тономъ... Я говорила, что нужны уроки... Не правда ли, что вы можете найти ихъ и найдете!

— Уроки, все уроки,— повторилъ онъ. Боже мой, зачѣмъ они вамъ? Я говорю, что люблю васъ, люблю васъ... Скажите же мнѣ что нибудь. Скажите, что любите другого, велите мнѣ убираться вонъ,— что нибудь да скажите...

— Я не люблю никого,— отвѣчала она, точно задыхаясь. Васъ я не знаю... Дайте мнѣ время... время дайте узнать васъ... Я вижу ваши достоинства... но еще мало васъ знаю...

Ея зубы стиснулись, когда она произнесла эти слова, горькое что-то слышалось въ ея заключительныхъ словахъ, и прежняя блѣдность разлилась по ея лицу. Онъ недовѣрчиво посмотрѣлъ на нее, какъ будто догадываясь о ея мысляхъ, чувствахъ къ нему и угадывая ея планъ дѣйствій съ нимъ.

— Что меня узнавать?— заговорилъ онъ брюзгливымъ, безнадежнымъ тономъ. Вы вѣдь слышали тогда мою исповѣдь покойному этому? Слышали вѣдь? Ну такъ я тогда одну правду говорилъ... Что мнѣ было съ нимъ стѣсняться? Что мнѣ въ немъ? Я правду говорилъ. Когда-то я былъ такъ называемый честный малый; потомъ увидѣлъ, что не стоитъ быть ни честнымъ, ни добрымъ,— глупо очень. Впрочемъ подлостей такъ называемыхъ я не много надѣлалъ,— не много было нужно: вотъ только подлаживался къ кому слѣдовало, да женился по разсчету, жену обманулъ ради ея большаго богатства. Сердце у меня то же есть, да я берегу его для себя, для своихъ собственныхъ удовольствій. Потому я могу сильно любить и сильно люблю васъ... Чего же вамъ еще? Пожалуй,— циникъ я... Да вѣдь это можетъ быть и достоинство... Другой на моемъ мѣстѣ какъ бы хитро поступилъ съ вами. А я прямо и высказалъ все, что считалъ нужнымъ для моего и вашего благополучія...

Онъ замолчалъ, она тоже молчала

— Что же?.. спросилъ онъ.

— Я не люблю васъ,— повторила она.

— То есть я могу убираться?

Она молчала:

Онъ всталъ, взялъ шляпу, раскланялся и ушелъ.

"Перехитрить думала,— бормоталъ онъ, идя по двору. Достоинства мои видитъ, многое нравится во мнѣ... Ничего тебѣ во мнѣ не нравится, потому что ты другого любишь. И хоть бы она не шепталась при мнѣ: вѣдь не подумаю же я, что она ему шепнула мою фамилію. А все таки ты у насъ будешь... Бѣдность, милая моя, не свой братъ. Она все мелетъ понемногу, день и ночь мелетъ, пока не перемелетъ всѣ кости и чувства, нервы и мысли... Знаю я ее, эту бѣдность. Однако, у меня голова кружится"...

А молодая женщина блѣдная и неподвижная сидѣла все на томъ же мѣстѣ.

VII

Вечеромъ на другой день въ городъ въѣзжала повозка, крытая рогожей и запряженная парой крестьянскихъ лошадей. Колокольчика не было слышно, ямщикъ не помахивалъ кнутомъ и не покрикивалъ на лошадей,— должно быть, онъ зналъ, что ухарскій. торжественный въѣздъ не въ характерѣ человѣка, котораго онъ везъ. Въ глубинѣ повозки, прижавшись въ самый уголокъ, сидѣлъ Починковъ и съ какимъ-то трепетомъ смотрѣлъ на мелькающіе по сторонамъ огоньки городскихъ домовъ, точно онъ вступалъ на то мѣсто, гдѣ долженъ былъ совершить преступленіе. Скромно, не привлекая ничьего вниманія, повозка подъѣхала наконецъ къ воротамъ маленькаго домика Починкова.

Не словоохотливо, скучно передалъ онъ своей старухѣ кухаркѣ деревенскія новости, поклоны, гостинцы, просьбы — и наконецъ остался одинъ.

Да, вотъ онъ и опять здѣсь. Здѣсь вотъ, неподалеку отъ порога появилась передъ нимъ Упадышева и глаза ихъ встрѣтились. Здѣсь, у стола, они пожала его руку. Здѣсь, въ этомъ старомъ кожаномъ креслѣ она сидѣла и перелистывала книгу. Онъ долго смотрѣлъ на то мѣсто, гдѣ видѣлъ тогда ея наклоненную голову и гладкій, бѣлый какъ мраморъ лобъ. Казалось ему, что и теперь она тутъ же сидитъ,— видитъ онъ ее..

Онъ глубоко вздохнулъ и началъ ходить взадъ и впередъ... Неужели нигдѣ не избавится онъ отъ этого образа и воспоминаніи прошлаго Неужели міръ его души прерванъ, и послѣ многихъ лѣтъ сердечнаго спокойствія и ясности мысли опять долженъ наступить періодъ страстей, борьбы съ самимъ собою, можетъ быть, даже увлеченій и неизбѣжно слѣдующихъ

43

за ними угрызеній совѣсти. Неужели та жизнь мыслью и духомъ, которою онъ жилъ столько лѣтъ въ этихъ тихихъ покояхъ, должны окончиться, прервать и уступить свое мѣсто жизни чувствами, впечатлѣніями?

Сколько разъ бывало прежде, измученный долгимъ умственнымъ напряженіемъ, онъ засыпалъ среди глубокое ночи въ своемъ кожаномъ креслѣ и послѣ четырехъ, пяти часовъ отдыха просыпался опять сильный, свѣжій, съ свѣтлою головою, ясною памятью и продолжалъ свое чтеніе съ фразы, прерванной внезапнымъ сномъ. Гдѣ теперь эта ясность мысли? Его изголовье окружаютъ образы прошлаго, лица давно умершія, въ его ушахъ раздается музыка, пѣсни,— его глазамъ больно отъ яркаго освѣщенія комнатъ, убранныхъ для пира,— ему такъ хорошо, пріятно становится,— и вдругъ его будитъ какой-то суровый и печальный голосъ, произносящій надъ его ухомъ: "гдѣ ты? Здѣсь ли твое мѣсто? Зачѣмъ ты меня оставилъ?"

Долго ходилъ Починковъ. Дряхлыя половицы уныло скрипѣли порой подъ его ногами; гдѣ-то мышь усердно скребла доску. И вдругъ, какъ будто что оборвалось въ немъ,— такъ неожиданно сдѣлалось у него спокойно на сердцѣ. Внутренняя борьба замерла, заснула. Нѣтъ ни воспоминаній, ни образовъ,— онъ одинъ въ своемъ кабинетѣ съ своими книгами, съ своею старою, спокойною жизнью. Только какъ будто онъ усталъ, страшно усталъ. Не раздѣваясь, прилегъ онъ на диванъ, подвинулъ подушку подъ голову и заснулъ.

Утромъ то же затишье. Онъ пошелъ къ Кононову, мирно бесѣдовалъ съ нимъ, какъ бывало бесѣдовалъ прежде, обѣдалъ у него, послѣ обѣда оба пріятеля соснули, потомъ опять потолковали за самоваромъ и затѣмъ Починковъ отправился домой. Онъ чувствовалъ себя совершенно тѣмъ спокойнымъ человѣкомъ, какимъ былъ до пріѣзда Упадышевыхъ.

Почему-то хотѣлось ему пройти мимо дома, въ которомъ жилъ покойный. Онъ прошелъ мимо его Въ окнахъ на улицу не было огня, только издалека откуда-то виднѣлся черезъ отворенную дверь свѣтъ. Значить, никого гостей не было, а она въ спальной, съ ребенкомъ. Починковь хотѣлъ идти дальше,— домой; но уже поздно было: какая-то неотразимая сила овладѣла имъ и вела его по другой дорогѣ,— въ калитку, въ сѣни, въ переднюю... Онъ остановился лицомъ къ лицу съ Еленой Павловной. Когда она прикоснулась къ его рукѣ,— она ясно почувствовала, что его рука дрожала.

— Да, вотъ и опустѣлъ домъ,— проговорилъ онъ нетвердымъ голосомъ, когда они вошли въ залу.

— Да, многаго теперь недостаетъ,— отвѣчала молодая женщина.

Она была блѣднѣе чѣмъ прежде, но вмѣстѣ съ тѣмъ какъ-то рѣшительнѣе, сосредоточеннѣе.

— Многаго,— повторилъ онъ. Что дѣлать?! Да и знаете ли, говоря откровенно, бываютъ случаи, когда можно порадоваться удаленію человѣка изъ нашего общества въ міръ лучшій... Борьба кончена, враговъ нѣтъ. Не грозитъ нищета, не слышатся крики, слезы, не язвятъ оскорбленія. Кончены мученія...

Въ его голосѣ слышалось нѣчто мягкое, кроткое, даже какъ будто печальное и любовное. Здѣсь нужно замѣтить, что наединѣ, съ глазу на глазъ съ кѣмъ нибудь, Починковъ не былъ очень робокъ и застѣнчивъ, только появленіе какого нибудь третьяго, незнакомаго человѣка заставляло его замолкать и стѣсняться.

Этотъ искренній тонъ чрезвычайно понравился молодой женщинѣ.

— Мы не подозрѣваете, какую правду вы говорите, сказала она дружески.

Починковъ скромно сидѣлъ къ своемъ уголкѣ, не поднимая на нее глазъ.

— Иногда мы, постороннie, въ состояніи сказать, что можно радоваться смерти такою-;о человѣка; но тяжелы эти слова для близкихъ умершему.— и грустная для нихъ эта радость...

— Я не плачу .

— Что слезы!... Для большинства онѣ въ наше время только маска. Да и всѣ мы видимъ вокругъ себя только слезы и слезы — мы съ дѣтства привыкли къ нимъ...

— Я привыкла къ мысли о его смерти. Давно, уже очень давно я видѣла ея приближеніе...

Починкову вдругъ какъ будто неловко стало.

— Да, да; вѣдь у него и по наслѣдству должна бы, кажется, быть чахотка... Кажется, что такъ... Вѣдь знаете исторію его матери?

— Очень мало знаю.

— Она вѣдь сестра моя. Она лѣтъ семнадцати убѣжала отъ насъ, изъ дому, съ однимъ офицеромъ. Онъ гуляка былъ, она была такая тихая, кроткая. Онъ бросилъ ее съ ребенкомъ; потомъ онъ гдѣ-то умеръ. А она, сестра моя въ деревнѣ у насъ умерла, отъ чахотки..... Онъ опять какъ будто смѣшался и сконфузился.

— Впрочемъ нѣтъ, что же я... Она начала чахнуть, когда ея сыну было года четыре... Нѣтъ, нѣтъ,— жизнь, одна только жизнь, судьба убила его, — добавилъ онъ торопливо.

Наступило молчаніе.

— Что же вы намѣрены теперь предпринять?— опять заговорилъ онъ тихимъ, робкимъ голосомъ. Думаете ѣхать обратно? Къ роднымъ?..

— У меня нѣтъ родныхъ,— никого нѣтъ. Я думаю остаться здѣсь. Я вотъ хотѣла къ вамъ обратиться; я могла бы давать уроки музыки, французскаго языка и другихъ предметовъ... Мнѣ недостаетъ только знакомствъ... Обратиться не къ кому.

— Я радъ буду, очень радъ; я постараюсь. У меня есть здѣсь немного знакомыхъ. Я постараюсь... Только знаете ли,— трудно на это разсчитывать... У насъ вѣдь, сколько я знаю, не въ обычаѣ это, чтобы учительница приходила на извѣстные часы, давала урокъ и потомъ уходила себѣ... Не въ обычаѣ это, не нравится. У насъ обыкновенно есть гувернантки, которыя такъ, постоянно, и живутъ въ домѣ. А вамъ это...съ ребенкомъ-то... затруднительно...

Она сидѣла до сихъ поръ облокотившись на столъ и смотрѣла на гостя. При послѣдней фразѣ она прикрыла рукою свой гладкій, бѣлый лобъ и задумалась.

— Впрочемъ я постараюсь,— прибавилъ Починковъ. Кто же вѣдь знаетъ,— можетъ быть и удастся найти что нибудь. Только не унывайте вы, не падайте духомъ. Не безъ друзей вы здѣсь.

— Безъ друзей,— отвѣчала она съ улыбкой.

— Нѣтъ, нѣтъ, ошибаетесь вы,— горячо сказалъ онъ,— не безъ друзей. Что бы тамъ ни было, какъ бы ни случилось, а вы на меня надѣйтесь. Можетъ быть, и пригожусь я вамъ...

Это было сказано такъ искренно, тепло, хотя съ грустью какой-то, что Упадышева. невольно взглянула на него съ благодарностью и протянула ему руку. Онъ вздрогнулъ, поблѣднѣлъ и едва коснулся до ея пальцевъ. Онъ дѣйствовалъ точно во снѣ. Ей же стало легче на сердцѣ.

— Скажите мнѣ,— заговорилъ онъ потомъ,— часто сѣтовалъ на меня племянникъ, что и его безъ поддержки оставилъ? Часто?

— Никогда...

— Что-съ? Какъ вы сказали? переспросилъ Починковъ, какъ будто остолбенѣвъ на мгновеніе.

— Никогда этого не было. Еще незадолго до его смерти у насъ былъ съ нимъ разговоръ объ этомъ. Онъ говорилъ, что если бы даже сынъ его перешелъ на сторону тѣхъ, кого онъ, отецъ, считаетъ безчестными или вредными, то онъ отрекся бы отъ сына.

— Такъ, это такъ! вскричалъ Починковъ съ одушевленіемъ. И вы, слѣдовательно, противъ меня были? прибавилъ онъ робко.

Она съ минуту не рѣшалась отвѣчать.

— Да, противъ васъ была,— сказала она, рѣшившись наконецъ дѣйствовать искренно, и улыбнулась.

Починковъ поникъ головой.

— Да, произнесъ онъ: — какъ же иначе? Протяни я руку помощи этому человѣку,— онъ, можетъ быть, былъ бы теперь и живъ, и здоровъ. Не сдѣлалъ я этого,— умеръ онъ. А вѣдь онъ былъ дорогъ для васъ.

Онъ еще ниже опустилъ голову.

— Нужно знать все; жизнь мою нужно знать,— проговорилъ онъ.

Она молчала и съ любопытствомъ смотрѣла на него. Какъ похожъ онъ на ея покойнаго мужа. Тотъ точно также поникалъ иногда головой и тихо теръ пальцами лобъ. Тотъ сидѣлъ точно также сгорбившись. Не будь у Починкова небольшой лысины на головѣ, не будь его высокій лобъ такъ обнаженъ такъ глубоко прорѣзанъ двумя-тремя морщинами,— его трудно было бы отличить отъ Упадышева.

— Вы знаете мою жизнь? вдругъ спросилъ Починковъ.

— Нѣтъ; совершенно нѣтъ...

— Да и что я спрашиваю? пробормоталъ онъ. Кто знаетъ ее? Кто помнитъ? Давно вѣдь это было... Можетъ быть, кое-кто знаетъ смутно, что былъ Починковъ одинъ человѣкъ и потомъ сталъ онъ другимъ человѣкомъ....

— Объ этомъ переломѣ и я слышала....

— Переломъ.... да, именно переломъ... Но какъ.это случилось, чѣмъ я былъ, чѣмъ я сталъ, вслѣдствіе чего моя жизнь на двое переломилась,— мало кто знаетъ это...

Онъ придвинулся къ ней.

— Фантастическая эта исторія, страшная исторія,— заговорилъ онъ. Пройти, пережить ее нужно, чтобы судить меня. Роковая эта исторія... Что вы тамъ слышали обо маѣ? О первой-то половинѣ моей жизни... что я негодяй былъ, развратникъ, злодѣй безжалостный? Именно, именно,— правду вамъ говорили; самъ говорю я вамъ, что я таковъ былъ. Съ молодыхъ лѣтъ я уже таковъ былъ. Я вѣдь рано остался безъ отца и матери,— двадцати двухъ лѣтъ въ полное владѣніе вступилъ, въ полное владѣніе землей и водой, воздухомъ и людьми. Я богатъ былъ... Что видалъ тогда богатый помѣщикъ? На чемъ онъ воспитывался? Разгулъ, развратъ, волю полную,— вотъ что видалъ онъ тогда.. И я къ этому съ дѣтства присмотрѣлся, всю сладость жизни видѣлъ въ этомъ. Началъ я свое, владѣнье тѣмъ, что молодаго, ни въ чемъ неповиннаго мужика въ рекруты сдалъ и его жену молодую, тихую, своей любовницей сдѣлалъ... Вы простите, что я такъ говорю... Вы хотите судить меня,— судите... Такъ началъ я... Свиту я составилъ изъ дворовыхъ тамъ, музыкантовъ обучилъ, пѣвчихъ, писарей завелъ — и пошла у меня жизнь однимъ непрерывнымъ пиромъ, оргіей одной нескончаемой... Народу готоваго веселиться, буйствовать и развратничать много было вокругъ меня. Не глупъ я былъ, понималъ, что прокормить такую толпу нужно много труда, много пота. Потому на тѣхъ, кто при работѣ остался, я, какъ гора, налегъ, я имъ дохнуть не давалъ, и изъ нихъ тянулъ послѣдніе соки. А все мало было ихъ пота, чтобы спасать меня отъ разоренія. Много тутъ слезъ было пролито, проклятій на меня брошено и кровь не разъ изъ меня проливалась...

— Одно время я не много очувствовался, кроткое что-то, человѣческое шевельнулось во мнѣ,— должно быть кое-что хорошее было въ моемъ сердцѣ. Была тамъ одна дѣвушка, дочь помѣщика тоже; на васъ она очень походила... То веселая она была, какъ ребенокъ, то задумается вдругъ, запоетъ какую нибудь русскую, знаете, печальную пѣсню. Умная была; говорила — какъ будто она сердце ваше въ рукахъ перебирала.... Полюбилъ я ее... Только она на меня смотрѣла точно со страхомъ какимъ. Особенно если вдвоемъ останемся, такъ она глядитъ на меня, точно у меня ножъ въ рукавѣ спрятанъ... Такъ я и не смѣлъ никогда сказать ей о моей любви, духа не хватало... Вышла она за другого...

Починковъ вздохнулъ.

— А когда она вышла за другого, тогда я опять за старое взялся, старую жизнь повелъ, да повелъ ее еще круче, очертя голову, мнѣ все равно было. Тутъ одинъ разъ на дорогѣ въ меня выстрѣлили даже,— шляпу съ головы сбили пулей. Да мнѣ тогда все равно было; я даже разыскивать не сталъ этого стрѣлка, а только велѣлъ объявить по деревнѣ, чтобы неумѣючи не брались за стрѣльбу. Не страшна и смерть была... А эта пуля, должно быть, только предвѣстіемъ, предостереженіемъ.

напоминаніемъ была свыше. Не образумило меня это,— не замедлило послѣдовать и другое предостереженіе. Былъ у меня вечеръ. Никогда я итого вечера не забуду. Были гости, пили, веселились, играли въ карты,— музыканты мои играли, пѣвчіе пѣли. Былъ тутъ въ гостяхъ у меня одинъ чиновничекъ изъ города. Какъ онъ попалъ въ нашу компанію.— не знаю. Онъ такой былъ маленькій, худенькій, черненькій человѣчекъ, съ добрыми такими глазками застѣнчивый, не пившій даже шампанскаго. Любилъ онъ на скрипкѣ поиграть,— бывало, говорятъ, играетъ — играетъ, а у самого слезы такъ и текутъ изъ глазъ, должно быть, очень его волновала эта игра. Любилъ онъ птицъ. Говорить. у него вся квартира была обвѣшана клѣтками. Цвѣты тоже любилъ,— какъ за дѣтьми ухаживалъ за ними. Такъ, ребенокъ какой-то былъ, ребенокъ доброй души. Къ то время онъ недавно женился. И жена его была такимъ же ребенкомъ Хорошенькая такая, миленькая, голубоглазая; съ ямочками на щекахъ. Дома она. должно быть, въ куклы играла, а какъ вышла за этого человѣка, тикъ вмѣсто куколъ привязалась къ цвѣтамъ и птицамъ. Любили они другъ друга такъ, что, кажется, одинъ безъ другого жить не могли бы. Мнѣ скучно было въ этотъ вечеръ Все какъ-то надоѣло. Увидѣлъ я этого чиновника, какъ онъ смѣшно смотрѣлъ на играющихъ въ карты, и пришла мнѣ въ голову мысль. Шепнулъ я нѣсколько словъ басомъ. Бросились они на него, какъ волки, схватили, потащили и повѣсили на стѣну. Былъ въ стѣнѣ крюкъ такой, отъ зеркала что ли. На этотъ-то крюкъ они и повѣсили его за поясъ. Всѣ обрадовались зрѣлищу. Блѣденъ онъ виситъ, ошеломленъ, глазами поводить на всѣхъ съ укоромъ, какъ, знаете ли, смотритъ иногда подстрѣленное на охотѣ, умирающее животное. Долго мы хохотали. Наконецъ велѣлъ я позвать съ сестриной половины его жену. Пришла она съ своимъ веселенькимъ, дѣтскимъ личикомъ... Озирается кругомъ... Да какъ увидѣла на стѣнѣ мужа своего, вздрогнула она, раскрыла глаза, побѣлѣла какъ полотно и грянулась на полъ. Я взглянулъ на чиновничка,— у него слезы текутъ. Кругомъ взглянулъ,— примолкли всѣ. Былъ у меня старый слуга, почетный, уважаемый; я никогда пальцемъ не тронулъ, слова неласковаго не сказалъ ему. "Побойтесъ Бога, сударь,— говоритъ онъ. Вѣдь она беременная". У меня глаза налились кровью. "На конюшню его!" говорю Онъ только посмотрѣлъ на меня, да головой покачалъ. Какъ волна, знаете ли, набѣгаетъ,— шевельнулась во мнѣ совѣсть и какъ другая волна захлестываетъ первую,— бѣшенство во мнѣ закипѣло.

49

— Спустя нѣсколько времени легъ я спать. Любимой моей спальной была одна совсѣмъ отдѣльная комната въ мезонинѣ. Легъ я. Передъ образомъ Спасителя горитъ лампадка. Нянька моя всегда ее зажигала. И при свѣтѣ ея точно съ укоромъ, съ гнѣвомъ смотритъ на меня ликъ. Ужасъ какой-то вдругъ меня охватилъ. Однако справился я съ собой и заснулъ. Мучили меня сновидѣнія, призраки,— вопли слышались. Среди глухой ночи проснулся я. Первое что бросилось мнѣ въ глаза,— опять образъ, опять съ укоромъ, съ гнѣвомъ смотритъ на меня. Второе,— жарко, пахнетъ дымомъ, шумъ... Ужасъ, ужасъ прошелъ но моему тѣлу. Бросился я къ окну, распахнулъ его,— горитъ, все горитъ, всѣ надворныя строенія въ огнѣ, домъ въ огнѣ. Бросился я къ двери, вышибъ ее,— цѣлое облако дыма ворвалось ко мнѣ, а за нимъ и огонь хватаетъ длинными языками съ лѣстницы... Лѣстница горитъ, а окно мое было въ четвертомъ этажѣ.

Онъ остановился.

— Какъ же вы спаслись?

— Прохожій мужикъ влѣзъ до моего окна, спустилъ меня, лишеннаго чувствъ, на веревкѣ и самъ слѣзъ по ней.

Онъ былъ очень блѣденъ.

— Это было двадцать лѣтъ назадъ... И съ тѣхъ поръ я измѣнилъ свою жизнь. Непоколебимъ и былъ въ своихъ мнѣніяхъ и не могъ кому бы то ни было, сыну или племяннику, простить уклоненія отъ нихъ... Нѣтъ, не могъ...

Голосъ его былъ суровъ. Но когда онъ поднялъ глаза на молодую женщину и увидѣлъ ея прекрасное разгорѣвшееся лице, ея синіе, добрые глаза, онъ вдругъ отвернулся, поднялся со стула и прошелся по комнатѣ.

Онъ чувствовалъ, что теперь онъ чуждъ какъ первому, дикому періоду своей жизни, такъ и второму аскетическому. Онъ неотразимо чувствовалъ, что ему нужна новая, новая жизнь.

— Такъ и обновлялся я,— горько сказалъ онъ. И чѣмъ больше лѣтъ проходило, тѣмъ чище дѣлался я въ своей жизни. тѣмъ выше я поднимался отъ земли этой... Только вотъ... вотъ...

Онъ вдругъ страшно поблѣднѣлъ. Она слышала біеніе его сердца, частое глухое біеніе.

— Пріѣхали вы. и рука ваша меня погубила...

Она ничего не понимала и широко раскрытыми глазами смотрѣла на него.

— Да вамъ стоило явиться тогда, пожать мою руку, напомнить мнѣ мою первую любовь... Не бойтесь!.. вскричалъ онъ вдругъ съ ужасомъ,— ради Бога не бойтесь

50

— Я не боюсь, отвѣчала она, опять садясь на свое мѣсто.

— Знайте и помните изъ всего нашего разговора только то, что у васъ есть другъ... Только это...

И онъ поспѣшилъ уйти...

VIII

Послѣ того страннаго вечера, который она провела съ Починковымъ, въ жизни Упадышевой надолго настало какое-то затишье. Шестаковъ изчезъ, о Починковѣ не было ни слуха, ни духа, даже Карповъ не показывался, потому, вѣроятно, что весна возъимѣла на него свое "вѣчное, опьяняющее вліяніе": онъ говорилъ покойному Упадышеву, что какъ только повѣетъ весеннимъ тепломъ, какъ только зазеленѣютъ поля и сады и вскроются рѣки, такъ и заноетъ его сердце какою-то горечью и потянетъ его къ тому, "въ чемъ наше единственное утѣшеніе въ горестяхъ." Въ это время я дѣлаюсь совсѣмъ немощенъ,— не могу повелѣвать надъ собой,— говорилъ онъ.

Всѣ оставили молодую женщину въ ея одиночествѣ, среди воспоминаній о прошломъ и раздумья о будущемъ. Она кое-что работала, то для сына, то такъ, чтобы только занять руки, но работа все-таки валилась изъ рукъ. Не легко работается въ то время, когда по какой бы то ни было причинѣ, въ нашей головѣ безотвязно гнѣздится тревожный вопросъ: что будетъ завтра? Завтра приходило и не приносило съ собой ровно ничего, кромѣ повторенія этого же самаго вопроса. И много прошло дней въ этомъ безплодномъ ожиданіи. Отъ Починкова все не было никакой вѣсти; Карповъ заходилъ съ недѣлю назадъ, сообщилъ, что несмотря на всѣ старанія, ничего не нашелъ и затѣмъ опять пропалъ.

Въ это посѣщеніе Упадышева замѣтила, что онъ смотрѣлъ больнымъ и истомленнымъ, подъ глазами его лежали черныя кольца, глаза потускнѣли, самое лицо казалось тоже чернымъ, какъ будто грязнымъ; даже платье его повидимому прожило тяжелый періодъ, такъ оно поистерлось и позапачкалось. Тутъ ей пришло въ голову, что на такого человѣка нельзя много надѣяться, не слѣдуетъ ожидать отъ него какой нибудь помощи, потому что онъ самъ въ ней нуждается и что во всякомъ случаѣ для нея будетъ гораздо лучше, если она сама позаботится о своемъ положеніи. Къ тому же и ждать, терпѣливо и бездѣятельно ждать — тяжело было: весна зоветъ къ жизни, весна кладетъ на все окружающее,— на землю и небо, на воду и камни, на зелень, на крыши, на улицы,— на все кладетъ свой праздничный, ликующій видъ и вдвое тяжелѣе становится въ этой обстановкѣ настоящее горе или забота о будущемъ. Да наконецъ и еще вышелъ одинъ случай, который заставилъ Упадышеву торопиться. Разъ утромъ явилась къ ней хозяйка дома и съ неописаннымъ паѳосомъ пересказала молодой женщинѣ, что прошлого ночью какой-то неизвѣстный человѣкъ собирался было вымазать дегтемъ ея калитку и непремѣнно вымазалъ бы, еслибъ сосѣдъ — отставной солдатъ,— возвращаясь изъ кабака, не увидѣлъ этого негодяя и не заставилъ его своимъ появленіемъ обратиться въ бѣгство. Она жалѣла, что сосѣдъ имѣетъ глупую привычку орать всегда при своемъ возвращеніи изъ кабака какую нибудь солдатскую пѣсню и тѣмъ предупреждать всякую собаку о своемъ вечернемъ походѣ. Она жалѣла, что издохла ея дворная собака, которая навѣрное съумѣла бы проучить дерзкаго. Она жалѣла наконецъ объ одиночествѣ своей смирной и кроткой жилички, за которую и заступиться-то некому, а послѣ всѣхъ этихъ сожалѣній хозяйка осталась очень недовольна тѣмъ, что молодая женщина отвѣтила на ея искреннее участіе чрезвычайною холодностью. Добродушная и крикливая русская баба, она умѣла понять горькое чувство человѣка, если этотъ человѣкъ заплачетъ,— его гнѣвъ, если онъ начнетъ ругаться,— его расположеніе, если онъ полѣзетъ обниматься,— но внезапная блѣдность лица, трепетъ губъ, блескъ глазъ, все это были для нея слишкомъ тонкія, неуловимыя явленія и потому поблѣднѣвшую, задрожавшую, но воздержавшуюся отъ всякихъ восклицаній Упадышеву она внутренно назвала каменнымъ истуканомъ, которому все равно — хоть бы его самого съ ногъ до головы вымазали дегтемъ.

Упадышева вся дрожала, а глаза ея гнѣвно, раздражительно свѣтились ноздри раздувались. Ея подозрѣнія остановились прямо на Шестаковѣ. Это онъ,— некому больше. Она желала бы, чтобы ея мужъ поднялся изъ гроба. Онъ отмстилъ бы за эту клевету. Кто теперь отмститъ за нее? Неужели она должна молчать и терпѣть? Слеза досады и обиды упала съ ея глаза и повисла на щекѣ.

Вдругъ она заторопилась.

Скорѣе, скорѣе. Нужно ходить и хлопотать, пока еще гнусная клевета не успѣла выставить ее на видъ всего города, какъ продажную женщину. Она торопливо одѣлась вся въ черное, и вышла на улицу, взявъ съ собою Сережу.

Весеннее солнце свѣтило тепло и весело; кое-гдѣ, то на томъ, то на другомъ концѣ улицы взвивалось бѣлое облачко пыли, то изъ одного, то изъ другого переулка выходили мужчины, женщины и дѣти въ чистенькихъ, праздничныхъ нарядахъ. Было воскресенье, и всѣ эти люди группами и въ одиночку, но больше группами, возвращались отъ обѣдни. При взглядѣ на каждый изъ этихъ маленькихъ кружковъ думалось Упадышевой, что все это должно быть или родственники, или друзья, которые встрѣтились въ церкви и теперь, пользуясь днемъ отдыха, идутъ вмѣстѣ провести у кого нибудь время, потолковать о своихъ дѣлахъ, радостяхъ, огорченіяхъ и вообще отдохнуть среди своихъ близкихъ. Это думалось ей при взглядѣ на каждую группу и все грустнѣе, все тяжелѣе становилось ей, все ощутительнѣе дѣлалось ей ея собственное одиночество. Черныя, безотрадныя мысли роились въ ея головѣ, слезы выступали на ея глаза и невольно замедлялись ея шаги.

Потомъ она дошла до базара. Здѣсь стоялъ сплошной, глухой гулъ. Здѣсь толпились сотни людей. Каждый возвышалъ голосъ, каждый старался кричать во всю мочь своего горла, и крикъ каждаго все-таки сливался съ общимъ торопливымъ крикомъ и пропадалъ въ немъ. Здѣсь стояли и тихо двигались десятки тощихъ, безсильныхъ крестьянскихъ лошадей, сотни сѣрыхъ, запыленныхъ мужиковъ и бабъ; здѣсь мелькала веревочная и мочальная упряжь на деревенскихъ клячахъ, мелькали лапти, прорѣхи на платьяхъ, рубища на толпѣ нищихъ, усѣвшихся на землѣ съ красными деревянными чашками въ рукахъ и на колѣняхъ. И здѣсь Упадышевой стало легче. Здѣсь она не чувствовала себя одинокой. Правда, что все-таки ей было грустно, но уже не лежало на ея сердцѣ той ядовитой горечи, какая закралась въ нее при видѣ праздничныхъ, веселыхъ группъ и румяныхъ, беззаботныхъ людей, которымъ очевидно судьба улыбалась съ самой ихъ колыбели и улыбается въ будущемъ.

Прошла она и базаръ,— вступила въ широкую, недавно отстроенную улицу, все съ солидными каменными и полукаменными купеческими домами, съ высокими заборами и многочисленными амбарами. Вотъ и домъ Власова. Упадышева остановилась у его новыхъ тесовыхъ воротъ съ двумя боковыми калитками, скамейками и большими желѣзными кольцами,— остановилась какъ бы затѣмъ, чтобы отдохнуть, собраться съ духомъ и тоскливо взглянула на

Сережу, интересовавшагося больше собаками и блескомъ солнца на красныхъ желѣзныхъ кровляхъ, чѣмъ своимъ будущимъ. Наконецъ она постучалась, прошла сѣни, лѣстницу, переднюю, вошла въ залу.

Въ залѣ никого не было. Упадышевой было очень тяжело,— точно ей нечѣмъ было дышать въ этой просторной и пышной комнатѣ. Она становилась все блѣднѣе и блѣднѣе. Наконецъ появился откуда-то, какъ будто на цыпочкахъ подкрался, очень странный человѣкъ. Неожиданно появился онъ потому, что ходилъ въ валенкахъ; на немъ была красная рубаха, чѣмъ-то подпоясанная, и черные бархатные панталоны, засунутые въ валенки.— больше на немъ ничего не было замѣтно. Лицо у него было безцвѣтное; волосы онъ носилъ въ скобку, имѣлъ также усы и клинообразную бороду. Руки этотъ человѣкъ держалъ за спиной: ходилъ и посматривалъ очень спокойно и свободно

Упадышева въ недоумѣніи поклонилась ему. Глядя на нее, поклонился и Сережа.

— Здравствуй, матушка, здравствуй... Что скажешь? отвѣтилъ странный человѣкъ, кивнувъ головой.

— Я жена Упадышева, который былъ у васъ механикомъ, сказала молодая женщина.

Сердце ея сильно билось.

— Упадышева... Помню, помню ею... Ты сядь, матушка; вотъ тутъ. Посидимъ маленько.

Тутъ у дверей они и сѣли.

— Такъ... Онъ померъ вѣдь?

Упадышева отвѣчала, что дѣйствительно померъ.

— Такъ... Жаль парня... Дѣльный былъ парень: и трезвый, и все какъ слѣдуетъ... Жаль бѣднягу... Всѣ вѣдь мы человѣки... А это сынокъ твой?

Она отвѣчала, что сынъ.

— Эка парнишка, чудой онъ какой... Постой-ко я тебѣ конфетку вынесу. Посиди маленько.

Съ этими словами хозяинъ дома тою же неслышною походкою вышелъ изъ комнаты. Упадышева печально опустила голову. Она не понимала,— надѣяться ли ей чего нибудь отъ этого человѣка или, не говоря ни слова, уйти скорѣе.

— На, вотъ тебѣ, парнишка, заговорилъ опять хозяинъ, появляясь передъ ними.— Возьми конфетку, возьми... Чего бояться-то... Ну, вотъ, конфетку ты съѣшь, а картинку на сундукъ налѣпи. Есть ли у тебя сундукъ-то?.. А то на зеркало налѣпи... То-то... Поплюй на нее, да и налѣпи. Дай я тебя по головкѣ поглажу... Чего бояться-то? Нечего бояться-то... Ѣшь конфегку-то, небойся...

Онъ сѣлъ.

— Такъ чтожъ ты мнѣ скажешь, матушка? Скажи,— послушаемъ.

— Я теперь совершенно одна осталась, заговорила задыхаясь Упадышева.— У меня никого нѣтъ — ни родныхъ, н знакомыхъ. Я совсѣмъ одна.

— Такъ. Съ маленькимъ ребенкомъ осталась, сухо произнесъ хозяинъ.

— Я хотѣла обратиться къ вамъ... Попросить работы...

Онъ какъ будто ждалъ продолженія и поясненія, по такъ и не дождался.

— Какая такая у меня работа, матушка, заговорилъ онъ тогда.— Тамъ вонъ у меня старуха сидитъ... Супруга моя... Она всякую работу справляетъ... Она и чулки свяжетъ, она и заштопаетъ ихъ, она и дырья всякія углядитъ, справитъ, и все такое... женскую-то работу...

— Но другое, шевельнулось на ея губахъ.

— А что другое-то, матушка? Будь вотъ ты мужикъ,— такъ мы и поглядѣли бы тамъ... А то вѣдь поди ты...

— Я учить могу, опять прошептала она.

— Нѣтъ, этого намъ не требуется...

Наступило молчаніе.

— Помочь въ твоемъ одиночествѣ я не прочь, матушка, заговорилъ опять хозяинъ.— Ты не думай... Какъ, можно не помочь... Желтенькую я тебѣ сейчасъ готовъ... Получай рублевикъ-то... По моему, кажись, довольно... что могу...

Она встала.

— Нѣтъ, благодарю васъ, сказала она довольно твердо.— Я хотѣла просить васъ только о работѣ... Я хочу работать..

— Это хорошо, матушка, хорошо. Всякій человѣкъ долженъ работать. Это хорошо... Только ты тово... напрасно...

Она поклонилась.

— Прощай, матушка, прощай. Будь здорова.

Она опять прошла лѣстницу, сѣни, дворъ и раза два споткнулась. Смущена ли она была, стыдно ли ей было, сердце ли ея замирало тамъ, на верху, въ залѣ, устланной коврами, и за то теперь забилось съ удвоенной быстротой,— только на улицѣ ея блѣдное лицо вдругъ вспыхнуло яркимъ румянцемъ и долго горѣло.

Ей не хотѣлось идти домой. Ей хотѣлось бы сегодня же, теперь же побывать у всѣхъ, на кого она надѣялась, узнать —

чего она должна ждать въ своемъ будущемъ, хоть бы даже у всѣхъ видѣть точно такой же пріемъ, какой она вынесла сейчасъ, но только бы кончить, кончить со всѣми этими просьбами и обращеніями. Она пошла бы и къ Кононовымъ, но почему-то ей вдругъ тяжело и противно стало таскать по всѣмъ этимъ милостивымъ людямъ своего ребенка. Потому она повернула домой.

Дорогой ей думалось, что, можетъ быть, она потому и не добилась ничего отъ Власова, что была у него слишкомъ молчалива и холодна, слишкомъ мало думала о томъ, чтобы выставить въ надлежащемъ свѣтѣ себя и свое положеніе, возбудить къ себѣ сочувствіе со стороны этого человѣка и она рѣшила, что у Кононовыхъ она будетъ говорить со всѣмъ жаромъ, какой только найдется у нея, не оставить невымолвленнымъ ни одного слова, которое можетъ подѣйствовать на человѣческое чувство. Она сегодня же пойдетъ къ нимъ. Пускай сегодня она выскажетъ свои просьбы передъ всѣми, передъ кѣмъ только можетъ ихъ высказать и пусть завтра ей уже не придется играть тяжелую роль бѣдной, несчастной, угнетенной судьбою просительницы. Слишкомъ тяжела эта роль.

Немного не доходя до своего дома, она встрѣтила Карпова.

— Это вы?... Откуда это?... спросилъ онъ въ изумленіи, и уже послѣ, сказавъ это, опомнился и протянулъ ей руку.

Она стояла передъ нимъ стройная, съ пылающимъ лицомъ, но печальная и съ какимъ-то страннымъ свѣтомъ въ своихъ томныхъ глазахъ. Весеннее солнце свѣтило прямо на Карпова. Онъ былъ въ старенькомъ драповомъ пальто, пообтершемся снизу, позасаленномъ, лишенномъ кое-гдѣ пуговицъ. Фуражка у него была измятая, сапоги заплатанные и мѣстами вторично поразлѣзшіеся. Лицо его было сонно, глаза тусклы,— и въ то самое мгновеніе, когда онъ опомнился и протянулъ Упадышевой руку,— онъ вспомнилъ обо всемъ этомъ, точно въ зеркалѣ увидалъ себя, и совѣстно ему стало на солнце, которое такъ ярко и весело, какъ будто смѣясь надъ нимъ, освѣщало его жалкую фигуру. Не такимъ хотѣлъ бы онъ являться передъ этой женщиной.

— Да, отвѣчала она. Знаете ли гдѣ я была?... Мы ходили къ Власову.

Карповъ отвернулся наконецъ отъ досаднаго солнца и пошелъ рядомъ съ нею,

— Ну и что же?...

— Ничего... Тяжелое я чувство вынесла изъ этого дома.

Подошли къ калиткѣ ея дома. Она прiостановилась и ударила по ней зонтикомъ.

— Сегодня ночью ее вымазать хотѣли, дегтемъ вымазать, проговорила Упадышева чуть слышно.

Нѣсколько шаговъ прошла она не двору, не оглядываясь на Карпова. Онъ молчалъ. Наконецъ она оглянулась и пристально посмотрѣла въ его лице. Онъ все-таки молчалъ.

— Догадываетесь кто? спросила она.

— Знаю, отвѣчалъ Карповъ, кивнувъ головой.— Шутитъ этотъ господинъ, прибавилъ онъ немного помолчавъ.— Отъ скуки шутитъ. Надъ кѣмъ же и шутить имъ какъ не надъ нами.

Она ничего не отвѣчала, но на губахъ ея мелькнула какая-то неопредѣленная, полу-презрительная усмѣшка. Ей почему-то пришло въ голову, что если бы Шестаковъ въ эту самую минуту, въ виду своего школьнаго товарища, вздумалъ ударить ее, то и въ этомъ случаѣ Карповъ ограничился бы единственно произнесенiемъ какой нибудь горькой и безнадежной рѣчи. До того онъ казался ей приниженнымъ, забитымъ и безсильнымъ.

Какъ-то медленно, лѣниво, точно неохотно сняла она шляпку, пальто и сѣла у окна, задумчиво посматривая на улицу и противуположные дома, ярко освѣщенные веселымъ и привѣтливымъ весеннимъ солнцемъ. Скучно и уныло было ея лицо. И этотъ человѣкъ, апатично свертывавшiй папиросу, вдругъ показался ей теперь совсѣмъ чужимъ, даже нѣсколько враждебнымъ. Она чувствовала себя одинокой, покинутой.

— Лучше бы я совсѣмъ не выходила сегодня, наконецъ сказала она послѣ долгаго молчанiя.— Лучше бы сдѣлала, если бы пошла по всѣмъ этимъ людямъ, въ пасмурную, скверную погоду.

— Это отчего? спросилъ Карповъ.

Онъ былъ тоже скученъ и унылъ. Впрочемъ его огорчило все таже насмѣшливая выходка весенняго солнца, такъ не кстати освѣтившаго всѣ пятна, заплаты и бахромки его костюма.

— И не люблю этихъ свѣтлыхъ, какъ будто праздничныхъ дней, отвѣчала Упадышева.— Къ тому же сегодня праздникъ. Праздники я не люблю даже больше, чѣмъ такiе ясные, весеннiе дни, какъ этотъ. Я помню, еще въ Петербургѣ, даже зимой, бывало, идешь куда нибудь съ работой или за работой, думаешь о кускѣ хлѣба, о копѣйкахъ, о холодѣ,— а тутъ, около тебя, на каналахъ и рѣчкахъ, гремитъ на льду музыка, нарядныя дамы и веселые кавалеры катаются на конькахъ и танцуютъ кадрили. Горько и обидно какъ-то сдѣлается. Музыка эта вызываетъ къ горлу какія-то обидныя слезы. Не люблю я этихъ ясныхъ дней... А весна еще хуже. Одинъ этотъ блескъ, одинъ этотъ воздухъ, эти лица праздничныя заставятъ возненавидѣть свою жизнь. Все какъ будто для другихъ: и солнечный свѣтъ, и цвѣты, и воздухъ, и радости — все для другихъ, а тебѣ ничего, ничего нѣтъ.

— Это правда, животрепещущая правда, подтвердилъ Карповъ.

— И вы испытывали это?

Онъ кивнулъ головой.

— И зачѣмъ, въ такомъ случаѣ, жить, къ чему? спросила она.

— Человѣкъ всегда вѣритъ въ будущее, въ будущемъ надѣется...

— Но это вамъ хорошо надѣяться, мужчинамъ. Вы можете разсчитывать, что я вотъ то сдѣлаю, или это сдѣлаю, и мое будущее будетъ гораздо лучше, чѣмъ настоящее. А намъ вѣдь и дѣлать-то ничего не даютъ, вы сами знаете... На что надѣяться?

— Все таки надежда на будущее, хоть и неопредѣленная...

Наступило молчаніе; обоимъ невесело было. Упадышева отвернулась отъ окна и задумчиво смотрѣла куда-то на полъ.

— И у васъ нѣтъ никакой надежды достать мнѣ занятіе? вдругъ спросила она

— То есть, какъ вамъ сказать, нерѣшительно сказалъ онъ.— Обѣщалъ кое-кто. Но вѣдь сами вы знаете, насколько можно полагаться на эти обѣщанія. Авось, говорятъ, представится что нибудь; можетъ быть, откроется какое нибудь мѣсто. Но положительнаго ничего нѣтъ.

Опять помолчала.

— Я васъ вотъ еще о чемъ попрошу, сказала Упадышева.— Сама я вѣдь никого и ничего не знаю здѣсь. Не поищете ли вы какихъ нибудь людей, торговцевъ, которые купили бы у меня мебель, книги, кой-какое платье?

— Хорошо, я пришлю ихъ... Завтра же пожалуй.

— Пожалуйста... Кажется, это ужь послѣдняя моя просьба къ вамъ. Больше не буду васъ безпокоить. А сегодня я схожу кстати ужь и къ Кононовымъ.

— Сегодня же?

— Да за одно ужь...

Карповъ докурилъ папиросу и ушелъ, еще разъ, повторивъ свое обѣщаніе прислать завтра торгашей.

IX

Двухъ-этажный, полукаменный домъ Кононова стоялъ на углу площади и однимъ главнымъ рядомъ своихъ оконъ выходилъ прямо къ церкви, а другимъ въ не особенно бойкую улицу. Много ужъ лѣтъ было этому дому, не одну фамилію перемѣнилъ онъ на своихъ воротахъ, но и теперь еще смотрѣлъ онъ крѣпкимъ, чистымъ и весьма почтеннымъ домомъ. Не покосились стѣны его, не заросла травой крыша, не сквозили высокіе заборы. Видно было, что хозяева его не были хозяевами только но имени, а занимались хозяйствомъ съ нѣкоторою даже любовью. Почтененъ былъ этотъ домъ не по одной только наружности,— тоже можно было сказать и о его характерѣ, нравственности, если угодно.

Никогда не слышно было за его заборами крика или брани, не раздавались за нимъ пьяныя или легкомысленныя, безнравственныя пѣсни. Немного разъ въ году были въ этомъ домѣ нѣсколько многолюдныя, нѣсколько шумныя, сравнительно, собранія; немного разъ въ году оба главные ряда оконъ сплошь освѣщались огнями, а остальное время, сейчасъ же съ наступленіемъ сумерекъ, всѣ окна закрывались внутренними ставнями и только въ двухъ окнахъ блестѣлъ сквозь прорѣзанныя на ставняхъ сердечки огонь, и тогда точно двѣ пары скучающихъ глазъ смотрѣли изъ почтеннаго тихаго дома на темную площадь, на прохожихъ и на бѣлую церковь. Скоро впрочемъ скучающіе глаза соскучивались и этимъ зрѣлищемъ, огонь потухалъ, и тогда весь домъ погружался въ мракъ и мертвую тишину.

Комната, изъ которой смотрѣли по вечерамъ эти двѣ пары красныхъ огненныхъ глазъ, была, если хотите, столовою Кононовыхъ. Здѣсь Кононовъ и жена его обѣдали, пили чай, ужинали; здѣсь же они сидѣли почти постоянно, за исключеніемъ тѣхъ немногихъ дней, когда у нихъ бывали многолюдныя собранія. Здѣсь же они сидѣли и сегодня за самоваромъ. Кононова мы уже знаемъ, а супруга его была женщина сильно склонявшаяся къ старости, но довольно круглая, плотная и съ румянымъ толстымъ лицомъ, къ которому очень мало шелъ бѣленькій, легкій чепчикъ. Она казалась бы гораздо почтеннѣе и даже красивѣе, еслибъ придумала для себя какой нибудь мѣховой или кожаный головной уборъ, въ родѣ шлема, напримѣръ, или каски. Вообще есть два рода румянца на старческихъ лицахъ: одинъ румянецъ легкій и чистый, какъ-то невольно говорящій о свѣжести и неугасшей еще добротѣ сердца, другой румянецъ — багровый и грязноватый, говорящій скорѣе о сидячей лѣнивой жизни и испорченной крови. Румянецъ супруги Кононова былъ и багровъ и грязенъ. Эта особа весьма быстро вязала чулокъ, а подлѣ нея на кожаномъ креслѣ сидѣла откормленная полусонная кошка и мурлыкала свою вѣчную, однообразную пѣсню.

— Я сегодня, какъ послѣ обѣда-то легла, сонъ какой увидѣла, говорила хозяйка, проворно шевеля своими спицами.— Привидится же такой сонъ... Все это я объ немъ и думаю. Что какъ сбудется на яву? Что, какъ предзнаменованіе это? А ужъ такъ ли, не такъ ли сбудется, а понапрасну никогда не бываетъ такой сонъ. Даромъ не пройдетъ.

Кононовъ опустилъ на столъ чашку и съ видимымъ ожиданіемъ смотрѣлъ на подругу своей безмятежной жизни.

— Вижу это я, что сижу у этого вотъ самого окна...

— У котораго это? съ любопытствомъ прервалъ Кононовъ.

— А вотъ у этого, нитки-то на которомъ висятъ...

Оба они искоса посмотрѣли на окно, какъ будто высматривая, не сдѣлалось ли или не сдѣлается ли тамъ чего нибудь особеннаго, фантастическаго.

— Сижу я у него ночью. И не то, чтобы вечеръ какой, а такъ-таки ночь, глухая, темная ночь, И ставни-то не закрыты, вижу я — и самой думается: какъ это ночь такая поздняя, а ставни не закрыты... И думается это, а все-таки сижу и гляжу въ окно. Даже такъ и подумала, что надо бы кликнуть Тришку, велѣть ему ставни закрыть,—а нѣтъ, все-таки сижу. Тихо тамъ на улицѣ, точно въ комнатѣ ночью. Опять я думаю: какъ это такъ тихо, никогда на улицѣ не бываетъ такой тишины. Однако все сижу и гляжу на одно мѣсто, точно что меня тянетъ къ нему; это въ промежуточекъ-то, позади церкви. Гляжу, гляжу, оторваться не могу, какъ будто я жду чего. И точно, немного погодя, идетъ тамъ въ тѣни кто-то отъ церкви-то тѣнь такая черная — черная лежитъ... Въ тѣни этой и идетъ, крадется женщина. И всю-то я ее вижу, и руки вижу, и корзиночку въ рукахъ вижу, и платье ея вижу, только лица не могу разсмотрѣть. Вотъ...

— А платье-то, платье-то какое? Одѣта-то на кого похоже? какимъ-то торопливымъ полушепотомъ прервалъ Кононовъ.

— Ну-жь этого не помню я, Семенъ Федорычь... Какой ты право... Путаешь только... Помню вотъ, что подошла она къ калиткѣ, да и поставила подлѣ нея корзинку свою. Тутъ я ужъ и поняла въ чемъ дѣло, крикнуть хотѣла, закричать, а голоса и нѣтъ у меня. На томъ я и проснулась. Никогда мнѣ не дашь разсказать чего нибудь. Разспрашиваетъ все; будто я сама не разскажу, что знаю.

Кононовъ видимо огорчился, но ничего не возразилъ и опять принялся за свой чай.

— И что это означаетъ такое? Къ чему это? опять начала допытываться его супруга.

— Вотъ ужь не придумаю, отвѣчалъ онъ, разведя руками. Сколько лѣтъ живу, а такого сна не приходилось слышать, нѣтъ... Надо будетъ пораспросить.

— Какъ не распросить, непремѣнно надо. Это не простое что нибудь.

Она задумалась

— А что какъ сонъ этотъ — вѣщій сонъ, Аксинья Андреевна? подсмѣялся Кононовъ. Что тогда? Какъ возьмутъ, да подкрадутся, да и подкинутъ тебѣ въ самомъ дѣлѣ въ корзиночкѣ этакой?.. Что тогда?..

— Что ты это?— испугалась она. Полно тебѣ пророчить-то по пустому.

— Да нѣтъ, что тогда?

— Сохрани Богъ, еще накличешь пожалуй... Не было такой печали, такъ надо...

— Да какая печаль-то въ этомъ? Ты себѣ представь только. Люди мы одинокіе, въ кои-то вѣки забредетъ къ намъ кто нибудь въ гости, дѣла намъ тоже не много. Этакъ вѣдь и соскучишься пожалуй. А тутъ дитя бы было, занимало бы. Закричитъ оно — ты и вспомнишь, что не одна сидишь, гость у тебя есть.

Его супруга только махнула рукой и полу-отвернулась.

— Потомъ мы тоже вѣдь люди не бѣдные, не нищіе, у которыхъ только и есть, что на плечахъ надѣто, да и то съ ними мое въ землю уйдетъ, продолжалъ Кононовъ, подсмѣиваясь.— Придетъ время, помремъ мы, такъ на кого все наше добро останется? Пропадетъ все, разграбятъ, да протранжирятъ. Лучше же осчастливить кого нибудь.

Подруга жизни подняла наконецъ на него свои глаза, положила на столъ чулокъ и съ удивленіемъ хлопнула руками по своему платью.

— Ахъ, какой ты, какъ я погляжу, безхарактерный... Ахъ, какой безхарактерный! заговорила она, какъ будто до глубины души пораженная его словами.— Не самъ ли ты сколько разъ говорилъ, что поработалъ ты, потрудился, надъ каждой копѣйкой потрясся, такъ но крайности хоть подъ старость отдохнуть. Не самъ ли ты говорилъ это сколько разъ? А теперь что выдумалъ! Пріемыша воспитывать... Опять, Богъ знаетъ дли кого трудиться, опять каждый кусокъ урѣзывать... Да ты еще знаешь ли, что изъ твоего пріемыша выйдетъ?.. Да можетъ быть онъ разбойникомъ выйдетъ, грабителемъ? Такъ это ты для грабителя-то хочешь спокойствія лишаться? Для разбойника-то?.. Нѣтъ... А ужъ этого не потерплю. Нѣтъ... Ахъ, какой безхарактерный..

При самомъ началѣ этого монолога Кононовъ, вѣроятно, желая скрыть свое смѣющееся лицо, всталъ и принялся съ озабоченнымъ, задумчивымъ видомъ, съ опущенной въ раздумьѣ головой ходить по комнатѣ.

— Нѣтъ, матушка, это нужно серьезно подумать. Такъ нельзя говорить, отвѣчалъ онъ.— Не мѣшало бы намъ съ тобой и о томъ подумать, матушка, что вѣдь мы старимся, о-о-охъ, какъ старимся.

И съ этими словами онъ остановился передъ нею, подогнулъ колѣнки, склонилъ голову на бокъ и по старчески выдвинулъ впередъ нижнюю челюсть.

— О-о-охъ какъ старимся, продолжалъ онъ.— Еще десяточка полтора годковъ пронесетъ Господь какъ нибудь; а потомъ-то что съ нами будетъ? Хуже вѣдь младенцевъ малыхъ сдѣлаемся; у тѣхъ хоть бы нянька есть, хоть бы кто другой, третій есть, кто и присмотритъ за ними и убережетъ ихъ, а у насъ кто будетъ, насъ-то кто убережетъ?

— Я, слава тебѣ Господи, завсегда сама, себя уберегу. Никакихъ заступниковъ мнѣ не надо, рѣшительно и сухо отвѣчала Кононова.

— Ты мнѣ этого не говори, матушка, тѣмъ же зловѣщимъ тономъ продолжала Кононовъ.— Теперь покудова мы еще ничего,— не боимся, А какъ полтора десятка, два десятка годковъ пройдетъ, такъ мы вѣдь слабѣе будемъ чѣмъ младенцы, на колѣночкахъ ползающіе но полу... слабѣе будемъ. Кто тогда за торговлей присмотритъ, кто за домомъ присмотритъ? А что мы сдѣлаемъ, ежели разбойники, позарясь на наши достатки, залѣзутъ къ намъ съ ножищами вотъ такими? Улица-то вѣдь глухая. Времена-то вѣдь знаешь какія... Что ежели да залѣзутъ — продолжалъ онъ, понижая свой голосъ до едва слышнаго шепота и кивая но направленію къ кухнѣ,— ежели да вотъ этотъ самый Тришка, котораго мы ужъ пятый годъ поимъ, кормимъ и одѣваемъ, пятый годъ на мѣстѣ содержимъ,— захочетъ насъ убить?.. Ты какъ разсуждаешь?

— Да ты что думаешь? вскричала наконецъ его супруга въ видимомъ негодованіи.— Ты сына родного думаешь воспитать. Покорнаго? Почтительнаго? Богобоязненнаго? Разбойника ты выкормишь! злодѣя! каторжника, который прежде всего ножъ то возьметъ въ руки.

Ея лице побагровѣло, а голова въ бѣломъ чепчикѣ тряслась надъ шерстянымъ чулкомъ, судорожно подергиваемымъ изъ стороны въ сторону.

Кононовъ схватился за бока и залился веселымъ, добродушнымъ смѣхомъ, причемъ его глаза почти совершенно закрылись, и только узенькія маслянистыя щелочки по временамъ поблескивали на подругу его жизни.

— А шутникъ вѣдь я? Шутникъ? А? Актеръ вѣдь? проговорилъ онъ наконецъ.— Мнѣ бы на театрѣ надо было показаться... А?

— Нечего притворяться-то, нечего, заворчала жена.— Спохватился, что сморозилъ, Богъ знаетъ что, такъ и говоритъ теперь, что пошутилъ. Нечего вывертываться-то...

Кононовъ сѣлъ и опять принялся за свой чай, изрѣдка все еще прорываясь и прыская.

— Объясни ты мнѣ на милость, Аксинья Андреевна, заговорилъ онъ наконецъ серьезно.— Не знаю я, отчего это такъ вотъ и думается все, что кого ни возьми, все выйдетъ плутъ человѣкъ, да разбойникъ-человѣкъ? Отчего не подумается никакъ, что найдется и благодарный, и почтительный человѣкъ? По какой причинѣ не вѣришь этому?

— Э, Семенъ Федорычъ, отвѣчала она. смягченная этимъ почтительнымъ обращеніемъ къ ея мудрости.— Гдѣ мы съ тобой видали благодарныхъ людей? Да, гдѣ они? Не такія видно времена тепер ь. Днемъ съ огнемъ не отыщешь честнаго человѣка. Кто жь и вѣрить-то станетъ въ добро?

— Будто ужь и никого нѣтъ?

— Ну, а кто по твоему? Ну-ко...

Кононовъ подумалъ.

— А вотъ хоть Брусковъ, Петръ Степанычъ, замѣтилъ онъ нерѣшительно.— Говорятъ и благодѣтельный человѣкъ, собаки не обидитъ, и умный, и честности неподкупной.

— Брусковъ, Петръ Степанычъ... А зачѣмъ онъ любовницу держитъ? Или это ужь хорошимъ дѣломъ считается? И то можетъ статься, что хорошимъ... Я вѣдь не знаю.

— Гм... А Подберезкинъ? Такой же вѣдь онъ по характеру-то. Ну а на счетъ того — не слышно...

— Былъ бы онъ достоинъ уваженія, былъ бы... кабы вотъ

поменьше важничалъ и носъ задиралъ. Я его на дняхъ встрѣтила изъ церкви выходя; такъ вѣдь и не кланяется.

— Не замѣтилъ стало быть. Ну, а я? спросилъ наконецъ Кононовъ.

— Ты... Про тебя ужь что говорить... Ты какой-то изъ ряду вонъ вышелъ. Часто я вотъ думаю про тебя,— любовно заговорила Аксинья Андреевна,— и все не могу придумать откуда ты такой вышелъ, что и похулить тебя не за что.

Кононовъ сладко улыбался.

— Да, Аксинья Андреевна, никого подходящаго и я не найду никакъ, сказалъ онъ.— Одинъ вотъ только... Да и то женщина.

— Кто жь это такая? замирающимъ голосомъ спросила подруга жизни.

— Да ты... кому больше быть... Одна ты умная...

И два единственные во всемъ мірѣ честные и хорошіе человѣка замолчали и погрузились въ созерцаніе своихъ собственныхъ достоинствъ.

— Да, матушка, кто что ни говори,— а я все-таки честный человѣкъ, торжественно сказалъ наконецъ Кононовъ.— Передъ самимъ Господомъ Богомъ могу сказать, что въ жизнь свою никого не убилъ и не ограбилъ, легкомысленнымъ мотомъ не былъ и нравственности не нарушилъ. Совѣсть моя чиста, матушка.

И по его торжественному, сіяющему лицу видно было, что онъ внутренно благодарилъ Бога, что онъ не таковъ, какъ всѣ тѣ грязные, недостойные люди, которые грабятъ и убиваютъ, проматываютъ деньги и творятъ безнравственные поступки.

— А насчетъ этою пріемыша или воспитанника я пошутилъ, Аксинья Андреевна, продолжалъ онъ съ видомъ чистосердечнаго сознанія.— Это правда, что прежде, лѣтъ можетъ быть пятнадцать назадъ,— было у меня такое намѣреніе. Тогда думалъ я, что и намъ-то было бы веселѣе взять себѣ кого нибудь, да и ему-то сдѣлали бы доброе дѣло, навѣки обезпечили бы его. Потомъ увидѣлъ я, что пустяки все это, туманъ какой-то находилъ. Это ты правду говоришь, что воспитаешь себѣ разбойника, змѣю за пазухой. Это справедливо. Да къ тому же и безпокойство совсѣмъ лишнее. И одѣть-то его нужно, и накормить, и выучить, и позаботиться-то о его будущности; все вѣдь одно къ одному. Нѣтъ, ужь безпокоился,— теперь отдохнуть пора.

Наступило молчаніе.

— Ужь не Починковъ ли, сказалъ Кононовъ прислушиваясь.

— А вѣдь въ самомъ дѣлѣ давно его не видать.

— Давно... Что-то онъ самъ на себя не походитъ. Въ смятеніи какомъ-то бродитъ. Все это отъ ума его высокомѣрнаго. Всю вселенную желаетъ постичь и въ высокомѣріи своемъ бросается во всѣ таинственныя бездны и гибельныя пропасти. И не такіе умы погибаютъ въ нихъ. Не кичился бы и былъ бы спокоенъ и счастливъ, какъ и мы съ тобой грѣшные.

И опять онъ видимо восклицалъ внутренно: "Боже благодарю тебя, что я не таковъ, какъ сей дерзкій"!

Черезъ кухню, черезъ маленькую комнату, тѣсно завѣшанную какимъ-то старымъ гардеробнымъ хламомъ, проходила въ эту самую минуту нѣсколько дрожащая Упадышева и наконецъ вышла на свѣтъ.

При ея появленіи наступила въ комнатѣ мертвая тишина. Кононовъ машинально запахнулъ полы своего старенькаго длиннаго мѣшка; его супруга недовѣрчиво и подозрительно поглядывала то на него, то на неожиданную гостью.

Среди этой тишины вошедшая довольно отрывочно и сконфуженно объявила, что она вдова Упадышева, котораго они, вѣроятно, помнятъ,— что она съ ребенкомъ здѣсь, въ чужомъ городѣ, никого не знаетъ, никого у ней нѣтъ — ни друзей, ни знакомыхъ, что она рѣшилась обратиться къ нимъ, къ Кононовымъ, какъ единственнымъ почти людямъ, хоть сколько нибудь знавшимъ ея мужа. Она прибавила, что не одинъ разъ слышала отъ мужа о томъ участіи, которое принималъ въ немъ Кононовъ.

Во время этой рекомендаціи честный хозяинъ успокоился. Онъ даже сдѣлался вдругъ какимъ-то строгимъ и недовольнымъ, какъ человѣкъ власть имѣющій, обезпокоенный какимъ нибудь докучливымъ просителемъ. Я думаю, впрочемъ, что это брюзгливое, недовольное выраженіе не было постоянно присущимъ лицу Кононова, при его разговорахъ съ мало-знакомыми ему людьми. Судя по той сдержанности и умѣренности, съ которыми онъ принялъ отъ Починкова извѣстіе о пріѣздѣ Упадышева,— я думаю, что явись Упадышева въ то время, когда она была еще спокойна, обезпечена и не имѣла нужды просить кого бы то ни было о чемъ нибудь,— это брюзгливое и строгое выраженіе не явилось бы на лицѣ честнаго Кононова, онъ былъ бы радушенъ и любезенъ.

— Что-то онъ какъ будто и не заглядывалъ къ намъ, какъ пріѣхалъ сюда, сухо сказалъ онъ, взглянувъ на свою жену.

— Нѣтъ, что-то не бывалъ, также сухо замѣтила она.

Упадышевой сдѣлалось тяжело.

— Онъ давно былъ уже очень боленъ, тихо оправдывалась она.— Онъ ходилъ только на фабрику. Но и это было для него очень тяжело Я думаю, что онъ былъ бы еще и теперь живъ, если бы могъ не выходить изъ дома такой больной и въ такіе морозы.

— Гм... отвѣчалъ Кононовъ.— Мальчишкой вотъ такимъ видалъ я его. Капризный онъ былъ мальчишка. Я ужь и тогда, подумывалъ, что не кончилъ бы онъ худо. Ну да это ничего бы еще, прибавилъ онъ.— Потомъ вотъ дядю онъ обидѣлъ,— а дядя-то о немъ какъ о родномъ сынѣ заботился, надежды свои на нею возлагалъ. Не ссорься онъ съ дядей,— такъ и ему было бы лучше, да и жена-то его, и ребенокъ его были обезпечены. Я Починкова знаю. Съ дѣтства его знаю. Мы другъ другу даже съ родни приходимся. Я его знаю и уважаю. Не обидь его вашъ супругъ-покойникъ,— не пришлось бы вамъ теперь о кускѣ хлѣба заботиться. А забота эта, тяжелая. Я на себѣ испыталъ. Я вѣдь мужчина, а и мнѣ мой теперешній кусокъ хлѣба достался слезами и кровью. Я вѣдь, сударыня, было время, нищимъ и голоднымъ былъ; а теперь сами видите.

Онъ медленно, съ достоинствомъ понюхалъ табаку и искоса посмотрѣлъ на блѣдную, печальную просительницу.

— Упрямъ былъ вашъ супругъ, продолжалъ онъ также медленно и съ разстановкой.— Все желалъ по своему поступать. По своему все, другихъ, постарше-то его, не хотѣлъ слушать. Вотъ теперь и добился своего. Самъ умеръ во цвѣтѣ лѣтъ, семейство по міру пустилъ.

Съ каждымъ изъ этихъ жесткихъ и грубыхъ словъ все сильнѣе и сильнѣе сдавливалась грудь Упадышевой и наконецъ не выдержала она: давно накоплявшіяся слезы градомъ брызнули изъ ея глазъ и судорожно заколыхалась ея грудь, силясь сдержать рыданія.

Сначала Кононовъ какъ будто оторопѣлъ, но потомъ оправился и началъ тихонько, съ той же суровой важностью расхаживать по комнатѣ. Въ первое мгновеніе онъ какъ будто раскаялся въ своихъ словахъ, но затѣмъ сейчасъ же разсудилъ, что высказалъ онъ одну только сущую правду и что если эта женщина и плачетъ, то во-первыхъ, у женщинъ слезы дешевы, а во-вторыхъ, даже и странно вышло бы, если бы Упадышева, пришедшая съ просьбой, не заплакала. Самый даже обычай какъ-то требуетъ, чтобы женщина, пришедшая просить помощи, всплакнула о своей горькой долѣ.

— Ну, полноте, будетъ, проговорилъ онъ тоже по обычаю

успокоительнымъ тономъ.— Слезами не помочь вѣдь дѣлу... Не воротить прошлаго.

— Вотъ, нотъ, выпейте водицы-то, предлагала съ своей стороны его супруга, тоже нисколько не потерявшая своего хладнокровнаго и наблюдательнаго вида. Это хорошо. Что убиваться то понапрасну.

Упадышева скоро опить совладала съ собой.

— Вы бы къ родственникамъ вашимъ написали о своемъ положеніи, посовѣтовалъ ой Кононовъ.

— У меня нѣтъ никого родныхъ, апатично отвѣчала молодая женщина

— Ни одной души? Ай-ай-ай!

Хозяйка тоже качала головой, но впрочемъ съ какимъ-то страннымъ видомъ. Она кажется положительно не расположена была вѣрить, чтобы у какого бы то ни было человѣка на Руси могло не оказаться въ наличности ни одного родственника, и потому эта почтенная женщина не замедлила заподозрить Упадышеву въ какомъ нибудь коварномъ и хитромъ намѣреніи. Къ тому же она кое-что знала объ этой несчастной, повидимому, молодой женщинѣ, знала кое-что, какъ мы вскорѣ увидимъ.

— Ни одной души, апатично повторила Упадышева.

Въ немного минутъ, въ которыя она старалась унять свои слезы, отдыхала и успокоивалась, въ ея умѣ быстро промелькнула вся ея жизнь, промелькнули образы людей, встрѣчавшихся ей въ этой очень недолгой жизни и какъ-то удивилась она, что до настоящей минуты не обращала вниманія, не замѣчала, какъ всѣ эти люди, почти всѣ, грязны, жестки, безчеловѣчны. Стоитъ ли жить? Стоитъ ли страдать? Стоитъ ли лелѣять и беречь въ себѣ что нибудь чистое, честное, возвышенное и отстаивать его даже въ виду голодной смерти? родились въ ней грустные вопросы, тѣ самые горькіе вопросы, которые нѣкогда такъ болѣзненно поражали ее, когда она слышала ихъ изъ устъ больного, убитаго отчаяніемъ мужа.

Затѣмъ Кононовъ полюбопытствовалъ — гдѣ она родилась, гдѣ провела свое дѣвичество, не была ли она знакома съ тѣмъ-то и тѣмъ-то, жившими тоже на ея родинѣ. На все она отвѣчала подробно, охотно, только казалось, что она вовсе не о томъ думаетъ, о чемъ ее спрашиваютъ, и мысли ея рвутся отъ этого предмета куда-то дальше, прочь, къ какому-то печальному и трагическому созерцанію.

— Ну, и къ чему же вы намѣрены приступить? Что предпринять въ такомъ положеніи? спросилъ наконецъ честный хозяинъ.

— Предпринять... Что могу я предпринять? повторила Упадышева.— У меня никого нѣтъ вѣдь, я никого здѣсь не знаю и меня никто не знаетъ. Мнѣ оставалось только обратиться къ тѣмъ людямъ, которые хоть сколько нибудь знали моего мужа.

Когда она сказала: "и меня никто не знаетъ", хозяйка искоса посмотрѣла на нее и почесала, у себя за ухомъ вязальной спицей. Очевидно было, что она кое-что знала объ этой женщинѣ, которую "никто не знаетъ".

— Если бы кто нибудь помогъ мнѣ найти работу, рекомендовалъ бы меня, я была бы счастлива. Я буду стараться изо всѣхъ моихъ силъ. Я прокормила бы и себя и моего сына.

— А какую же работу вы ищете? У васъ въ Петербургѣ, говорятъ, женщины въ магазинахъ и въ конторахъ сидятъ... хе, хе, хе, засмѣялся Кононовъ.

— Нѣтъ, я не надѣюсь на это... Конечно это легче бы... Но я желала бы найти уроки.

— На фортепьянахъ умѣете?

— Да. Учить читать, писать, арифметикѣ... Французскій языкъ...

— И по-французски даже знаете?! удивился Кононовъ — А вотъ мы грѣшные ни музыкѣ не умѣемъ, ни языковъ ни понимаемъ, а живемъ себѣ припѣваючи. Неучи мы темные, прибавилъ онъ иронически.— А вѣдь ничего: одѣты, сыты, все есть и кланяться никому не нужно, не пойдемъ просить о какой нибудь милости.

— Совсѣмъ напротивъ замѣтила его жена, тоже любившая иногда похвастаться, что она даже читать-то не умѣетъ, а вотъ же живетъ себѣ безпечально, въ шелку и соболяхъ ходитъ.— Совсѣмъ напротивъ: къ намъ же придутъ эти ученые, да поклонятся.

— Хе-хе-хе, опять засмѣялся честный хозяинъ.— Мы посмотримъ, посмотримъ, сударыня. Можетъ быть и подвернется что нибудь. Теперь вѣдь это мода начинаетъ появляться, чтобы барышни и музыкѣ умѣли и по-французски могли выговорить. Можетъ быть и подвернутся намъ эти модники. Я-то такихъ не знаю; а все же можетъ и придется натолкнуться. Это ничего, можно будетъ посмотрѣть.

— Пожалуйста, тихо проговорила Упадышева.— Я могу надѣяться почти на однихъ только васъ, единственно на васъ. Вы имѣете и знакомства и вліяніе. Все отъ васъ зависитъ... Все... Вы можете и поддержать меня и погубить. Вѣдь у меня впереди никакой надежды.

— Ну вотъ, охота вамъ о гибели говорить, подхватила

внимательная хозяйка.— Что на гибель въ такіе годы молодые. Авось не долго ждать, еще свадьбу вашу увидимъ или услышимъ. Что за гибель такая.

— Хе-хе-хе, подхватилъ Кононовъ.— И то дѣло, и то легко можетъ статься...

Упадышева, блѣдная и молчаливая, безъ улыбки на губахъ, безъ блеска въ глазахъ, слушала эти шуточки и перебирала на колѣняхъ мокрый отъ слезъ платокъ. Хотятъ ли эти люди помочь ей или не хотятъ — ей какъ-то все равно было. На нее нашелъ одинъ изъ тѣхъ роковыхъ періодовъ, въ которые человѣкъ съ смертною усталостью въ сердцѣ складываетъ руки и отдается на волю обстоятельствъ. Куда бы не понесли они его, къ паденію ли, къ счастью ли, къ смерти ли,— ему все равно и онъ не подниметъ руки, чтобы противиться.

— Я не такой человѣкъ, чтобы погубить кого нибудь, заговорилъ Кононовъ.— Это ужь нѣтъ. Я уже пятой десятокъ живу на свѣтѣ, а никого не погубилъ и не ограбилъ. Я честный человѣкъ. Вы меня не знаете, а спросите кого хотите и всякъ, у кого есть совѣсть, скажетъ вамъ, что я честный человѣкъ, во всю свою жизнь не сдѣлалъ дурного дѣла.

Упадышева встала.

— Такъ я буду надѣяться, сказала она устало, опираясь рукой на спинку стула.

— Посмотримъ, посмотримъ; можетъ быть и подвернется намъ какой нибудь модникъ. Такъ мы его сейчасъ... Нынче мода появляется...

— Я вѣдь и дѣтей могу учить,— въ гимназію, напримѣръ, приготовить, вскользь замѣтила молодая женщина.

— Хорошо, хорошо, посмотримъ.

Онъ взялъ свѣчку, посвѣтилъ Упадышевой пройти до кухни и затѣмъ возвратившись къ своей супругѣ, началъ въ одушевленіи ходить по комнатѣ, потирая руки и дѣлая маленькіе торопливые шажки.

— Непремѣнно, непремѣнно, говорилъ онъ какъ будто про тебя.— Это вѣрно. Я эту барыню посажу въ свою игрушечную лавку прикащицей, громко сказалъ онъ, обращаясь къ женѣ.

— Опять ты за свою болтовню принялся, сухо проговорила она.

— Нѣтъ, непремѣнно, непремѣнно, повторилъ Кононовъ.— Жалованье ей большое положу, рублей тысячу въ годъ, одѣвать ее буду какъ куколку; нашу парадную половину отдѣлю ей, отдѣлаю тѣ комнаты, фортепьяно поставлю, картинъ навѣшаю. Ха-ха-ха!... залился онъ, усаживаясь на стулъ и подпрыгивая на немъ отъ смѣха

— А ты сегодня ничего о ней не слышалъ? сухо и зловѣщимъ тономъ спросила его жена.

— Что такое? Нѣтъ, нѣтъ,— ничего; ничего не слышалъ.

Онъ вдругъ примолкъ, успокоился и приготовился слушать.

— Мнѣ Марья Алексѣевна говорила. Барынѣ-то этой, нынѣшней ночью, ворота хотѣли вымазать дегтемъ.

Честный хозяинъ отодвинулся отъ стола съ такимъ видомъ, какъ будто бы надъ его головой внезапно раздались потрясающіе перекаты тропическаго грома.

X

На другой день рано утромъ, когда Упадышева пила чай, въ ея квартиру явились два новые субъекта. Одинъ высокій и здоровый мѣщанинъ съ плоскимъ жирнымъ лицемъ и тупыми глазами, напоминавшими глуповато-дикій взглядъ быка,— торговалъ книгами, всякими картинами, а также и готовымъ платьемъ. Другой маленькій, тощій человѣкъ съ плѣшивой головой и блѣднымъ спокойнымъ лицемъ,— повидимому занимался умственнымъ трудомъ, но на самомъ дѣлѣ скупалъ, дѣлалъ и продавалъ мебель. Оба эти господина рекомендовали себя просто присланными какимъ-то маленькимъ, худенькимъ чиновничкомъ, который должно быть пьетъ немного, да и боленъ къ тому же.

— Изволите ѣхать куда нибудь? спросилъ мебельщикъ.

— Куда ѣхать? переспросила Упадышева, не понимая, о чемъ онъ говоритъ,— о переѣздѣ-ли на другую квартиру, о выѣздѣ-ли изъ города, или просто о прогулкѣ какой нибудь.

— Я къ тому спрашиваю, отвѣчалъ мебельщикъ спокойнымъ, тихимъ голосомъ,— что вы изволите вещи свои распродавать. Желаете, я полагаю, выѣхать изъ нашего юрода въ другіе края.

— О нѣтъ, нѣтъ.

— Квартиру перемѣняютъ, должно быть, замѣтилъ провинціальный книгопродавецъ и, увидавъ вѣроятно съ какого сорта и положенія человѣкомъ ему приходится имѣть дѣло, безъ церемоніи бросилъ на стулъ свою шапку и окинулъ

70

опытнымъ взглядомъ предметы, относящіеся къ его спеціальности.

— Да, я наняла уже въ этомъ же домѣ комнату, простодушно отвѣчала Упадышева.

— Это не супругъ вашъ прислалъ-то насъ? спрашивалъ мебельщикъ, постукивая и повертывая кресло.

— Нѣтъ, мой мужъ недавно умеръ.

Книгопродавецъ кивнулъ про себя головой, какъ будто говоря самому себѣ, что онъ такъ и думалъ, и, заложивъ руки за спину, разставивъ ноги и склонивъ голову немного на бокъ, остановился передъ картиной.

— Пріѣзжіе должно быть? продолжалъ мебельщикъ, изчезая за спинкой дивана.

— Да, мы недавно сюда пріѣхали. Мой мужъ былъ механикомъ на фабрикѣ.

— Заниматься чѣмъ нибудь изволите?

— Нѣтъ, я еще не нашла себѣ занятія. Но ищу теперь. Чѣмъ нибудь нужно жить, прокормить себя и ребенка.

— Это вѣрно, сказалъ мебельщикъ и съ прежнимъ спокойствіемъ остановился посреди комнаты, перебирая въ рукахъ картузъ. Должно быть онъ уже и мебель осмотрѣлъ, и опредѣлилъ сумму, которой должна была довольствоваться женщина очевидно нуждающаяся въ деньгахъ, и барыши высчиталъ.

— Что же вы скажете? спросила Упадышева.

— Четыре рубли-съ, сказалъ мебельщикъ, равнодушно смотря куда-то въ уголъ.

— Какъ? Сколько вы сказали?.. оторопѣвъ, переспросила Упадышева.

— Четыре съ полтиной, такъ и много будетъ.

Книгопродавецъ съ какимъ-то тупымъ удивленіемъ разсматривалъ съ ногъ до головы своего собрата. Должно быть ему и смѣшно было, что точно какая комедія передъ нимъ разыгрывается, и чудно было, что человѣкъ назначаетъ какую-то смѣховатую сумму, а самъ хоть бы пошевелился, хоть бы бровью повелъ.

— Послушайте, сказала Упадышева.— На чей счетъ вы хотите наживаться? На счетъ женщины, попавшей въ чужой городъ и на счетъ ребенка. На счетъ женщины, которая и не знаетъ, чѣмъ она будетъ жить черезъ недѣлю.

— Четыре съ полтиной. Больше нельзя, сказалъ мебельщикъ, равнодушно пощупавъ диванъ.

Упадышева пристально посмотрѣла въ его желтое лицо,

какъ будто все еще думая, не шутитъ ли онъ съ нею, и ничего не прочитавъ въ его свинцовыхъ глазахъ, задумчиво прошлась по комнатѣ. Она какъ-то потерялась и совсѣмъ не знала, что ей дѣлать,— попросить ли ей этого господина уйти, продолжать ли говорить съ нимъ или безъ всякихъ разговоровъ уступить ему.

— Картина-то вѣдь русской работы, заговорилъ въ свою очередь книгопродавецъ, снявъ картину, изображавшую маленькій уголокъ какой-то сѣренькой и бѣдной русской мѣстности съ чахлымъ лѣскомъ, пересохшей рѣчкой и стадомъ тощихъ, больныхъ коровъ, на спинѣ одной изъ которыхъ пріютилась какая-то птица и завтракала.

— Да, русской.

— Ежели картина заграничной работы, объяснялъ мѣщанинъ, разсматривая на свѣтъ плоскость картины,— такъ этотъ верхъ-то ея, что твое зеркало блеститъ; хоть смотрись. А вотъ этакая, русской работы, такъ съ виду-то она какъ бы и ничего; а съ боку-то взглянуть, такъ она грязь грязью, точно ее въ грязи выпачкали. Неважная работа, рѣшилъ онъ, отступивъ отъ картины.

Упадышева молча смотрѣла на него и слушала съ грустноватой усмѣшкой. Ей какъ будто и смѣшно было; но смѣхъ этотъ былъ грустный, тяжелый, больной смѣхъ. Точно ее мучили, пытали и вмѣстѣ съ тѣмъ всѣ эти мучители были такъ комичны, что не было возможности но засмѣяться.

— Ежели бы тутъ да сраженіе изобразить или, знаете, боговъ этихъ старыхъ женскаго пола, такъ картина бы вышла важна, продолжалъ мѣщанинъ.— А то вѣдь и взглянуть не на что... Полюбоваться нечѣмъ.

— А книги вы смотрѣли?

— Видѣлъ. Другихъ нѣтъ у васъ?

— Нѣтъ... А что?

— Да то, что не подходящія намъ эти книги. Если бы да романцы,— такъ хорошо, взялъ бы съ удовольствіемъ. А то журналы, да книги заграничныя. Когда-то еще встрѣтишь такого человѣка, чтобы могъ понять по тамошнему. Ихъ на вѣсъ развѣ. На вѣсъ можно купить, это можно... А вы думали какъ? Сто тысячъ стоятъ?

Упадышева апатично смотрѣла въ окно.

— Платье вы во сколько цѣните? спросила она какъ будто не о томъ думая.

— Платье-то? равнодушно отвѣчалъ книгопродавецъ. Старенькое вѣдь оно.

— Какъ старое? съ удивленіемъ спросила она.

— Ношеное. Сюртучная нара еще туда сюда.

— Еще бы, она всего одинъ разъ была надѣта, насмѣшливо сказала Упадышева.

— Мы этого не знаемъ, грубо возразилъ мѣщанинъ.— Можетъ быть и сто одинъ. За все-то платье можно дать десять рублей.

— Можетъ быть, вы хотите сказать пятьдесятъ? холодно спросила она.

— Фю-фю! свиснулъ мѣщанинъ, повернувшись къ ней спиною.— Во-какъ! крикнулъ онъ своему собрату. Деньги-то любить!

— Хе-хе-хе, отвѣчалъ мебельщикъ и затѣмъ сейчасъ же опять принялъ свой спокойно-задумчивый видъ.

— Вы знаете-ли что оно стоило? спросила Упадышева.

— Мало-ли что было, да стоило. Было да сплыло. Было время, что мы возьмемъ себѣ книжку въ руки, да и усядемся въ этакомъ диванчикѣ, да и знать себѣ ничего не хотимъ, злобно заговорилъ мѣщанинъ, точно она его смертельно обидѣла и развалился на диванъ, показывая, какъ она, бывало книжку читала.— Было да сплыло. Теперь мы книжки-то продадимъ, диванчикъ-то продадимъ, платье-то продадимъ... Мало ли что было и чего стоило...

Упадышева, не сказавъ ни слова, вышла изъ комнаты. Она пошла къ хозяйкѣ и попросила ее продать вещи. Сама же она, сказала молодая женщина, чувствуетъ себя очень нехорошо и едва стоитъ на ногахъ. Она не преувеличивала, когда говорила это: голова ея кружилась, лицо было блѣдно какъ полотно, руки холодны.

Она ушла въ свою новую квартиру, небольшую, низенькую комнату въ два окна, выходившіе на широкій дворъ, поросшій травой. Мебель и вещи, которыя Упадышева оставляла у себя, были еще раннимъ утромъ перенесены сюда Ребенокъ немного простудился вчера во время своего путешествія къ фабриканту Власову и спалъ теперь на кровати. Молодая мать постояла надъ нимъ, вздохнула и потомъ прилегла лицомъ къ подушкѣ, окруживъ руками свою больную голову. Она не думала ни о чемъ, не было у нея ни мысли, ни безмолвныхъ жалобъ, ни молчаливыхъ проклятій, ни внутреннихъ слезъ,— но какъ въ безпорядочномъ, прерывающемся снѣ мелькали передъ нею лица и фигуры Шестакова, Власова, Кононова съ его супругой, книгопродавца съ дикими бычачьими глазами и мебельщика съ неподвижнымъ деревяннымъ лицомъ; мелькали передъ нею отрывки сценъ съ этими людьми; слышался ихъ обидный смѣхъ, раздавались ихъ грубыя слова. И какое подавляющее, фантастическое дѣйствіе оказывали на нее эти видѣнія. Трепетъ пробѣгалъ но ея тѣлу, тоска, смертная тоска сжимала ея сердце. Ей казалось, что какъ будто она въ лѣсу, въ темномъ, мрачномъ лѣсу, что за ней идетъ охота, и всѣ, кто не увидитъ ее, всѣ смотрятъ на нее какъ на добычу,— одни хотятъ овладѣть ею, другіе стремятся отнять у нея все, что она имѣетъ, ограбить ее, третьи хотятъ позабавиться надъ ней.

Она приподнялась, выпила немного воды и опять прилегла лицомъ къ подушкѣ. Да, идетъ охота. Почему-то припомнился ей Шестаковъ, послѣднее свиданіе съ нимъ, рѣчи его, его предложеніе, но вспомнила она обо всемъ этомъ безъ всякаго гнѣва, безъ волненія, а такъ спокойно, какъ будто она не о себѣ думала. И дѣйствительно она думала о другихъ. Какъ много тѣхъ женщинъ, которыхъ называютъ безчестными и погибшими, но кто знаетъ, не пришлось ли имъ принять на свое сердце обидъ, ранъ и оскорбленій во сто разъ горшихъ, чѣмъ приняла она? Что же мудренаго, что онѣ предоставили называться честными тѣмъ людямъ, которые богаче и сильнѣе ихъ, а сами съ смертнымъ отчаяніемъ въ сердцѣ сложили свои безсильныя руки и предоставили жизни нести ихъ куда она хочетъ? Она удивлялась, какъ это все ясно. Какъ много молодыхъ и прекрасныхъ, и умныхъ созданій продаютъ цвѣтъ своей юности, свои лучшіе годы, всю свою многообѣщавшую жизнь,— продаютъ старымъ, отжившимъ, грязнымъ богачамъ, и тѣмъ возбуждаютъ вопли честныхъ людей; но знаетъ ли кто,— эти готовыя погибнуть молодыя созданія не вглядывались ли съ мольбой и съ надеждой въ окружающій ихъ житейскій базаръ и не испугали ли ихъ, и не разбили ли ихъ надежды, не заставили ли ихъ, слабыхъ, бѣдныхъ и неопытныхъ, сложить руки, не озлобили ли ихъ дѣятели, торгаши и честные Кононовы, толпящіеся на этомъ базарѣ? Какъ понятно для нея, что человѣкъ можетъ сложить свои безсильныя руки и отдаться волѣ могучей жизни, пускай она дѣлаетъ съ нимъ, что хочетъ. Утопающій напрягаетъ всю силу своихъ мускуловъ, чтобы добраться до берега, но настаетъ минута, роковая минута, когда онъ не хочетъ больше шевельнуть усталой рукой,— пускай вода покрываетъ его, пускай рѣка несетъ его куда хочетъ,— ему все равно,— ему нуженъ только покой и ничего, ничего больше... Она понимаетъ это.

Вдругъ она какъ будто испугалась: зачѣмъ это, почему все это пришло ей въ голову. Неужели эта роковая минута такъ близка для нея? Такъ скоро? Нѣтъ, не можетъ быть.

74

— Что это какой вздоръ мнѣ думается! подумала она, какъ будто очнувшись отъ дремоты.

Потомъ она вспомнила о Починковѣ. Онъ какъ будто живой явился передъ нею съ своимъ блѣднымъ, худымъ лицомъ, съ горящими, задумчивыми глазами и началъ разсказывать ей полуфантастическую исторію своей жизни. Потомъ онъ говорилъ ей о своей любви, и ясно видѣла она его смущенный, задумчивый, любящій взглядъ, и легче ей стало, даже улыбнулась она сквозь сонъ.

Она заснула.

И видѣлся ей сонъ. Она еще почти ребенокъ, худенькая, маленькая дѣвочка съ застѣнчивымъ взглядомъ и съ дѣтскими рученками, которыя вѣчно въ чернилахъ. Лѣтнее, тихое утро. Солнце играетъ на желѣзныхъ кровляхъ, на листьяхъ свѣсившихся через заборы деревьевъ, на травѣ, смѣло вылѣзшей около тротуара на улицѣ. Она идетъ въ школу. Въ рукахъ у нея завязанныя въ платокъ книги, и она весело потряхиваетъ ими, потому что ей весело. И какъ не быть весело, когда воздухъ свѣжъ и ароматенъ, когда солнце играетъ на каждомъ камнѣ, когда все смотритъ бодрымъ, ласковымъ и даже лошади ржахъ какъ-то особенно весело. Но вдругъ — точно какая-то струна со стономъ обрывается въ ней. Отчаянно и жалобно проносится въ воздухѣ зловѣще-потрясающій визгъ собаки.

И вотъ передъ ней ползетъ по землѣ это бѣдное животное съ жалобными, точно слезами наполненными, молящими глазами. Задъ у ней отшибенъ, заднія ноги отшибены; она идетъ передними ногами, высоко поднявъ морду съ молящими, плачущими глазами, а задъ волочится за нею по землѣ Она уже не визжитъ. Должно быть она уже давно изуродована. Но, странно, откуда же этотъ надрывающій душу визгъ пронесся въ воздухѣ? Странно, странно... Собрался народъ,— кучера, чиновники, кухарки, купцы,— стали кругомъ собаки, смотрятъ съ недоумѣніемъ, вытягиваютъ шею и наконецъ разражаются потрясающимъ, громовымъ хохотомъ.

— Это получше будетъ обезьяны!

— Комедь!

— Надо ей денегъ накидать!

— Водки поднести! ха-ха-ха!

Боже! Чему они смѣются? съ ужасомъ думаетъ дѣвочка. На всѣхъ смотритъ собака своими молящими, плачущими глазами. Наконецъ обращаются ея страдальческіе глаза на дѣвочку, и она заливается горькими, жгучими, тихими слезами.

75

Упадышева проснулась. Подушка была влажна. Поднесла она руку къ глазамъ,— глаза полны слезъ.

XI

Простудилась ли Упадышева во время своихъ путешествій къ Власову и Кононову, слишкомъ ли потрясли ее происшествія и сцены двухъ послѣднихъ дней,— во всякомъ случаѣ къ вечеру того дня, въ который происходила продажа ея имущества, она почувствовала себя уже очень нездоровой. На другое утро ей стало немного получше, слѣдующій день принесъ съ собой еще небольшое облегченіе, но на этомъ дѣло и кончилось, и нездоровье установилось надолго. Недѣли двѣ чувствовала она себя слабой, безсильной,— какъ будто кто избилъ ее всю. Никуда она не выходила, да и куда было идти ей? Къ кому? Одинъ разъ она подумала правда, что ей можетъ быть слѣдовало бы сходить къ Кононовымъ, чтобы напомнить о себѣ и о своей просьбѣ, но уже одна эта мысль навела на нее такую тоску, что Упадышева рада бы была, если бы подобныя воспоминанія никогда больше не посѣщали ее. У нея изрѣдка, не надолго бывалъ Карновъ, да еще каждый день приходила хозяйка. Карповъ по прежнему былъ пасмуренъ и скученъ. Въ началѣ каждаго своего посѣщенія онъ смотрѣлъ какимъ-то обрадованнымъ, точно онъ цѣлый годъ не видалъ Упадышеву,— въ словахъ и во взглядѣ ею проглядывала какая-то грустная нѣжность,— но потомъ понемногу все больше и больше овладѣвала имъ глубокая апатія. Казалось иногда, что весь міръ, вся жизнь были скучны и противны ему,— что онъ приходитъ сюда, въ эту маленькую комнату, чтобы хоть немного отдохнуть здѣсь сердцемъ, а въ концѣ концовъ выходитъ отсюда еще больше опечаленный и даже какъ будто еще больше озлобленный. За то хозяйка, та самая крикливая, массивная, но въ сущности добрая баба, которая такъ возмущалась по поводу извѣстнаго покушенія вымазать дегтемъ калитку Упадышевой,— она безпрестанно угощала свою горевавшую жиличку чаемъ и пирогами, безпрестанно заглядывала къ ней съ утѣшеніями, съ ободреніями, съ приглашеніями не унывать, а надѣяться и по цѣлымъ часамъ развлекала ее неумолкаемой болтовней. Эта массивная баба принимала самое горячее участіе въ судьбѣ молодой женщины, хотя, послѣ упомянутаго покушенія, не совсѣмъ вѣрила въ чистоту ея нравственности. Я думаю даже, что если бы на другое утро послѣ достопамятной встрѣчи между пьянымъ отставнымъ солдатомъ и неизвѣстнымъ человѣкомъ съ кадочкой дегтя и мазилкой, калитка оказалась бы вымазанной,— то эта самая добрая женщина непремѣнно выгнала бы изъ своего дома мою героиню, выгнала бы ее съ позоромъ, крикомъ и бранью. Очень можетъ быть, что это обстоятельство довольно съ печальной стороны рекомендуетъ читателю умъ и характеръ этой доброй особы, но, чего вы хотите читатель? Говоря откровенно, мы, бывавшіе въ разныхъ воспитательныхъ учрежденіяхъ, читавшіе кое какія книжки, высказывавшіе нѣкоторыя либеральныя сужденія, однимъ словомъ цивилизованные до нѣкоторой степени,— мы врядъ ли далеко ушли отъ этой добродушной бабы. Вы какъ думаете? Мнѣ все кажется, что между нашими знакомыми есть такіе люди, въ частоту нравственности которыхъ мы также мало вѣримъ, какъ мало вѣрила хозяйка Упадышевой въ нравственность своей жилички,— и однако же мы привѣтливо улыбаемся этимъ людямъ, жмемъ ихъ руки и повѣряемъ этимъ людямъ нѣкоторыя изъ своихъ тайнъ, радостей или печалей. Мы можемъ даже быть увѣрены, что знакомые, о которыхъ идетъ рѣчь, украли гдѣ нибудь и что нибудь, обманули кого нибудь, вообще нарушили обязанности честнаго человѣка о однако же мы до нѣкотораго времени остаемся прежними хорошими знакомыми этихъ людей. Я говорю до нѣкотораго времени. Представьте же себѣ, что всѣ злодѣянія, содѣланныя этими нашими знакомыми, въ одно прекрасное утро выйдутъ на свѣтъ божій и подвергнутся всеобщему глумленію. Хуже ли сдѣлаются послѣ этою наши знакомые? Нисколько; можетъ быть, что къ этому несчастному дню они даже поправились нѣсколько, покаялись и очистились,— и однако же, я увѣренъ, мы выгонимъ ихъ изъ своего дома, выгонимъ съ позоромъ и гнѣвомъ.

Упадышева была даже рада частымъ посѣщеніямъ хозяйки, потому что ея трескучая и бойкая болтовня разгоняла невеселыя мысли и печальныя картины, не перестававшія посѣщать мою героиню. Она слушала и работала. Хозяйка достала ей и работу. Какой-то старый холостякъ, не успѣвшій обзавестись старухой, или бабой, или женой, кому какъ угодно, вздумалъ сшить себѣ бѣлье и эта-то работа черезъ посредство всезнающей хозяйки досталась Упадышевой. Работа была долгая, кропотливая и неблагодарная, но молодая женщина разсудила, что все-таки лучше заработать хоть что ни будь, чѣмъ сидѣть сложа руки и надѣяться на будущее.

Одинъ разъ утромъ, когда она сидѣла у окна, дошивала бѣлье стараго холостяка и въ полголоса напѣвала что-то, опять таки затѣмъ, чтобы отогнать своего злого духа, тревожившаго ее напоминаніями о будущемъ,— дверь въ ея комнату немного пріотворилась. Показалась какая-то всклоченная голова и грязное, небритое, пьяное лице. Затѣмъ еще пріотворилась дверь, голова подалась впередъ и передъ Упадышевой явилась во весь ростъ человѣческая грязная фигура въ халатѣ, въ калошахъ на босую ногу и съ чиновничьей фуражкой въ рукѣ. Упадышева невольно отскочила въ уголъ.

— Не безпокойтесь, сударыня, съ полнымъ достоинствомъ и тихо произнесъ посѣтитель.— Зная вашу доброту и видя вашу ангельскую красоту, осмѣлюсь обратиться къ вашему сердцу. Одолжите мнѣ пятачекъ на нѣкоторое время.

Изъ-за его спины показалось встревоженное лицо хозяйки и усердно моргало, мигало, кивало Упадышевой,— Она поняла наконецъ, что нужно было исполнить просьбу вѣжливаго посѣтителя.

— Очень, очень вамъ благодаренъ, сказалъ онъ, прижимая руку къ сердцу.— Очень бы желалъ выразить вамъ мои чувства и прикоснуться губами къ ручкѣ вашей...

— Ну, ну, батюшка, съ Богомъ,— некогда, прервала хозяйка.— На, цѣлуй мою, коли хочешь, и проходи себѣ, не мѣшай.

Незнакомецъ съ достоинствомъ посмотрѣлъ на ея протянутую руку, раскланялся Упадышевой, шаркнувъ своими калошами, и удалился.

— И какъ только онъ попалъ сюда, сердито заворчала хозяйка.— Вотъ и унесъ пятакъ. А не дай ему,— такъ онъ скинетъ передъ окнами свой халатишко, повѣситъ ею на руку, да и учнетъ плясать. Подъ халатишкомъ-то у него какая одежа?.. своя кожа... Тьфу...

Посѣтитель между тѣмъ остановился передъ окномъ Упадышевой и началъ раскланиваться, съ чувствомъ прижимая руку къ тому мѣсту халата, которое прикрывало его сердце. Въ эту же минуту появился откуда-то невысокій, широкоплечій, довольно прилично одѣтый господинъ, въ сѣрой пуховой шляпѣ. Онъ хлопнулъ мимоходомъ пьяненькаго человѣка по согнутой спинѣ, нахлобучилъ ему на голову его измятую фуражку съ кокардой, толкнулъ его въ сторону и затѣмъ оба они удалились. Грѣшный пьяненькій человѣкъ, какъ видно, направился послѣ этого толчка прямо къ калиткѣ, а вновь пришедшій господинъ поднялся на крыльце.

— А что Упадышева, Елена Павловна здѣсь живетъ? раздался изъ кухни его громкій голосъ.

Упадышева вздрогнула и поспѣшно отворила дверь своей комнаты. Кто это? Что ему нужно? Неужели наконецъ нашлось что нибудь!

— Это вы и есть Елена Павловна? спросилъ гость, поклонившись и входя въ ей комнату.— А я къ вамъ отъ Карпова. Онъ меня прислалъ... Я здѣшній помѣщикъ Трофимовъ... Василій Яковлевичъ, если полюбопытствуете, прибавилъ онъ усмѣхнувшись.

Ему было лѣтъ подъ сорокъ. Лицо у него было довольно красивое, широкое русское лице съ маленькой русой бородой, небольшими русыми усами, прямымъ носомъ и голубыми глазами, не злыми, не глупыми, но какими-то равнодушными, сонными и немного припухшими. Казалось, что онъ привыкъ вращаться въ неособенно изящномъ обществѣ. Накрахмаленная манишка, очевидно стѣсняла его, потому что онъ то и дѣло вытягивалъ шею или поводилъ подбородкомъ снизу вверхъ, точно стараясь вылѣзти изъ своего воротничка. Очень вѣроятно, что онъ привыкъ носить ситцевыя рубашки съ разными затѣйливыми цвѣточками. Галстукъ его, завязанный какъ видно непривычной рукой, свернулся въ какой-то жгутъ и полуразвязался,

Церемонно и прилично сидѣть на стулѣ онъ тоже не привыкъ, потому что безпрестанно пересаживался на другой манеръ, вытягивалъ ноги во всю ихъ длину, облокачивался то на спинку стула, то на близъ стоящій предметъ и вообще старался отыскать какъ можно больше точекъ опоры для своего тучнаго тѣла.

— Очень пріятно познакомиться, заговорилъ онъ, усѣвшись на стулъ и разсматривая Упадышеву тѣмъ внимательно-любопытнымъ взглядомъ, какимъ наслаждающіеся жизнью люди обыкновенно оцѣниваютъ красивую женщину.

Впрочемъ я теперь же могу сказать, что моя героиня вовсе не понравилась ему. Идеаломъ женской красоты была для него круглолицая русская баба или дѣвушка съ пышными формами, румяными крхглыми щеками, и притомъ неумѣющая ни читать, ни писать, ни разсуждать о серьезныхъ предметахъ.

— Вашъ пріятель Карповъ мнѣ сказывалъ, продолжалъ

онъ,— что вы желаете въ учительницы поступить. Вотъ обучите-ка вы моихъ дѣвокъ.

— Кого вы говорите? переспросила Упадышева.

— Обучить-то? А у меня двѣ дочки есть. Не то чтобы маленькія, а ужъ изрядныя дѣвки. Одной, должно быть, пятнадцатый уже идетъ; а другой и всѣ семнадцать, пожалуй. Вотъ ихъ-то и надо бы пообтесать. На фортепьяно бы... Плясать чтобы умѣли... Ну и еще что нибудь. По-французски что ли.

Во время этого объясненія онъ обратилъ свое вниманіе на Сережу. Ребенокъ спрятался за мать. Гость протянулъ къ нему свою руку. Сережа еще дальше отодвинулся. Гость потянулся за нимъ. Тогда Сережа заплакалъ, а гость засмѣялся и прекратилъ свою забаву.

— Э-э, э-э! заговорилъ онъ.— Этакой большой человѣкъ, а плачетъ. Э-э, э-э! Ну, будетъ плакать. Ну, будетъ. Такъ какъ же? равнодушно обратился онъ къ Упадышевой.— Приходите-ка завтра къ намъ. Тамъ вы и условитесь съ моей супружницей... А?

— Хорошо, я приду, отвѣчала она.

— Ну, и дѣло въ шляпѣ, замѣтилъ онъ отправляясь въ карманъ.

Долго шарилъ онъ тамъ, пригнувъ на бокъ голову и равнодушно уставившись на ребенка, и наконецъ вытащилъ пукъ засаленныхъ, смятыхъ въ комокъ ассигнацій.

— Экъ ихъ, экъ ихъ;— неравно выпадутъ, пробормоталъ онъ и сунулъ ихъ туда же.

Порылся онъ въ другомъ карманѣ, вытащилъ горсть спичекъ перемѣшанныхъ со всякимъ соромъ, выложилъ все это на столъ и затѣмъ отправился въ задній карманъ, вытянувъ на этотъ разъ свою голову кверху и разсматривая что-то въ голубомъ небѣ. Наконецъ его поиски увѣнчались успѣхомъ и онъ вынулъ пачку смятыхъ и переломанныхъ папиросъ. Съ тѣмъ же, вѣроятно никогда не покидавшимъ его лица, соннымъ равнодушіемъ мотнулъ онъ головой, закурилъ наиболѣе сохранившуюся папиросу, а остальныя сложилъ туда же, къ спичкамъ,— на столъ.

— А съ Карповымъ-то вы давно знакомы? спросилъ онъ затянувшись и начиная опять отыскивать опоры для своего локтя.

— Нѣтъ, недавно. Онъ былъ товарищемъ моего мужа по гимназіи. Мы пріѣхали сюда только этой зимой...

— Да, мнѣ Карповъ говорилъ что-то, какъ-то безсмысленно прервалъ ее Василій Яковлевичъ.— А чудакъ онъ, этотъ Карповъ. За то я и полюбилъ его. что онъ чудакъ: и теперь я готовъ сдѣлать для него все, что онъ ни попроситъ. И ученый онъ, должно быть. Ой-ой ученый. А главное дѣло — чудакъ. Маленькій этакой, щедушный, мизерный, а, подите-ко, какой храбрый, Этто я его на улицѣ встрѣтилъ. "Куда, говорю, отправился?" — Домой, говоритъ. "Пойдешь, говорю, выпьешь".— Нѣтъ, говоритъ не пойду. "Пойдешь, говорю." — Не пойду "Такъ не пойдешь, спрашиваю." — Нѣтъ. "Ну, говорю, такъ прощай." Прощай, говоритъ. Взялъ я его за руку, потрясъ ее, да и повелъ его за собой. Видѣли, я думаю, какъ мужики водятъ коровъ за рога? Такъ и я его повелъ. Онъ упирается, бранится, рвется, а я иду себѣ, точно муха у меня за плечами жужжитъ. Такъ я и провелъ его съ версту я привелъ куда слѣдуетъ. Этакой вѣдь мизерный,— м-муха, одно слово. А храбрый, и ежели выпивши немного, начнетъ говорить, такъ только слушай, да разводи руками... Потѣха...

Тутъ онъ опять было обратился къ ребенку, все время не сводившему съ него испуганныхъ, широко раскрытыхъ глазъ.

— Очень, очень онъ мнѣ полюбился, комедьянтъ этакой, прибавилъ онъ вдругъ, оставивъ Сережу и какъ будто вспомнивъ что-то, что онъ хотѣлъ высказать и не договорилъ.— Какъ только я услышалъ отъ него о васъ-то, что вы мѣста ищите,— такъ и порѣшилъ, что васъ найму.

Онъ швырнулъ папиросу на полъ, плюнулъ и лѣниво поднялся.

— Ну-съ... до пріятнаго свиданья...

— А адресъ вашъ? спросила Упадышева.

— Да, адресъ-то, вспомнилъ онъ, повернувшись въ дверяхъ и лѣниво прислонившись плечомъ къ косяку.— Да какой адресъ? Трофимова домъ у церкви Предтечи,— вотъ и все. Ну и прощайте покудова.

XII

Нельзя сказать, чтобы этотъ господинъ произвелъ на Упадышеву очень благопріятное впечатлѣніе; но я думаю, что если бы онъ былъ и еще хуже, то она все-таки не могла бы въ первое время смотрѣть на него безъ нѣкотораго пристрастія и не судила бы его очень строго. Она видѣла, что этотъ человѣкъ грубъ, неразвитъ и живетъ единственно трактирною жизнью,— но онъ являлся ея спасителемъ. Она почти убѣждена была, что онъ безсердеченъ, можетъ любить и уважать одного только себя самого, способенъ оскорбить и унизить человѣка, безъ всякаго угрызенія совѣсти съ своей стороны и изъ одного того только, чтобы доставить себѣ минутное удовольствіе или развлеченіе,— но все-таки этотъ безсердечный и грязноватый господинъ являлся ея спасителемъ, отгонялъ отъ нея ея злаго духа съ его зловѣщимъ шепотомъ о будущемъ, давалъ ей безмятежно наслаждаться свѣтомъ лѣтняго солнца, ароматомъ лѣтнихъ цвѣтовъ и тихимъ шумомъ деревьевъ. До появленія этого человѣка не было у нея ни наслажденій, ни мечтаній, ни свѣтлыхъ надеждъ. Когда же онъ пришелъ къ ней, тогда она опять начала мечтать и надѣяться, опять нашла въ себѣ способность наслаждаться блескомъ и шумомъ рѣки или сіяніемъ звѣзднаго лѣтняго неба. И она была благодарна этому, неожиданно явившемуся для ея спасенія, человѣку, и не могла безпристрастно и внимательно всматриваться въ его далеко не блестящій образъ, въ его не всегда деликатные поступки и рѣчи. Такъ-то закупаетъ бѣдствующаго человѣка первый, хотя бы низкій и грязный субъектъ, которому почему бы то ни было приходится сдѣлаться подпорой и якоремъ спасенія для этого бѣдствующаго человѣка.

На другой день послѣ посѣщенія Трофимова, Упадышева видѣлась съ его женой. Это была высокая, какъ видно очень красивая прежде, но теперь блѣдная, желтая, страшно худая и больная женщина съ какими-то странными полуидіотскими глазами, въ которыхъ чрезвычайно ярко и поразительно смѣшивались и вѣчный испугъ, и нерѣшительность, и удивительная тревожная подозрительность.

Особенно преобладала въ этихъ полуидіотскихъ глазахъ послѣдняя,— боязливая, глупая, часто болѣзненная раздражительность, сказывавшаяся кромѣ того въ каждомъ словѣ, въ каждомъ движеніи и взглядѣ этой женщины. Казалось, что она постоянно воображаетъ себя среди хитрыхъ и далеко превосходящихъ ее въ умѣ и въ силѣ — враговъ, которые ежеминутно готовы напасть на нее, обмануть, предать поруганію ея лучшія чувства и затѣмъ насмѣяться надъ ея безсиліемъ. Какъ видно она и въ Упадышевой заподозрила одного изъ этихъ враговъ, потому что долго не рѣшалась взять ее въ учительницы, какъ-то пугливо и вмѣстѣ съ тѣмъ напряженно всматривалась въ ея лицо, вслушивалась въ каждое ея слово, распрашивала о прошлой ея жизни, качала головой, охала и видимо терзалась внутренно, чувствуя себя безсильной проникнуть злыя намѣренія, чудившіяся ей въ этой повидимому кроткой и несчастной просительницѣ. Наконецъ она уступила просьбамъ Упадышевой и съ безнадежною покорностью судьбѣ заключила условіе. Впрочемъ эта бѣдная больная женщина все-таки попыталась оградить себя и пообѣщала Упадышевой, что если она будетъ вести себя добросовѣстно, какъ слѣдуетъ доброй матери, то сверхъ ежемѣсячнаго жалованья въ десять рублей будетъ получать каждый мѣсяцъ хорошіе и цѣнные подарки.

— Ну, что же вы не скажете,— какъ вы находите нашего патрона и его семейство? спросилъ однажды Карповъ.

Въ это время прошло уже около недѣли съ того дня, какъ моя героиня осуществила наконецъ свою мечту и сдѣлалась учительницей.

— Нѣтъ; подождите еще немного, отвѣчала Упадышева серьезно и задумчиво.— Въ этомъ семействѣ какая-то ужасная драма. Подождите еще немного... Дайте мнѣ поглубже заглянуть въ этотъ... адъ этотъ, закончила она.

Когда она говорила такимъ образомъ объ ужасной драмѣ,— то вовсе не имѣла въ виду своихъ ученицъ. Обѣ онѣ были здоровыя, толстыя дѣвушки, ѣли какъ лошади, любили наряды, сидѣли у окна, съ нетерпѣніемъ ожидали появленія жениховъ и вообще ни своей жизнью, ни своими жирными фигурами ничего драматическаго не представляли. Говоря такимъ образомъ объ ужасной драмѣ. Упадышева думала о матери этихъ дѣвицъ.

— Боже мой. Боже мой, говорила черезъ нѣсколько дней моя героиня, обращаясь къ Карпову, задумчиво ходившему взадъ и впередъ по ея маленькой комнатѣ.— Какъ же однако скверно и скучно жить на свѣтѣ...

Карповъ пріостановился немного и съ недоумѣніемъ ждалъ что будетъ дальше.

— Да, нехорошо, пробормоталъ онъ.

— Я никогда не ожидала встрѣтить много хорошаго, продолжала она. Но я надѣялась все-таки, что въ каждомъ человѣкѣ, въ каждомъ даже отпѣтомъ человѣкѣ можно добрымъ словомъ вызвать что нибудь доброе. Я никогда не думала, что бы гдѣ нибудь на каждомъ шагу можно было встрѣтить только такихъ людей, которыхъ ничего, ничего не осталось человѣческаго.

— Ну, это вы ужь черезчуръ, вполголоса замѣтилъ

Карповъ.— Врядъ ли можно найти такого человѣка, у котораго не осталось ничего человѣческаго. Врядъ ли.

— Вы думаете? Ну, да я не буду спорить объ этомъ. Можетъ быть вы и правы. Только я все-таки думаю въ такомъ случаѣ, что до сердца этихъ людей добраться такъ трудно, такъ трудно, что нужно для этого какой нибудь сверхъестественный, выходящій изъ ряду вонъ случай... Нужно какую нибудь особенную силу...

Карповъ ничего не отвѣчалъ.

— Много ли я жила здѣсь, предоставленная самой себѣ, продолжала она, а я часто подумывала, что лучше умереть, чѣмъ такъ жить И если ужъ хочется жить и непремѣнно нужно жить, то... лучше въ лѣсу жить, чѣмъ здѣсь...

Въ ея голосѣ слышались слезы и сдерживаемыя рыданія.

Ея собесѣдникъ сдѣлалъ невольное движеніе, какъ будто желая избавиться отъ внезапной боли.

— Теперь я невольно вспоминаю одинъ случай, продолжала она.— Одинъ разъ вечеромъ, года два назадъ, мужъ мой читалъ про себя стихотворенія Гейне. Онъ читалъ все время спокойно, иногда перечитывая для меня вслухъ тѣ мѣста, которыя ему особенно нравились. Но особеннаго волненія я не замѣчала въ немъ. Потомъ вдругъ онъ какъ будто притаилъ дыханіе и впился въ книгу. Слѣдующую страницу онъ перевернулъ съ какою-то лихорадочною поспѣшностью. Затѣмъ онъ задумался, опустилъ голову; послѣ того началъ ходить по комнатѣ, вздохнулъ раза два и, самъ не замѣчая того, все ломалъ и стискивалъ свои пальцы. Я замѣтила страницу, на которой была раскрыта книга. Потомъ, я прочла на ней вотъ что:

Смерть меня кличетъ, моя дорогая...
О, для чего, умирая,
О, для чего умирая любя,
Я не въ лѣсу покидаю тебя,
Въ темномъ лѣсу, гдѣ погибель таится
Неотразимо грозна...

Затѣмъ въ этомъ стихотвореніи развивалась картина, что лучше бы оставить любимую, безсильную женщину въ лѣсу, чѣмъ въ людскомъ обществѣ. Теперь я поняла это.

Она замолчала. Карповъ тоже молчалъ.

— Я увѣрена, что меня не оставятъ долго на моемъ теперешнемъ мѣстѣ, опять заговорила Упадышева послѣ

84

долгаго молчанья.— Хорошо будетъ, если я продержусь на немъ хоть до конца мѣсяца. Что же потомъ будетъ? Опять тоже? Нѣтъ, вѣроятно еще хуже. Я боюсь, что эти люди разыграютъ со мной какую нибудь нехорошую исторію, которая можетъ мнѣ повредить.

— Ахъ, какъ все это гадко... Убилъ бы кого нибудь, что ли, порывисто и раздражительно пробормоталъ Карповъ.

— Зачѣмъ?

Онъ ничего не отвѣчалъ. Опять наступила тишина въ комнатѣ.

— Что за человѣкъ этотъ Трофимовъ? спросила потомъ Упадышева.

— Онъ здѣшній помѣщикъ. Впрочемъ, я не знаю, есть ли у него теперь земля. Вотъ уже года два какъ онъ занимается спеціально кабаками. Онъ говоритъ, что по деревнямъ у него есть около пятнадцати кабаковъ. О земледѣліи же онъ что-то не упоминаетъ, все также вполголоса, отрывисто и неохотно, отвѣчалъ Карповъ.

— Ну да,— а самъ по себѣ что онъ такое?

— Самъ по себѣ этотъ господинъ — какое-то странное соединеніе практическаго, какъ видите, человѣка съ широкой натурой, которая не укладывается въ рамки обыденной жизни. Но однакоже и не выходитъ изъ этихъ рамокъ, прибавилъ онъ какъ будто для себя собственно.

— То есть какъ это? спросила она..

— Да самымъ простымъ образомъ. Всѣ вѣдь эти широкія натуры ссылаются на то, что не могутъ они жить такъ, какъ живутъ другіе люди. Мелка, видите ли, для нихъ эта обыденная жизнь. Ну, и не живутъ они ею; не живутъ ни семейной жизнью, ни за общественное какое нибудь занятіе не берутся, ни на рабочемъ мѣстѣ не уживаются. Это съ одной стороны, то есть не уживаются они въ обыкновенныхъ рамкахъ. А съ другой стороны и не выходятъ изъ нихъ, потому что ничего необыкновеннаго, ничего великаго, выходящаго изъ уровня пошлости не дѣлаютъ. Не дѣлаютъ ничего такого, чего не могъ бы сдѣлать и человѣкъ съ неширокой натурой. Пьютъ, кутятъ, дерутся, развратничаютъ,— и только. Это можетъ дѣлать всякій, кто теряя человѣческія чувства, начинаетъ понемногу замѣнять ихъ скотскими.

Произнося это, онъ мрачно и зло смотрѣлъ куда-то въ сторону злыми, холодными глазами. Трудно было рѣшить, былъ ли ему ненавистенъ только этотъ человѣкъ, о которомъ онъ говорилъ или же въ немъ просто кипѣла давно накопленная всею его жизнью желчь и готова была излиться по поводу перваго предмета, попавшагося ему на глаза. Скорѣе впрочемъ можно было склониться на сторону послѣдняго предположенія. Давно уже онъ хандрилъ и видимо тяготился жизнью. Щеки его осунулись, глаза глубоко ввалились, мысли и рѣчи были у него все мрачныя, иногда желчныя, иногда, и чаще всего, какія-то безотрадно холодныя.

— Такъ онъ развратничаетъ? спросила Упадышева.

— Что же больше ему дѣлать, отвѣчалъ Карповъ.— Да, прибавилъ онъ, вотъ и судите вы о человѣческомъ сердцѣ. Я встрѣтился съ нимъ въ первый разъ въ кабакѣ. Онъ тамъ разсказывалъ одно изъ самыхъ грязныхъ своихъ похожденій. Всѣ смѣялись конечно. Я тогда какъ-то золъ былъ; на все и на всѣхъ золъ. Я назвалъ его негодяемъ по поводу этого его похожденія. Что же вы думаете! Тутъ-то онъ, послѣ моей брани, и воспылалъ ко мнѣ какой-то необъяснимой, глупой и внезапной дружбой. Вотъ и судите послѣ этого. Да можетъ быть подъ его наружною грязью таится въ немъ какое нибудь золотое и прекрасное сердце.

Онъ отрывисто и мрачно засмѣялся.

— Развратничаетъ ли онъ? спрашиваете вы.— До послѣдняго времени онъ почти безвыѣздно жилъ въ деревнѣ. Не знаю,— каковъ онъ былъ тамъ. Но здѣсь онъ живетъ положительно только по кабакамъ и трактирамъ. Впрочемъ это вѣдь замѣтно и въ его наружности, и въ его слогѣ...

— Да, я такъ и думала. Онъ мнѣ такимъ и представился, какимъ вы описываете его. Но Богъ съ нимъ. Каковъ бы онъ тамъ ни былъ,— но онъ счастливъ...

— Вы думаете? усмѣхнувшись енроенлъ Карповъ.

— А что? Вы думаете, что нѣтъ? Положимъ; я не такъ выразилась. Я хотѣла сказать только то, что онъ все таки свободенъ, здоровъ, наслаждается жизнью и если находить, что для его счастья недостаетъ чего нибудь, то можетъ пріобрѣсти или купить это недостающее. О немъ нечего заботиться и тревожиться. Я все думаю о его женѣ. Она у меня просто изъ головы не выходитъ. Тѣмъ больше, что отъ нея зависитъ моя участь.

— Она не чахоточная? Мнѣ все кажется, что жены всѣхъ этихъ широкихъ натуръ должны быть непремѣнно чахоточныя.

— Кажется, что чахоточная. Впрочемъ я потому такъ говорю, что она мнѣ представляется одержимой всѣми самыми худшими болѣзнями, какими только можетъ человѣкъ страдать. Да, она дѣйствительно кашляетъ. Она была когда-то красавицей, но теперь худа и желта какъ скелетъ. Кромѣ того, она, мнѣ думается, близка къ съумасшествію. Она и теперь уже полуидіотка. Теперь я начинаю понимать ее и знаете ли, что такъ обезобразило эту женщину? Отчего она сходитъ съ ума? Она еще хочетъ жить. Ей хочется еще любви, дружбы, теплаго слова, ласки. А между тѣмъ всѣ ее бросили, оставили ее умирать. Она возмущается этимъ, она, я говорю вамъ, не хочетъ умирать, а жить, жить хочетъ. Но вмѣстѣ съ тѣмъ она уже потеряла человѣческій образъ и всѣ отъ нея бѣгутъ. Дочери отъ нея сторонятся, ненавидятъ ее за ея болѣзненныя жалобы; мужъ уходитъ отъ нея къ любовницамъ, въ трактиры, не живетъ дома. Ее оставляютъ умирать, а она хочетъ еще жить, и должно быть чувствуетъ, что имѣетъ право на жизнь. И вотъ она хочетъ остановить мужа, хочетъ, чтобы онъ не уходилъ отъ нея. Ужасно слушать, какъ она иногда кричитъ своимъ страшнымъ, съумасшедшимъ голосомъ: "не смѣй идти. Я приказываю тебѣ остаться. Я приказываю тебѣ. Не уходи изъ дома." Ужасно слышать и его грубый хохотъ. И какъ не смѣяться? Она, безсильная такая, полумертвая осмѣливается приказывать ему, властелину ея жизни. Должно быть она еще любитъ его или же инстинктивно понимаетъ, что если она имѣетъ право требовать отъ кого нибудь ласки и добраго слова, такъ это отъ него одного, потому что она отдала ему и молодость свою и здоровье. Потому наконецъ, что и здоровье, и силы ея взялъ онъ, одинъ онъ. Впрочемъ я думаю, что она еще любитъ его. Ей, я вижу, кажется, что мужъ не уходитъ отъ нея, а его отнимаютъ у нея, увлекаютъ, соблазняютъ. И вотъ пунктъ ея помѣшательства. Она во всѣхъ подозрѣваетъ своихъ враговъ, которые хотятъ отнять у нея мужа. Ей все кажется, что ее стараются унизить въ глазахъ мужа, очернять. Она на всѣхъ смотритъ съ ужасомъ, съ подозрѣніемъ или, если ничего дурного не замѣчаетъ въ нихъ, то приходитъ въ полное отчаяніе отъ хитрости и притворства людей. Она не можетъ повѣрить, чтобы на свѣтѣ былъ хоть одинъ честный человѣкъ.

— Да, сказалъ Карповъ опять какъ будто про себя,— и всякій человѣкъ считаетъ себя несчастнѣйшимъ въ мірѣ. А тамъ вонъ какія бываютъ жизни. Что, эта бѣдная барыня и въ васъ начинаетъ видѣть врага?

— Кажется, со вздохомъ отвѣчала молодая женщина.

Карповъ покачалъ головой.

— Ну, а онъ что? Самъ-то? Какъ съ вами? спросилъ онъ.

— Я его почти не вижу.

— Это хорошо. Его тоже нужно беречься. Онъ ни съ

особенно большимъ уваженіемъ смотритъ на гувернантокъ и учительницъ. Поберегитесь...

— Поберегитесь, съ усмѣшкой повторила Упадышева.— Я говорю вѣдь вамъ, что мы въ лѣсу.

— Да именно въ лѣсу, печально согласился онъ.— Однако прощайте. Взгляните, что дѣлается на небѣ; тамъ готовится гроза и скоро хлынетъ дождь. До свиданья...

Онъ быстро ушелъ, и скоро въ внезапно наступившей тишинѣ, отчетливо и ясно раздались его торопливые шаги по деревянному тротуару. Небо больше и больше заволакивалось черными тучами, и загремѣлъ громъ. Она торопливо закрыла окно.

XIII

Громъ гремѣлъ все ближе и громче; въ комнатѣ Упадышевой стало совсѣмъ темно отъ черныхъ тучь, заволокшихъ небо. Она встала съ своего мѣста у окна, опустила занавѣску, подумала и, перейдя въ другой конецъ комнаты, гдѣ стоялъ передъ кроватью маленькій круглый столикъ, въ нерѣшимости остановилась передъ нимъ. Сначала она хотѣла было зажечь лампу, даже уже зажгла спичку, подержала ее, но потомъ раздумала, выпустила на полъ догорѣвшую спичку и сѣла на кровать. Ей скучно было. Какая-то неопредѣленная внутренняя боль подступала къ ея сердцу. Особенно сильно чувствовала Упадышева эту боль, когда смотрѣла на Сережу. Его почти и не слышно было. Онъ работалъ, но работа его слышалась матери, какъ какая-то глухая, подземная работа. Онъ составилъ нѣсколько стульевъ, изъ которыхъ одни должны были изображать собою лошадей, другіе предназначались служить матерьяломъ для сооруженія экипажа. Эти послѣдніе покрывались понемногу ковромъ, шалью, перевязывались платками, веревочками и мало по малу изъ подъ руки серьезнаго и молчаливаго ребенка являлись козла, выходилъ крытый верхъ экипажа, въ которомъ наконецъ и изчезъ маленькій строитель, наслаждаясь вѣроятно своимъ созданіемъ. Вспомнилось Упадышевой, что и она когда-то строила дома, мосты, пещеры и разнаго рода экипажи,— только строила ихъ не одна, не въ этомъ задумчивомъ, сосредоточенномъ молчаніи. Она не любила въ играхъ одиночества и молчанія. Ей подумалось, что и всѣ вообще дѣти любятъ быть въ обществѣ такихъ же дѣтей, которыя могутъ сочувствовать ихъ предпріятіямъ, занятіямъ и увлекаться ими. Съ болью въ сердцѣ подумала она, что вотъ этотъ ребенокъ, сынъ ея, всегда былъ одинъ, всегда молчаливъ, задумчивъ, точно онъ въ два-три года, которые прожилъ на свѣтѣ, постоянно чувствовалъ, что около него совершается нѣчто трагическое, печальное, что исключаетъ смѣхъ и требуетъ тайны. Да, этотъ ребенокъ всегда былъ одинъ въ своихъ дѣтскихъ занятіяхъ, одинъ теперь, можетъ быть и навсегда останется одинъ... Кто знаетъ, что будетъ впереди? можетъ быть, опять и опять придется не одинъ разъ перемѣнить этотъ домъ на другой, этотъ край на иной, гдѣ покажется лучше. Можетъ быть, ей по цѣлымъ днямъ придется проводить внѣ дома, а ребенокъ будетъ по цѣлымъ часамъ сидѣть одинъ одинехонекъ въ пустой и тихой комнатѣ, будетъ выдумывать новыя, фантастическія занятія, вырабатывать свое собственное фантастическое міросозерцаніе и больше, да больше отвыкать отъ людскаго общества. Можетъ быть — можетъ быть... но кто знаетъ, что еще можетъ быть?

Громъ гремитъ уже не вдали, а вверху надъ самой головой Упадышевой. Сережа совсѣмъ изчезъ въ своемъ экипажѣ. На дворѣ слышалась суматоха, бѣготня, крикливая скороговорка; захлопывались окна, затворяли или растворяли рамы парниковъ въ огородѣ, торопливо снимали и бѣгомъ тащили въ комнаты бѣлье, развѣшанное по двору, кто-то гремѣлъ кадками, толкая ихъ подъ желоба.

Упадышева апатично прислушивалась ко всей этой суматохѣ. Съ этимъ шумомъ шла чужая для нея, совершенно посторонняя ей жизнь, но приносившая ей никакого ощущенія, никакой мысли, кромѣ того развѣ ощущенія и той мысли, что вотъ иго живутъ себѣ люди, берегутъ свое гнѣздо, защищаются отъ наступающей на нихъ грозы, принимаютъ противъ нея свои мѣры предосторожности; а у меня нѣтъ гнѣзда, несли вздумаотъ туча грозить мнѣ, то я не могу ни защититься, но остеречься...

Затѣмъ вдругъ и вездѣ наступила тишина. Грознѣе, надъ самой головой, ударилъ громъ, потомъ капли дождя застучали мѣрно, какъ будто по очереди, за ними вѣтеръ рванулъ и послѣ этого уже, какъ изъ ведра, полилъ и зашумѣлъ ливень.

Когда одинокаго человѣка застигаетъ въ его комнатѣ ненастье,— когда на дворѣ сумерки, въ комнатѣ трудно различать предметы, а въ кровлю стучитъ дождь, наполняя сыростью воздухъ, тогда особенно скучно становится одинокому человѣку. Въ минуты этой истомы невольно поднимаются съ души образы прошлаго, образы настоящаго и мечты о будущемъ. Сначала, передъ Упадышевой промелькнула,— точно будто сквозь одну стѣну вошла, а сквозь другую, не останавливаясь, вышла,— маленькая и кромѣ того сгорбленная фигурка Карпова, отъ которой такъ и вѣяло какою то неизлечимою, предсмертною болѣзнью, разбитыми, парализованными силами и похороненными надеждами.— Что это, какой у него взглядъ странный и выраженіе лица больное, безнадежное и вмѣстѣ съ тѣмъ злое? подумалось Упадышевой. Точно онъ разбитъ, раздавленъ какими нибудь чудовищными колесами, сознаетъ свое безсиліе, ни на что уже не надѣется, во все-таки двигается еще, шевелится и грозитъ кому-то потухающимъ взглядомъ. Можетъ ли онъ воскреснуть или уже ничто не въ состояніи оживить его,— и до послѣдней минуты своей жизни онъ не соберетъ всѣхъ своихъ силъ для новой борьбы, не бросится съ лихорадочнымъ жаромъ ни взадъ, ни впередъ, а все но прежнему будетъ стоять на своемъ посту, истекая понемногу кровью и смотря въ глаза медленно приближающейся смерти, смотря въ ея глаза все тѣми же злыми, но холодными глазами. И что его приковываетъ къ этому посту? Отчего онъ даже и не смотритъ впередъ, туда, гдѣ ему жилось бы лучше, чѣмъ теперь? Неужели есть такія положенія въ жизни, когда у человѣка нѣтъ даже ни одной надежды. При этомъ ей вспомнился ея мужъ. При воспоминаніи о мужѣ въ груди ея поднялась свинцовая, тяжелая волна тоски, задержала дыханіе, подступила къ горлу и выжала изъ ея закрывшихся глазъ тихія, горячія слезы. Маленькая фигурка Карпова, изчезла. Горячія слезы капля за каплей стекали по щекамъ Упадышевой, а передъ ея закрытыми глазами точно поднимался занавѣсъ, за которымъ скрывались до сихъ поръ и далекіе отсюда края, гдѣ она злила когда-то, и давно минувшія времена и сцены, когда-то пережитыя ею. Увидѣла она за этимъ занавѣсомъ и ту комнату, въ которой она высказала свою первую и единственную любовь. Это бѣдная, темная, низенькая комната. Въ одномъ углу комнаты стоитъ кровать, у окна столъ и стулъ, на стѣнѣ виситъ ветхое платье. Упадышевой видѣлось, что она, взволнованная, дрожащая дѣвушка, сидитъ на стулѣ у окна и въ смущеніи всматривается въ переплетъ какой-то книги, а Упадышевъ блѣдный и худой послѣ недавно миновавшей болѣзни, сидитъ на лежанкѣ, скрестивши на груди руки и говоритъ о томъ, чего онъ ждетъ отъ жизни и что могъ бы сдѣлать. Онъ полагаетъ, что могъ бы сдѣлать и желалъ бы сдѣлать много-много хорошаго. По его тону и глазамъ, блестящимъ, умнымъ, рѣшительнымъ глазамъ, видно, что этотъ человѣкъ не отступится отъ своихъ намѣреній и будетъ идти къ осуществленію ихъ до тѣхъ поръ, пока въ немъ держится жизнь, пока онъ не сломитъ бѣдность или бѣдность не сломитъ его...

— Вотъ вы все свои планы строите, дрожащимъ голосомъ говоритъ она ему — И никому другому нѣтъ мѣста въ нихъ... И мнѣ нѣтъ... А вѣдь я любила васъ, развѣ вы не видите, что люблю...

Руки его рознялись, опустились, какъ будто онъ хотѣлъ подняться, и потомъ повисли. Голова его склонилась, лицо еще больше и больше поблѣднѣло, потомъ вспыхнуло, затѣмъ опять поблѣднѣло.

— Ты видишь это? глухо спросилъ онъ, указывая кругомъ себя.

— Такъ что же?

— Здѣсь голодъ, отрывисто и глухо отвѣчалъ онъ,— здѣсь нищета, болѣзни... Ты видишь это?..

Потомъ онъ всталъ, подошелъ къ ней, сѣлъ у ея ногъ и, держа въ своихъ рукахъ ея руки, говорилъ, что съ тѣхъ поръ, какъ увидалъ ее, у него точно двѣ жизни, одинаково ему дорогія, что свою новую жизнь онъ даже больше любитъ, чѣмъ старую, что куда бы ни шелъ онъ, ея образъ вѣчно идетъ съ нимъ; но что ему страшно, страшно связать ея жизнь съ своею, онъ не можетъ на это рѣшиться до тѣхъ поръ, пока не кончитъ курса и не найдетъ работы. Поступить иначе, сказалъ онъ, значило бы погубить и ее, и себя.

Упадышевой видѣлось его печальное, полное рѣшимости лицо, припомнились его горячіе, порывистые, какъ будто прощальные поцѣлуи, и слезы опять покатились по ея щекамъ.

А дождь все шелъ и стучалъ въ кровлю. Свалилась на дворѣ какая-то кадка, уроненная должно быть водой, бѣжавшей шумными ручьями съ желобовъ, и съ громомъ покатилась по камнямъ; вѣтеръ бросилъ въ стекла крупныя капли дождя и съ шумомъ улетѣлъ куда-то. Вся жизнь казалась Упадышевой такою же мрачной и печальной, какъ этотъ пасмурный вечоръ. Страшной казалась ей эта жизнь, потому что себя самое она вдругъ явственно и очевидно почувствовала какою-то маленькою, слабою, безсильною. Ну, что она можетъ сдѣлать? Гдѣ ей прокормить себя и своего ребенка? Да, она маленькая и безсильная. А когда только-что умеръ ея мужъ и она осталась одна, она твердо надѣялась, что и совершенно безъ всякой помощи, сумѣетъ съ своимъ умомъ и характеромъ достать себѣ нужный для нея и для сына кусокъ хлѣба. Тогда она твердо вѣрила въ свои силы, даже гордилась ими, играла ими, подавляла въ себѣ порывы своего горя и являлась передъ всѣми съ спокойнымъ лицомъ и съ спокойными рѣчами. Зачѣмъ этимъ людямъ видѣть мои слезы, если подавить ихъ я могу легко,— думала она. Она какъ ребенокъ играла роль сильнаго человѣка, сумѣла даже подавить свое негодованіе, когда Шестаковъ предложилъ ей сдѣлаться его любовницей, смогла даже попробовать съ нимъ тотъ самый маневръ, который удался ей во времена еще ея дѣвичества, когда она посредствомъ такого же влюбленнаго господина спасла Упадышева и еще нѣсколько семействъ. Она, какъ ребенокъ, воображала себя сильною и, какъ ребенокъ же, увидѣла вдругъ такъ очевидно, что если ей нужно сдѣлать что нибудь, то она должна просить другихъ о помощи, что если ей будетъ ѣсть нечего, то она должна идти и просить у другихъ хлѣба.

Страшной казалась ей теперь жизнь, но не за себя она боялась. Ей все представлялась темная, пустая комната, бѣдная комната. Въ этой комнатѣ находился одинъ только ея ребенокъ, какъ всегда задумчивый, какъ всегда худенькій и блѣдный. Онъ молча, безъ всякаго шума, какъ будто боясь разбудить кого нибудь, строитъ изъ платья и стульевъ какую нибудь хижину, палатку, пещеру, отдѣлываетъ ее извнутри, стелетъ тамъ себѣ постель, затворяетъ входъ къ себѣ, и ложится или садится думать свою тайную, дѣтскую, отшельническую думу. Проходятъ часы,— ребенокъ все одинъ. Иногда онъ выглянетъ изъ своего жилья, посмотритъ, жалобно покличетъ "маму" и опять уйдетъ съ задумчивымъ, тоскливымъ лицомъ. Еще проходитъ часъ; опять ребенокъ зоветъ "маму", тихонько всплакнетъ и примется за какую нибудь новую работу. Какъ только представится Упадышевой этотъ задумчивый, блѣдный ребенокъ, такъ у нея сердце сожмется. Какъ только обратятся на нее его большіе меланхолическіе глаза, такъ у нея слезы приступятъ къ горлу, и рада бы она оторваться отъ этого образа, отвернуться, но не можетъ.

Потомъ этотъ ребенокъ какъ будто бы внезапно выросъ, постарѣлъ на сорокъ лѣтъ,— и вдругъ передъ нею явился Починковъ. Какъ и у ребенка, такіе же у него задумчивые, большіе глаза, смотрѣвшіе въ какую-то неопредѣленную даль, и притомъ такое же печальное, возбуждающее грусть, худое, блѣдное лицо, никогда не озаряющееся смѣхомъ, и даже движенія такія же задумчивыя, машинальныя. Странное сходство. Но образъ Починкова даже какъ будто успокоилъ Упадышеву; она точно отдыхала на этомъ явленіи. Чѣмъ больше она смотрѣла въ его печальные глаза, на его блѣдное лицо съ плотно сжатыми губами, тѣмъ больше она вѣрила почему-то, что въ этомъ человѣкѣ нѣтъ мѣста ни для той пошлости и бездушной черствости, которую она встрѣтила въ Власовыхъ, Кононовыхъ и каждодневно видѣла потомъ вокругъ себя,— ни для того нравствеинаго безсилія, которое она начала подозрѣвать въ Карповѣ. Она подумала даже, что въ этомъ странномъ человѣкѣ непремѣнно таятся мощныя, но ложно направившійся силы. Подумала это она потому во-первыхъ, что въ Починковѣ текла та же кровь, что и въ ея мужѣ, котораго она считала замѣчательнымъ человѣкомъ,— во-вторыхъ, что отъ всей жизни Починкова вѣяло на нее чѣмъ-то неподходившимъ подъ обыденную мѣрку,— и въ-третьихъ, наконецъ она убѣждена была, что обыкновенные, дюжинные люди неспособны къ тѣмъ поразительнымъ крайностямъ, въ которыя впадалъ этотъ странный человѣкъ.

Отчего онъ не приходитъ ко мнѣ? подумала она. Скоро впрочемъ она нашла отвѣтъ на этотъ вопросъ, припомнила до послѣднихъ подробностей его объясненіе въ любви, и улыбнулась.

Затѣмъ она опять обратилась къ своей собственной жизни, но теперь ей уже легче было. Мечталось ей, что она побѣдитъ возникающее въ бѣдной, полусумасшедшей женѣ Трофимова недовѣріе къ ней, что, можетъ быть, представится какой нибудь случай, который дастъ ей возможность доказать, что она думаетъ только о томъ, чтобы имѣть возможность заработать честнымъ трудомъ кусокъ хлѣба. Можетъ же вѣдь случиться, какъ уже намекалъ Карповъ, что Трофимовъ возымѣетъ на нее какіе нибудь виды. Это былъ бы для нея прекрасный случай показать его несчастной женѣ чистоту своихъ намѣреній. И тогда, тогда она была бы надолго спокойна и счастлива, могла бы надѣяться даже, что передъ нею не замедлили бы открыться двери и другихъ домовъ. Черезъ нѣсколько мѣсяцевъ она могла бы уже нѣсколько передѣлать своихъ теперешнихъ ученицъ, зарекомендовать свои педагогическіе таланты, да наконецъ въ теченіе этого времени городъ уже успѣлъ бы присмотрѣться къ ней, соскучился бы говорить и сплетничать о ней, потому что теперь

93

онъ вѣроятно говорить и сплетничаетъ на ея счетъ. Года черезъ два ея имя упоминалось бы, можетъ быть, уже съ нѣкоторымъ уваженіемъ. Она съумѣла бы заслужить его.

А дождь все шелъ. Было сыро, и легкая дрожь пробѣгала по тѣлу молодой женщины. Она подумала, что хорошо было бы напиться теперь чаю. Тихонько позвала она Сережу. Ребенокъ молчалъ,— спалъ, должно быть, въ своемъ экипажѣ. Тишина была глубокая; явственно слышалось тихое, мѣрное дыханіе ребенка. Собака пробѣжала по двору, шлепая по лужамъ, заворчала, гамкнула; потомъ кто-то пробормоталъ что-то успокоительное для собаки, прошелъ подъ самымъ окномъ, пріостановился и опять направился къ крыльцу. Упадышева зажгла огонь, встала и пошла ставить самоваръ. Когда она подошла къ дверямъ въ кухню, они растворились передъ ней такъ предупредительно, что она со страху чуть не выронила свѣчу и остолбенѣла.

— Ахъ, это вы! тихонько и съ удивленіемъ вскрикнула она, нѣсколько опомнившись и узнавъ неожиданнаго гостя.

Къ дверяхъ стоялъ, не снимая шляпы и оглядывая комнату, ея патронъ — Трофимовъ. Воротникъ его драповаго пальто былъ поднятъ по самый ротъ, со всей его одежды капала вода, какъ съ собаки, только-что выпрыгнувшей изъ рѣки на берегъ,

— Карпова нѣту здѣсь? спросилъ онъ, все еще осматривая всѣ углы комнаты.

Онъ даже не поклонился, можетъ быть, забылъ, можетъ быть, думалъ о чемъ нибудь совершенно не относящемся до Упадышевой, а можетъ быть и вообще не привыкъ раскланиваться.

— Нѣтъ, съ недоумѣніемъ и торопливо отвѣчала она

— И не былъ сегодня?

— Былъ; но давно, часа два уже. Тогда еще свѣтло было...

— Куда онъ пошелъ?

— Не знаю. Я думаю, что домой.

— А гдѣ онъ живетъ?

— Право не знаю, гдѣ... Тамъ гдѣ-то около монастыря...

Трофимовъ въ нерѣшимости и въ раздумьи переступалъ съ ноги на ногу. Вода забурчала въ его сапогахъ.

— Не свой же у него домъ-то, пробормоталъ онъ, должно быть, для самого себя. Ужъ вѣрно квартиру снимаетъ...

Онъ еще мычалъ что-то, что невозможно было разобрать и въ это же время принялся снимать съ себя мокрое пальто. Потомъ онъ сѣлъ къ столу, подумалъ, порылся въ одномъ карманѣ, пошарилъ въ другомъ, вынулъ папиросы, показалъ рукой Упадышевой, чтобы она подала ему огонь, закурилъ и поставилъ свѣчку передъ собой. Затѣмъ онъ еще подумалъ, потерь плечо и снявши мокрую шляпу, положилъ ее подлѣ свѣчки. Такъ и казалось, что онъ пришелъ въ трактиръ, отдыхаетъ, думаетъ свои думы и ни малѣйшаго вниманія не обращаетъ на безмолвно и въ ожиданіи стоящаго передъ нимъ лакея. Сѣла и Упадышева.

— Вамъ очень нужно Карпова? спросила она.

Трофимовъ поднялъ на нее глаза, посмотрѣлъ и потомъ опять, ни говоря ни слова, погрузился въ свое раздумье. Впрочемъ черезъ минуту онъ промычалъ что-то, должно быть, въ отвѣтъ на ея вопросъ, однакоже и теперь молодая женщина не смогла уловить изъ его устъ ни одной понятной буквы. Помолчавъ еще немного, она зажгла другую свѣчку и пошла ставить самоваръ. Она достала его съ кухонной полки, налила водой, приготовила лучину, собрала наконецъ чашки и поставила на столъ, а Трофимовъ все сидѣлъ въ прежнемъ положеніи, облокотившись на столъ и положивъ голову на ладонь. Изрѣдка только онъ потиралъ пальцами лѣвую руку, а безъ этого движенія можно бы было съ нѣкоторымъ основаніемъ думать, что онъ дремлетъ. Когда Упадышева принесла наконецъ самоваръ, тогда изъ экипажа, устроеннаго въ углу комнаты, выглянулъ Сережа, посмотрѣлъ на гостя и тихонько спустился на полъ. Теперь-то только Трофимовъ повидимому разстался съ мыслями, занимавшими его до сей поры, и обратилъ нѣкоторое вниманіе на то, что дѣлалось около него. Онъ пристально слѣдилъ угрюмыми глазами за ребенкомъ; Сережа тоже не спускалъ съ него глазъ, дѣлая большой полукругъ, чтобы пройти мимо него. Сегодня они встрѣтились другъ съ другомъ, какъ встрѣчаются иногда собака и кошка, которые, не желая почему нибудь вступать въ драку, осторожно проходятъ своей дорогой, не спуская однакоже другъ съ друга недовѣрчиваго, бдительнаго и враждебнаго взгляда. Ребенокъ сѣлъ подлѣ матери, а Трофимовъ закурилъ новую папиросу и опять уткнулъ въ уголъ свои мутные, мрачные глаза.

— Вамъ налить чаю? спросила Упадышева.

— Налить.

Онъ даже и не взглянулъ на нее, произнося это слово.

— Какай скверная погода, опять сказала она черезъ нѣсколько времени.

Онъ вопросительно посмотрѣлъ на нее, потомъ повернулъ

голову къ окну, послушалъ, какъ стучитъ въ крышу мелкій дождь, какъ журчатъ текущія съ крыши ручьи воды, и молча принялся за чай.

Выпивъ нѣсколько глотковъ, онъ видимо началъ немного оживляться,— не тонулъ уже въ темномъ углу своимъ мутнымъ взглядомъ, не морщился, не мычалъ и съ большею живостью поглаживалъ лѣвую руку.

— У васъ рука болитъ, должно быть? еще разъ попробовала заговорить съ инмъ Упадышева.

— То-то что болитъ, удостоилъ онъ на этотъ разъ отвѣтить.— Налейте-ка водички-то, прибавилъ онъ.

— Можетъ быть вамъ не очень нравится мой чай, замѣтила она.— У меня вѣдь дешевый; я думаю вы не привыкли къ такому.

— Кто ихъ разберетъ, эти чаи, пробормоталъ Трофимовъ, прихлебывая чай.— Все одинъ вкусъ, главное, чтобы горячо было. Не привыкли... Мы-то не привыкли? Мы ко всему привыкли, проговорилъ онъ, усмѣхнувшись наконецъ.

— Погода-то вонъ какая стоитъ, продолжалъ онъ, немного помолчавъ, а мы гуляемъ, ходимъ, вездѣ ходимъ. Скука нынче какая! прибавилъ онъ, широко зѣвнувъ. Зима что ли шла бы поскорѣе.

— Развѣ зимой веселѣе?

— Пожалуй, что невеселѣе. Зимой праздники всякіе пойдутъ, катанья да гулянья, да переодѣванья. А по правдѣ говоря, такъ пожалуй что зима, что лѣто — все одна скука. Зимой думаешь, что лѣтомъ будетъ получше, а лѣто придетъ такъ на зиму надѣешься. Дѣйствительно, зима тѣмъ веселѣе, что зимой бои бываютъ.

— Какіе бои?

— А тѣ самыо бои, черезъ которые я руку свою повредилъ. Кулачные бои... Небось не видывали? Пожалуй и не слыхивали?

Упадышева отвѣчала, что въ дѣтствѣ она дѣйствительно слыхивала объ этихъ бояхъ, но до настоящей минуты думала, что теперь ихъ уже не бываетъ, она невольно осмотрѣла своегоинеожиданнаго гостя, какъ какое побудь рѣдкое явленіе. Онъ. точно таковъ же былъ, какъ и въ первое свое посѣщеніе: точно также поминутно искалъ локтемъ или спиной новыхъ точекъ опоры для своего тѣла, точно также нерѣдко поводилъ снизу вверхъ подбородкомъ, стараясь вылѣзти изъ накрахмаленнаго воротничка, хотя, нужно сказать, на сегодня онъ дѣлалъ эти эволюція единственно по привычкѣ и совершенно напрасно, такъ какъ воротничокъ, смоченный дождемъ, превратился въ самую мягкую и нѣжную тряпку. Въ этомъ лѣнивомъ и сонномъ человѣкѣ трудно было признать кулачнаго бойца.

— По правдѣ сказать, гдѣ вамъ и видѣть то ихъ? продолжалъ онъ усмѣхаясь.— Не въ Петербургѣ же. Тамъ вѣдь все нѣмцы живутъ. Гдѣ же имъ кулачные бои дѣлать? Развѣ что на театрѣ или въ балаганѣ — ради смѣху. А для насъ кулачный бой — это пиръ да и нѣтъ, не пиръ,— что такое пиръ? Пѣсня это цыганская, пляска цыганская, отъ которой душа разгорается, кровь ключомъ кипитъ, голова идетъ кругомъ. Да и нѣтъ, не пляска.... Это, это.... И слова настоящаго нѣту для кулачнаго боя.

Онъ облокотился на столъ, схватился обоими руками за голову и казалось хотѣлъ изъ нея выдавить это недающееся ему слово

— Нѣту такого слова, сказалъ онъ наконецъ, какъ будто опечалившись.— А скажу я вамъ вмѣсто его, что если придетъ ко мнѣ такая пора, что будетъ тошнехонько смотрѣть на бѣлый свѣтъ, такъ я пойду на рѣку, на бой — и всю мою тошноту какъ рукой сниметъ. Что если мнѣ завтра умирать надо, такъ я о смерти забуду. Что если у меня печаль будетъ, такъ въ бою этомъ она какъ паръ пропадаетъ. Вотъ что оно, настоящее-то слово. Какое такое другое дѣло есть на свѣтѣ? А? Скажите-ка... Нѣту вѣдь, нѣту? Да ну, скажите что-ли. Куда вы, сквозь землю развѣ, дѣнетесь отъ тоски, если вамъ свѣтъ Божій опостылитъ? Куда?...

Вопросъ этотъ дѣйствительно нѣсколько озадачилъ молодую женщину. Она рѣшительно не могла придумать, куда бы она, дѣвалась въ подобномъ случаѣ.

— Будь я въ нашемъ положеніи, нерѣшительно сказала она наконецъ,— я думаю, что хорошая книга точно также могла бы меня развлечь.

— Это книжка-то? спросилъ онъ еще больше озадаченный въ свою очередь такимъ неожиданнымъ и невѣроятнымъ лекарствомъ.— Ужь не знаю, не знаю, бормоталъ онъ, недовѣрчиво поглядывая на Упадышеву и вѣроятно очень подозрѣвая, что она смѣется надъ нимъ. Дѣло въ томъ, что по выходѣ изъ того уѣзднаго училища, которое когда-то считало его въ спискѣ своихъ дѣтей, онъ врядъ ли раскрывалъ хоть одну книгу, и потому положительно не могъ судить о томъ дѣйствіи, какое могутъ имѣть на человѣческое сердце мертвые печатные листки.

— Однакоже эти бои не дешево обошлись вамъ, сказала Упадышева, поглядывая на его руку, которую онъ потиралъ все съ тѣмъ же подозрительнымъ и озадаченнымъ видомъ.

— Ноетъ; какъ погода испортится, такъ и запоетъ, отвѣчалъ онъ.— Да все это пустяки; вотъ только бы зима пришла, эта больная-то мнѣ еще послужитъ...— Потѣха, продолжалъ онъ, посмѣиваясь:— этакая потѣха, какъ я тогда грохнулся. Размахнулся-то я изо всей мочи... А онъ-то въ сторону отскочилъ... Былъ это одинъ такой ловкій человѣкъ, пояснилъ онъ.— Онъ все въ прискочку дѣйствовалъ: ударитъ, да отскочитъ, ударитъ, да отскочитъ, какъ муха какая. И попался же онъ мнѣ, прибавилъ онъ вдругъ съ какимъ-то звѣрствомъ въ лицѣ.— Поквитался я съ нимъ. Наскочилъ онъ однажды на меня, чтобы ударить-то меня, да обчелся маленько, лбомъ-то прямо подъ мой кулакъ и подскочилъ... Ну и свалился... Какія дыры тамъ ни были на рожѣ, такъ изо всѣхъ потекла кровь

— Убили? съ какимъ-то ужасомъ спросила Упадышева.

— Маленечько не дошло до убійства, равнодушно отвѣчалъ Трофимовъ.

На него опять начинала находить скука. Онъ начала, хмуриться, ежиться и пристально посматривать въ темный уголъ.

— Рысаковъ что ли бы завести? неожиданно обратился онъ къ Упадышевой?

— А что?

— Да скучно ужь очень. Живешь, живешь, только маешься и никакого удовольствія не видишь... Зима что ли бы приходила скорѣе.

Потомъ онъ опять замолчалъ, посмотрѣлъ на ребенка, видимо хотѣлъ было придраться къ нему, но только зѣвнулъ и закурилъ новую папиросу.

— Въ карты развѣ сыграть? выдумалъ онъ затѣмъ.— Карты-то есть у васъ?

— Нѣтъ, картъ у меня нѣтъ...

— Послать, что ли, пробормоталъ онъ, но, взглянувъ на окно, тяжело вздохнулъ, какъ будто на его груди лежала страшная тяжесть, и должно быть забылъ о картахъ.

Затѣмъ наступило долгое молчаніе.

— Можно тутъ спать лечь на часочекъ? угрюмо спросилъ онъ наконецъ.

Унадышева вся вспыхнула.

— Нѣтъ, пожалуйста, тихо и торопливо заговорила она.— Подумайте, что обо мнѣ будутъ говорить... Вы сами знаете...

— Да вы къ хозяйкѣ бы ушли, мрачно сказалъ онъ.

— Но не все ли равно? торопливо отвѣчала она.— Развѣ это не дастъ повода сплетничать и выдумывать Богъ знаетъ что... Вы сами знаете...

— Ну, не надо, не надо, брюзгливо прервалъ ее Трофимовъ.

Ея сердце очень билось; лицо вдругъ поблѣднѣло. Съ минуту еще посидѣлъ и позѣвалъ неожиданный гость и потомъ наконецъ простился. Когда онъ ушелъ, Упадышева облокотилась на комодъ, закрыла лицо рукой и долго такъ простояла. Ей и грустно было, и больно было, что она теряетъ смѣлость отвѣчать подобнымъ людямъ такъ, какъ слѣдовало бы отвѣчать, и мстить ей хотѣлось за ихъ неуваженіе къ ней, имѣвшей всѣ права на уваженіе.

XIV

Упадышева въ тотъ же вечеръ написала Починкову. Она писала ему, что ей скучно жить, трудно жить, что по временамъ даже самая жизнь становится ей въ тягость, и что если его послѣднія слова,— что она можетъ считать его своимъ другомъ,— не были однимъ минутнымъ увлеченіемъ, то пусть онъ не забываетъ ее, пусть придетъ къ ней. На другой день утромъ Починкову доставилъ это письмо грязный, босоногій мальчишка, сынъ нищенки изъ того же дома, гдѣ жила Упадышева. Онъ назвалъ Починкова "добрымъ дяденькой", разсказалъ, что "добрая тетенька" велѣла отдать ему это письмо, бойко объяснилъ положеніе своей матери, которую не упустилъ назвать "несчастной старушкой" и въ заключеніе, жалобнымъ голоскомъ, склонивши голову на бокъ, попросилъ не оставить ихъ "сироточекъ". Очень можетъ быть, что при нѣсколько другихъ условіяхъ изъ этого посланца вышелъ бы чистосердечный и добрый мальчикъ, полезный и честный гражданинъ, но теперь это былъ лживый, кривляющійся и знавшій уже вкусъ водки ребенокъ. Починковъ не замѣтилъ въ немъ ничего страннаго, не понялъ изъ его объясненій ни одного слова и только смутно какъ-то догадался о цѣли, къ которой такъ долго и умильно велъ свои рѣчи этотъ мальчикъ. Когда онъ пробѣжалъ немногія строки, заключавшіяся въ запискѣ Упадышевой, у него какъ будто потемнѣло въ глазахъ, или на все, что было вокругъ него, разомъ набросили темное покрывало.

Вскорѣ послѣ того вечера, въ который онъ разсказывалъ Упадышевой исторію своей жизни, онъ уѣхалъ изъ города и воротился всего только два дня назадъ. Уѣхалъ же онъ отсюда единственно потому, что всѣ предметы, всѣ люди — вся жизнь, окружающая его здѣсь, сдѣлалась для него такъ пуста и скучна, что оставаться въ этомъ городѣ не было никакой возможности. Подобные случаи, когда жизнь вдругъ теряетъ для человѣка всю свою прелесть, можно встрѣчать и наблюдать нерѣдко. Теряетъ ли человѣкъ долго любимаго имъ человѣка, измѣнилъ ли ему кто нибудь, совершилъ ли онъ какое нибудь тяжелое для его совѣсти преступленіе,— и вотъ жизнь надолго или не надолго теряетъ для него всякую привлекательность Иногда это состояніе продолжается нѣсколько дней, иногда — нѣсколько лѣтъ, а случается, что и всю жизнь отравляетъ оно. Починковъ полюбилъ, и поэтому прежняя жизнь, въ которой не было женщины, внявшей его сердце, была пуста для него; а кромѣ того самая эта любовь казалась ему преступленіемъ, измѣной самому себѣ — и все это вмѣстѣ отравляло его существованіе. Книги были для него мертвы и сухи, люди казались ему пошлыми и черствыми, вѣяніе вѣтра, шумъ травы и деревьевъ, блескъ и ропотъ рѣки производили на него болѣзненное впечатлѣніе, точно бередили въ немъ какую-то рану, точно поражали какой-то больной нервъ и наполняли его грудь невыносимой тоской и болью. И онъ уѣхалъ, чтобы развлечься, забыться и заглушить то несчастное чувство, которое онъ считалъ и преступнымъ, и несбыточнымъ. Верстъ за четыреста отсюда, въ другой губерніи жилъ его давнишній пріятель, обязанный ему всѣмъ своимъ немалымъ достояніемъ, какое имѣлъ,— и къ нему-то поѣхалъ Починковъ. Мимоходомъ можно прибавить ради характеристики моего героя, что вообще можно было бы насчитать немало людей, которые потому только не плакались на судьбу и не опасались за будущность свою или своихъ дѣтей, что имъ пришлось встрѣтиться съ Починковымъ и пожаловаться ему на свою бѣдность, на свои неудачи и страданія. Починковъ многимъ помогъ выбраться на гладкую дорогу, не покрытую терніями и каменьями. Въ числѣ этихъ многихъ былъ и Кононовъ, который, какъ мы уже видѣли, однакоже не считалъ Починкова особенно надежнымъ человѣкомъ и нѣсколько хвастливо утверждалъ, что онъ, честный Кононовъ, пробилъ себѣ дорогу самъ, собственными плечами; въ числѣ этихъ многихъ былъ и тотъ человѣкъ, къ которому Починковъ ѣздилъ этимъ лѣтомъ, были и еще нѣкоторые люди, давно уже впрочемъ скрывшіеся гдѣ-то и не показывавшіе своему бывшему "отцу-благодѣтелю", нашему герою, ни малѣйшаго признака, жизни. Тотъ человѣкъ, къ которому Починковъ ѣздилъ въ гости, былъ добрый, толстый, нѣсколько глуповатый человѣкъ. Онъ казался благодарнѣе другихъ, потому что искренно любилъ нашего героя, передъ каждымъ большимъ праздникомъ писалъ къ нему письма, при всякомъ удобномъ случаѣ присылалъ ему гостинцы и неотступно звалъ его къ себѣ въ гости. Онъ былъ признательный, добродушный, хлѣбосольный человѣкъ; однакоже не ему было вылечить Починкова, не ему было снять тоску съ сердца своего гостя, и гость скоро отъ него уѣхалъ, напутствуемый объятіями, благодарностями и мольбами пріѣхать когда нибудь на болѣе долгое время.

И опять герой нашъ очутился въ своемъ родномъ городѣ, на той самой аренѣ, гдѣ прошли его лучшіе годы, гдѣ жилъ онъ, работалъ, искалъ истины, счастья и гдѣ наконецъ все, что пріобрѣлъ онъ,— рушилось, вся жизнь его уперлась въ стѣну, остановилась, спуталась и пошла прахомъ И все пошло прахомъ. Все, что пріобрѣлъ онъ трудами многихъ лѣтъ, не смогло дать ему счастья, когда ему понадобилось счастье, не смогло защитить отъ горя, когда пришло это горе, не смогло дать жизни, когда захотѣлось жить. Захотѣлось жить,— а впереди, не за горами, старость и смерть, а назади, далеко и близко, пустая, глухая дорога, по которой онъ всю жизнь куда-то шелъ — шелъ и никуда не пришелъ. Пошелъ бы дальше по этой же дорогѣ,— можетъ быть и пришелъ бы еще куда нибудь,— да идти силъ нѣтъ. Такъ бурлакъ, только что вставшій отъ долгой болѣзни, берется слабыми руками за привычное издавна барочное весло, понатужится, попробуетъ и печально поникнетъ головою и опустить безсильныя руки.

Какъ-то тихъ и покоренъ сдѣлался Починковъ. Позоветъ его старуха-кухарка обѣдать, онъ придетъ, посидитъ за столомъ и уйдетъ себѣ, иногда ни до чего не дотронувшись. Начнетъ ему Кононовъ доказывать что нибудь иногда дикое, иногда пошлое,— онъ молча слушаетъ, изрѣдка покачаетъ головой, еще, рѣже возразитъ что нибудь. Казалось, ему все равно было, чтобы люди ни говорили, что бы они ны дѣлали. Почти все время онъ проводилъ въ своемъ маленькомъ садикѣ. Выйдетъ, посидитъ на скамейкѣ, почертитъ что нибудь на пескѣ, потомъ ляжетъ на траву, заложитъ руки подъ голову и такъ лежитъ иногда по цѣлымъ часамъ, смотря на проходящія въ вышинѣ облака, на пролетающихъ подъ облаками птицъ. И странныя мысли посѣщали его во время этого созерцанія. Думаетъ онъ, напримѣръ, что даль эта голубая, воздухъ этотъ со своимъ движеніемъ — вѣтромъ, облака, вода, камыши, которые шелестятъ надъ нею,— все это вѣчно, все это и черезъ тысячи лѣтъ будетъ точно также синѣть, вѣять, блестѣть, струиться и шелестить,— а отъ его жизни и слѣда не останется. Жаль ему было своей жизни, точно и не начинавшейся еще, а уже проходящей, вступающей въ ту область, гдѣ нѣтъ уже ни надеждъ, ни мечтаній, которыя навсегда прошли и уступили мѣсто воспоминаніямъ, сожалѣніямъ и полному отчаянія созерцанію пустоты прошлаго. Пробовалъ онъ думать, что такъ не кончается жизнь, а только переходитъ въ новую, безконечную,— но отъ этого ему не дѣлалось легче. Ему жить хотѣлось.

Въ такомъ то положеніи застало его письмо Упадышевой. У него какъ будто въ глазахъ потемнѣло или точно покрывало черное набросили передъ нимъ на окружающіе предметы.

Что же это будетъ? Что будетъ? думалъ онъ съ тоской.

Онъ любилъ Упадышеву, какъ можно любить, можетъ быть, только въ его положеніи. Жизнь его уже проходила, оставивъ ему только горькое воспоминаніе о его заблужденіяхъ, потеряхъ, преступленіяхъ и безплодныхъ трудахъ, которые ни ему не доставили счастья, ни другимъ не сдѣлали пользы Она проходила уже,— холодная, не согрѣтая ни однимъ словомъ любви, а ему хотѣлось еще жить, тяжелъ, обиденъ былъ ему холодъ, которымъ вѣяло и отъ его прошлаго, и, еще больше, отъ грядущей старости. Обидно ему было, что прожилъ онъ полвѣка, а нечѣмъ ему вспомнить этого прожитаго, не на чемъ остановиться съ отрадой. Много мученій и горечи принесла ему его послѣдняя любовь, много яду подлила она въ его жизнь. Не будь этой любви,— не жалѣлъ бы онъ о безрадостно-прожитой жизни, не страшна была бы ему приближающаяся старость, и не тяжело, не пусто было бы его настоящее. Много мученій и отчаянія въ послѣдней любви,— въ любви на закатѣ жизни. Правда, онъ не былъ еще старикомъ, никто, глядя на него, не далъ бы ему больше сорока лѣтъ,— я многіе другіе на его мѣстѣ вѣроятно надѣялись бы, что "быть можетъ и на мой закатъ печальный, любовь блеснетъ улыбкою прощальной" — но Починковъ не могъ смотрѣть на подобную надежду иначе какъ на преступленіе. Онъ не забывалъ, что Упадышева была женой его роднаго племянника. Онъ приходилъ въ ужасъ отъ одной мысли, что она могла бы сдѣлаться его любовницей; онъ не понималъ теперь, какъ могъ онъ допустить чтобы высказать ей свою любовь,— съ какой стати, зачѣмъ это несчастное объясненіе сорвалось у него съ языка. Онъ думалъ, можно сказать — былъ убѣжденъ, что если бы, какимъ нибудь чудомъ, Упадышева даже и полюбила его, то и въ такомъ случаѣ отношенія ихъ остались бы чисто родственными, дружескими. Конечно, какъ почти всегда бываетъ въ такихъ обстоятельствахъ, это убѣжденіе въ безнадежности своей любви еще больше усиливало его страсть. Можетъ быть, что это убѣжденій обличало въ нашемъ героѣ нѣсколько излишнюю самоувѣренность, но чтобы тамъ впослѣдствіи ни вышло, а пока въ ближайшемъ будущемъ практическими результатами этого убѣжденія было то, что Починковъ являлся передъ Упадышевой всегда спокойнымъ другомъ, который когда-то любилъ ее, но теперь совершенно вылечился отъ этого увлеченія. Можно мимоходомъ замѣтить, что впослѣдствіи оказался и другой результатъ этого убѣжденія, заключавшійся въ томъ, что какъ бы ни измѣнялись отношенія между Упадышевой и Починковымъ, какъ бы очевидно ни переходили они изъ дружескихъ отношеній все въ болѣе и болѣе близкія, Починковъ все-таки оставался при своей увѣренности, что онъ не переступитъ границы долга и, полагаясь на это убѣжденіе, шелъ закрывъ глаза все дальше и дальше до того часа, пока не увидѣлъ внезапно, что положенная граница уже переступлена. Это нерѣдко случается съ твердою увѣренностью.

Въ своей запискѣ Упадышева извѣщала его, что она всегда дома и свободна вечеромъ, часовъ отъ пяти. Въ тотъ же день онъ пошелъ къ ней. Я не могу сказать, что онъ вошелъ въ комнату Упадышевой съ совершенно спокойнымъ сердцемъ и пожалъ ея руку съ такимъ же равнодушіемъ, съ какимъ онъ здоровался съ Кононовымъ; но я могу утверждать, что онъ былъ настолько спокоенъ, что казался спокойнымъ. Очень можетъ быть, что имъ овладѣла даже маленькая лихорадка, но во всякомъ случаѣ ея не было замѣтно.

— Вы уже и на новосельѣ,— сказалъ онъ

— Да, я освободилась отъ многаго, какъ видите,— отвѣчала Упадышева, указывая взглядомъ вокругъ себя.— Все распродала. Не находите ли вы, что послѣ этою опустошенія моя квартира сдѣлалась и тѣснѣе, и уютнѣе?.. Мнѣ все такъ кажется.

Она сидѣла на своемъ обыкновенномъ мѣстѣ — у окна, закрытая со двора цвѣтами, и по обыкновенію шила,—

передѣлывала старое платье на новое. Починковъ улыбнулся, опять посмотрѣлъ на обстановку комнаты и сѣлъ тутъ же у окна, но другую сторону ей рабочаго столона. Онъ вообще, какъ я уже упоминалъ, былъ очень застѣнчивъ, и потому я не думаю, чтобы такое близкое сосѣдство любимой женщины нисколько его не стѣсняло, однакоже на лицѣ его нельзя было замѣтить ни смущенія, ни волненія.

— И теперь вы сами все дѣлаете? спросилъ онъ.

— Нѣтъ, самой мнѣ нельзя все сдѣлать. Утромъ я ухожу, вѣдь, на урокъ. Обѣдать — намъ хозяйка готовитъ что нибудь. А я сама только комнату приберу и иногда самоваръ поставлю. Только мнѣ и хлопотъ.

Только.. Однако Починкову почему-то показалось, что и этого ужо очень много, что и это должно быть слишкомъ тяжело для Упадышевой. Онъ смотрѣлъ на нее, какъ на какое-то высшее существо, которому можно поклоняться, которое въ сферѣ практической жизни можетъ учить, заниматься науками или искуствами, но ни въ какомъ случаѣ не должно быть допущено до занятія черными и грязными работами.

— Какъ это вамъ посчастливилось найти уроки? спросилъ онъ, подавивъ легкій вздохъ.

— Именно посчастливилось,— отвѣчала она.— Это Карпову удалось гдѣ-то встрѣтиться съ однимъ господиномъ, которому нужна была учительница музыки, танцевъ и еще чего нибудь. Это онъ самъ, этотъ господинъ, такъ и сказалъ, что еще чего нибудь. Вы вѣдь не знаете Карпова? Онъ товарищъ моего мужа, странный такой, больной, но впрочемъ хорошій, добрый, кажется. Это ужъ его счастье, что онъ наткнулся на этого господина; а сама я оказалась очень несчастливой. Я ходила, просила, хитрила даже,— прибавила она съ внезапно выступавшей на ея щеки яркой краской,— но все-таки ничего не добилась. Я ходила къ купцу, на фабрикѣ котораго занимался мой мужъ, ходила къ Кононову, просила одного богатаго и, говорятъ, имѣющаго много знакомствъ доктора, тоже товарища моею мужа. Но все было напрасно. Лучше бы ни къ кому не ходила я, и ни кого ни о чемъ не просила.

— Что же Кононовъ? Я говорилъ ему; онъ обѣщалъ похлопотать...

— Господинъ Кононовъ былъ очень суровъ ко мнѣ, суровѣе всѣхъ, къ кому я обращалась,— отвѣчала она не безъ мстительнаго чувства.— Онъ очень упрекалъ моего мужа за то, что тотъ не умѣлъ ладить съ людьми, не нажилъ себѣ состоянія и наконецъ пустилъ свою жену ходить съ ребенкомъ по міру.

Признаться, я даже расплакалась у него,— сказала она, взглянувъ съ улыбкой на Починкова.— Но что всего хуже,— послѣ того какъ я побывала у него, я совсѣмъ потеряла голову и начала даже отчаяваться,— найду ли я хоть что нибудь...

Она мелькомъ взглянула на Починкова, желая видѣть — какое дѣйствіе произведутъ на него эти слова. Онъ кусалъ губы и пристально, какъ будто скрывая отъ нея выраженіе своихъ глазъ, смотрѣлъ на полъ.

— Я всегда считалъ его лавочникомъ,— сказалъ онъ наконецъ; — но никогда не думалъ, что онъ такой.

Что былъ по его мнѣнію Кононовъ, онъ не сказалъ, но видно было, что слово, остановившееся не его губахъ не могло быть особенно лестнымъ для нашего единственнаго во всемъ мірѣ честнаго человѣка. Потомъ Починковъ вспомнилъ, что когда онъ просилъ своего стараго пріятеля похлопотать не найдется ли для Упадышевой какое нибудь мѣсто, то старый пріятель посмотрѣлъ на него очень подозрительно. Въ то время Починковъ не обратилъ на это вниманія, но теперь совершенно иначе взглянулъ на это обстоятельство.

— А когда-то этотъ человѣкъ чуть не цѣловалъ мнѣ руки, сказалъ онъ съ презрѣніемъ и, нетерпѣливо поднявшись со стула, прошелся по комнатѣ.

Упадышева видѣла, что онъ былъ взбѣшенъ и внутренно радовалась, что хоть частичка вынесенныхъ ею обидъ не останется безъ нѣкотораго взаимнаго одолженія.

— Удивительно право, какъ это человѣкъ привязывается иногда къ тому, кому онъ сдѣлалъ что нибудь стоющее благодарности, какъ будто оправдывался Починковъ въ своей дружбѣ съ Кононовымъ.— Иногда вѣдь и самъ видишь, что человѣкъ плохъ, очень плохъ, а все-таки какъ-то утѣшаешь себя, что есть же въ немъ и хорошее что-то, хоть и не находишь ничего, а все-таки думаешь, обманываешь самого себя, что есть что нибудь хорошее.

— А я знавала людей, которые начинали ненавидѣть всякаго, кому они чѣмъ нибудь пожертвовали,— замѣтила Упадышева, какъ будто въ скобкахъ.

Починковъ стоя выслушалъ ее и потомъ опять сѣлъ на свое мѣсто...

— Такъ вотъ вы говорите, что въ отчаяніе впали,— полувопросительно заговорилъ онъ, помолчавъ немного.

— Да, отвѣчала она со вздохомъ.— Я совсѣмъ струсила... По что же мнѣ дѣлать? Куда мнѣ дѣваться? На что я могу надѣяться, чтобы могла не отчаиваться? Взгляните сами на мое положеніе.

— А что же урокъ этотъ, о которомъ вы упомянули?— спросилъ Починковъ. Онъ хотѣлъ спросить,— прежде ли только она была въ этомъ отчаяніи, или и теперь еще не отдѣлалась отъ него,— но вышло у него нѣчто другое.

— Да, сначала онъ очень пріободрилъ меня, но теперь мнѣ кажется, что я недолго останусь на этомъ мѣстѣ. Такая здѣсь несчастная исторія. Сама хозяйка дома — больная, полусумасшедшая женщина. Мужу она давно уже надоѣла, онъ почти не живетъ дома и если заговорить съ нею, то затѣмъ только, чтобы обидѣть ее или посмѣяться. А она думаетъ, что мужа ея отнимаютъ у нея, соблазняютъ его, сѣти ему разставляютъ. Она, кажется, помѣшалась на этомъ и подозрѣваетъ каждую женщину, какая только подвернется ей на глаза. И мнѣ не удержаться въ этомъ домѣ.

— И опять отчаиваетесь,— съ грустью сказалъ Починковъ.

— Опять струсила,— отвѣчала она.— Но, въ самомъ дѣлѣ, куда же я дѣнусь? Вѣдь некуда. Я готова бы работать съ утра до ночи, тѣмъ болѣе, что мнѣ это не очень страшно; я привыкла къ этому, посмотрите, что у меня съ пальцемъ сдѣлалось отъ постояннаго шитья, прибавила она, съ улыбкой показывая ему исколотый иголкой и загрубѣлый около ногтя, бѣлый, нѣжный палецъ.— Я готова работать, но кто мнѣ дастъ работы. Гдѣ взять ее? Мнѣ вѣдь немного нужно, хоть что нибудь; а нѣтъ ничего.

Съ минуту помолчали.

— Этотъ городъ — несчастный для меня городъ, опять заговорила она.— Вездѣ мнѣ препятствія, вездѣ немилость. Незнаю за что, только у меня даже и враги явились право... впрочемъ можетъ быть я ошибаюсь: это и не враги, а просто такіе люди, для которыхъ, оскорбить и очернить женщину — забава. Вы не слышали, что хотѣли вымазать у меня калитку? вдругъ спросила она, поднявъ на Починкова поблѣднѣвшее лицо.

Починковъ смотрѣлъ на нее широко раскрывшимися глазами, и лицо его все больше и больше покрывалось блѣдностію, губы его все сильнѣе и сильнѣе дрожали.

— Нѣтъ, глухо, отвѣчалъ онъ.— Кто же это?

— Не знаю.

— И не подозрѣваете кто? рѣзко и отрывисто сказалъ онъ, положивъ на столъ дрожащую какъ въ лихорадкѣ руку.

Ей хотѣлось сказать, кого она подозрѣваетъ, у нея уже готово было вырваться имя этого человѣка, но все таки она удержалась почему-то.

— Нѣтъ, не знаю, отвѣчала она, не сводя глазъ съ его блѣднаго лица.

Онъ недовѣрчиво посмотрѣлъ на нее, потомъ отвернулся, какъ будто опять скрывая отъ нея выраженіе своихъ глазъ, горѣвшихъ бѣшенствомъ, и опять прошелся по комнатѣ. Но онъ уже не горбился, какъ прежде, сложенныя за спиной дрожащія руки судорожно стискивали одна другую, губы у него сжались. Это былъ уже не аскетъ, вегетаріанистъ Починковъ, занимающійся философіей, а прежній необузданный Починковъ помѣщикъ, которому вѣроятно ни почемъ было убить или замучить звѣря или человѣка, все это невольно подумалось и Упадышевой. "Не знаю я, думала она, какъ онъ тамъ смотритъ на свои отношенія къ ближнимъ: но войди сюда Шестаковъ, и укажи я на него Починкову, онъ убилъ бы этою моднаго лекаря. Убилъ бы, или я ничего не понимаю, что значитъ такой бѣшеный взглядъ". Она какъ-то внимательнѣе и съ нѣкоторымъ даже уваженіемъ посмотрѣла на молча ходившаго по комнатѣ Починкова, Онъ долго ходилъ.

— Вчера, когда я писала къ вамъ мою записку, мнѣ было особенно скучно, заговорила опять Упадышева.— И какой глупый случай навелъ на меня эту тоску. Обидно мнѣ было. Вы помните, какой вчера дождь былъ вечеромъ. Вдругъ, когда уже стемнѣло, является ко мнѣ тотъ самый господинъ, дочерей котораго я учу,— мокрый весь, злой, въ шляпѣ. Ему зачѣмъ-то понадобился Карповъ, онъ и пришелъ искать его у меня... Я была одна; но онъ все-таки усѣлся здѣсь, можетъ быть, отдохнуть, и просидѣлъ битыхъ полчаса, не говоря ни одного слова, но обращая на меня ни малѣйшаго вниманія, какъ будто онъ сидѣлъ въ своей квартирѣ. Но это еще ничего бы. Потомъ онъ началъ разсказывать о какихъ-то бояхъ, на которыхъ онъ кому-то голову проломилъ,— все въ этомъ родѣ. Послѣ этого ему скучно сдѣлалось, онъ предложилъ мнѣ въ карты съ нимъ поиграть; но такъ какъ картъ у меня не было, а ему очень было скучно, то, какъ вы думаете, что онъ придумалъ?

Починковъ сидѣлъ на диванѣ и съ блѣднымъ, мрачнымъ лицомъ смотрѣлъ на нее.

— Онъ предложилъ мнѣ идти къ хозяйкѣ или куда нибудь, а для себя просилъ позволенія лечь у меня спать..

Она сама слегка дрожала отъ досады, когда разсказывала эту коротенькую исторію.

— Это вѣдь мелкій, глупый случай. Но обидно, продолжала она дрожащимъ голосомъ.— Я даже опять всплакнула немного, когда писала вамъ записку.

— И долго вы намѣрены терпѣть все это? спросилъ Починковъ.

— Но что же мнѣ дѣлать?

Настало минутное молчаніе. Починковъ все намѣревался повидимому что-то высказать и все не рѣшался.

— До тѣхъ поръ, по крайней мѣрѣ, пока мнѣ не откажутъ отъ мѣста, я буду терпѣть,— сказала она.

— И потомъ?

— Потомъ я подожду другого А если не будетъ его, тогда думаю уѣхать въ Петербургъ.

У Починкова какъ будто закружилась голова.

— Развѣ тамъ у васъ есть кто нибудь? торопливо спросилъ онъ, стараясь казаться спокойнымъ.

— Нѣтъ. Но тамъ все-таки больше работы. Можетъ быть и на мою долю выпадетъ что нибудь.

— А если нѣтъ?

Она оставила работу, задумалась и пожала плечами.

— А если нѣтъ? повторилъ онъ.— Кто тогда поддержитъ васъ въ критическую минуту? Если вы не найдете работы или если и найдете, но временно потеряете ее, и надолго останетесь безъ всего, безъ всякихъ средствъ. Кто поможетъ вамъ перенести это время? Что тогда? Что же тогда?

Она опять пожала плечами и молча разсматривала свой рабочій столикъ.

— Нѣтъ, продолжалъ Починковъ,— нѣтъ. Будь вы одна,— не будь у васъ сына,— я ничего бы не сказалъ, не рѣшился бы предлагать вамъ что нибудь. Идите куда хотите, дѣлайте, какъ вамъ лучше покажется. Однѣ вы, можетъ быть, и смогли бы какъ нибудь устроиться. Но съ ребенкомъ... нѣтъ... Что вы будете дѣлать? Каково ему будетъ? Что его ждетъ?....

Она молчала,

— Я, можетъ быть, много, много виноватъ передъ его отцемъ,— много остался ему долженъ,— говорилъ Починковъ съ видимымъ волненіемъ. Этотъ долгъ мнѣ слѣдовало бы уплатить его сыну.— Это, можетъ быть, дѣло моей совѣсти. Поэтому я не хочу, чтобы вы уѣхали отсюда.

— Я вотъ что хочу сказать,— продолжалъ онъ съ увеличивающимся волненіемъ.— Оставьте вы этихъ людей, оставьте ваши уроки. Переѣзжайте въ мой деревенскій домъ и живите тамъ, займитесь сыномъ, а я уѣду...

— Нѣтъ, зачѣмъ,— проговорила она, слегка покраснѣвъ.

— Нѣтъ,— повторилъ онъ внезапно упавшимъ голосомъ.— Но я говорю вамъ, что уѣду, куда хотите уѣду,— сегодня же,— говорилъ онъ съ мольбой.

Она посмотрѣла на него. Ей было жаль этого блѣднаго, опечаленнаго человѣка.

— Нѣтъ, мягко и задумчиво сказала она,— пока еще есть у меня занятіе — можетъ быть и не потеряю его; а если и потеряю, такъ, можетъ быть, новое найдется... Тамъ увидимъ,— прибавила она въ видѣ утѣшенія для Починкова.

На этомъ разговоръ прекратился. Починковъ казался разстроеннымъ и грустнымъ... Сережа подошелъ близко къ нему и внимательно его разсматривалъ. Починковъ попробовалъ заговорить съ нимъ,— ребенокъ отвѣчалъ; теперь онъ почему-то уже не боялся его какъ прежде. Затѣмъ оказалось, что у Починкова въ карманѣ была нарочно для Сережи принесенная книга съ картинками, и оба они немедленно занялись разсматриваніемъ ея. Когда вся книга была наконецъ пересмотрѣна ими, и Упадышевой, и Починковымъ сдѣланы были неоднократныя попытки завязать разговоръ, но ни одна изъ этихъ попытокъ не оказалась особенно удачной. И хозяйка, и гость видимо заняты были вовсе не тѣми предметами, о которыхъ говорили. Скоро Починковъ ушелъ, обѣщая зайти на дняхъ.

Упадышева глубоко задумалась послѣ его ухода. Она думала, что не должна бы была принимать его предложеніе,— что если бы здѣсь ей пришлось потерпѣть полную неудачу, то лучше ужь уѣхать въ Петербургъ и тамъ еще разъ попробовать счастья, чѣмъ поселиться у Починкова въ качествѣ бѣдной родственницы. Но, съ другой стороны, ей опротивѣли всѣ ея похожденія и приключенія въ этомъ городѣ, она уже потеряла вѣру въ удачу или въ свои силы, и если все-таки думала о переѣздѣ въ Петербургъ, то это была очень холодная мысль, съ которой не соединялось ни малѣйшей надежды на будущее. Можетъ быть, что Упадышева не была особенно сильна характеромъ, можетъ быть, что ея жизнь не пріучила ее къ терпѣливому перенесенію безчисленныхъ, мелкихъ и крупныхъ, лишеній, препятствій, обидъ и стѣсненій, которыми усыпана наша обыденная жизнь, можетъ быть, что встрѣтившіяся на ея дорогѣ вѣчныя препятствія и каждодневныя обиды надломили ея энергію,— только во всякомъ случаѣ въ это время нашей героинѣ хотѣлось бы покончить съ ролью покинутой, угнетенной, беззащитной женщины, избавиться какъ нибудь отъ этой роли и пожить спокойною жизнью, не думая о завтрашнемъ днѣ и не дрожа за свою судьбу. Явись передъ нею Починковъ съ своимъ предложеніемъ не какъ любящій ее человѣкъ, а просто въ качествѣ близкаго ея родственника,— очень можетъ быть, что она покорилась бы своей участи и согласилась бы хоть на время воспользоваться его предложеніемъ. Но теперь она не хотѣла и думать объ этомъ. Она рѣшилась ждать, что будетъ дальше; можетъ быть, всѣ ея опасенія за будущее совершенно неосновательны и все устроится къ лучшему.

Новыя событія не заставили ждать себя. Прошло не больше часа, какъ ушелъ Починковъ. Вечоръ, точно будто въ вознагражденіе за вчерашнюю непогоду, былъ тихій, безоблачный вечеръ. Комары тучами вились надъ зеленѣющимъ дворомъ: сквозь рѣшетчатый заборъ, отдѣлявшій дворъ отъ сада, темнѣли деревья и кусты, бросавшіе длинную тѣнь, невдалекѣ раздавались звуки пастушьей трубы, возвѣщавшей о возвращеніи коровъ съ пастбища, Все говорило, что должно быть хорошо теперь за-городомъ, въ полѣ, на рѣкѣ, среди зелени и воды. И вспомнилось Упадышевой, что недалеко за-городомъ есть зеленая равнина, мѣстами поросшая пихтой и группами березъ, и подъ однимъ изъ этихъ деревьевъ, подъ зеленымъ холмомъ, на которомъ возвышается черный крестъ, зарытъ человѣкъ, съ которымъ какъ будто похоронено и все ея счастье. Ей захотѣлось сходить на это мѣсто. Она сегодня же пошла бы туда, но идти далеко,— нужно пройти весь городъ, и, можетъ быть, на возвратномъ пути се застигнутъ сумерки. Поэтому она отложила посѣщеніе дорогой могилы до другого дня, а сегодняшній вечеръ вздумала провести съ Сережей на дворѣ. Тамъ около воротъ въ садъ лежала большая куча песку, въ которомъ ребенокъ очень любилъ играть,— рыть глубокія ямы и возводить различныя строенія.

Вдругъ мимо окна съ величайшей торопливостью прошла по направленію къ крыльцу довольно нарядно одѣтая женщина, почему-то показавшаяся Упадышевой знакомою. Кто бы это могла быть,— она не догадывалась, но въ походкѣ, въ фигурѣ этой женщины было что-то очень знакомое. Въ недоумѣніи Упадышева пріоткрыла свою дверь и встрѣтилась лицомъ къ лицу съ женой Трофимова. Эта дама была очень нарядна. Они всегда одѣвалась старательно, вѣроятно все съ тою же неизмѣнною цѣлью возвратить упорно не дававшуюся ей любовь мужа; но на этотъ разъ ея модная шляпка очень сбилась на бокъ, ея тальма тоже перевернулась на сторону. На щекахъ ея горѣлъ яркій, чахоточный румянецъ, она запыхалась, а раскрытыя губы ея тряслись.

— Здѣсь онъ? Здѣсь? вскричала она, врываясь въ комнату

Упадышевой.— Да гдѣ же онъ? Куда онъ ушелъ? опять вскричала она дрожащимъ голосомъ, остановившись среди комнаты и озираясь по сторонамъ.

— О комъ вы говорите? спросила Упадышева, сразу впрочемъ понявъ въ чемъ дѣло.

— Гдѣ мужъ мой? Мужъ мой, я васъ спрашиваю! съ величайшимъ гнѣвомъ кричала несчастная дама,

— Я не знаю этого. Зачѣмъ же ему быть здѣсь? тихо отвѣчала Упадышева, стараясь своимъ спокойствіемъ хоть немного усмирить свою посѣтительницу.

— Я все знаю,— самымъ убійственнымъ шепотомъ произнесла Трофимова, устремляя на Упадышеву взглядъ, исполненный презрѣнія — Все-съ. Я знаю, что онъ пришелъ сюда вчера вечеромъ, въ дождь... нарочно выбралъ такую погоду... и пробылъ здѣсь, здѣсь,— повторяла она, постепенно возвышая на каждомъ повтореніи свой голосъ до болѣзненнаго крика и указывая пальцемъ на комнату,— здѣсь, здѣсь пробылъ всю ночь.

Упадышева, блѣдная дрожащая, смотрѣла ей прямо въ глаза.

—Вы слушаете подлыхъ сплетенъ и потомъ клевещете,— проговорила она задыхаясь.— Вашъ пьяный мужъ вчера вечеромъ пришелъ ко мнѣ спросить, гдѣ живетъ одинъ господинъ.... И скоро ушелъ... И я ничего о немъ не знаю... И не хочу знать,— закончила она, дрожа всѣмъ тѣломъ, и облокотилась на комодъ; потомъ закрыла рукой глаза...

Почему-то въ это мгновеніе ей опять припомнилось предложеніе Починкова.

Несчастная супруга любителя кулачныхъ боевъ повидимому истощила весь запасъ своего гнѣва и, въ изнеможеніи опустившись на диванъ, вынула изъ кармана платокъ, который и поднесла къ глазамъ. Вѣроятно она почувствовала себя совершенно безсильной изобличить эту хитрую женщину въ обольщеніи ея мужа, и потому совершенно упала духомъ и перешла въ чисто страдательное состояніе. Она плакала изсякшими, жалкими слезами и изрѣдка взглядывала на Упадышеву своими тусклыми идіотскими глазами, исполненными неподдѣльнаго страданія.

— Вотъ вы какъ,— говорила она уже безъ гнѣва, съ мучительнымъ упрекамъ — отплачиваете за добро... А я вѣрила вамъ, сударыня... Вѣрила. А вы вотъ зачѣмъ пробрались въ мой домъ...

— Больше я не приду туда,— прервала Упадышева.

111

Несчастная женщина вдругъ опять встрепенулась, сунула платокъ въ карманъ и вскочила съ своего мѣста.

— Конечно не придете, разумѣется, не придете,— закричала она, какъ будто посѣщенная внезапнымъ вдохновеніемъ.— Зачѣмъ вамъ теперь ходить! Незачѣмъ теперь ходить! Теперь къ вамъ придутъ... Вы взяли свое, зачѣмъ приходили... Зачѣмъ теперь ходить! Незачѣмъ...

Упадышева подошла къ ней.

— Чего вы хотите, несчастная вы женщина? сказала она. Поклясться вамъ чѣмъ нибудь, что я ни въ чемъ невиновата? Повѣрите ли вы чему нибудь? Чего вы хотите? Какой клятвы?

Бѣдная посѣтительница, казалось, опять потеряла голову и глупо, жалостно смотрѣла на блѣдное лицо Упадышевой.

— Ничему я не повѣрю,— въ раздумьѣ отвѣчала она, чуть шевеля губами.

Она точно задумалась надъ своими собственными словами и съ отчаяніемъ и недоумѣніемъ смотрѣла на полъ.

— Ничему не повѣрю,— повторила она еще разъ и, опять вытащивъ платокъ, начала отирать глаза.

Потомъ, постоявъ такъ съ минуту, она вдругъ безнадежно махнула рукой и вышла изъ комнаты...

XV

На другой день Упадышева проснулась нѣсколько раньше обыкновеннаго. На дворѣ лежали еще длинныя, прохладныя утреннія тѣни,— на травѣ блестѣла роса, въ саду весело щебетали птицы. Первое, что пришло въ голову Упадышевой, когда, она открыла глаза, было воспоминаніе о вчерашнемъ ея свиданіи съ Трофимовой. Вчера наша героиня была очень взволнована этой сценой и почти весь вечеръ продумала, какъ убѣдить эту полусумасшедшую женщину въ нелѣпости ея подозрѣній, чѣмъ доказать и ей, и другимъ, кому сдѣлается извѣстной эта исторія, что она, Упадышева, не играла и неспособна по своей натурѣ играть той роли, которую такъ упорно приписываетъ ей бѣдная жена Трофимова. Вчера Упадышева хотѣла и усердно искала средствъ оправдаться передъ всѣми, кому только извѣстно было ея имя. Сегодня она уже была далека отъ этого желанія. Какъ-то презрительно

112

спокойно припомнила она до мельчайшихъ подробностей вчерашнюю сцену съ Трофимовой, отъ нея перешла къ самому началу своего знакомства съ этимъ замѣчательнымъ семействомъ, воскресила въ своей памяти всѣ свои разговоры съ главой дома, его наружность, привычки, наклонности, образъ жизни, а отъ него незамѣтно дошла и до другихъ людей, съ которыми познакомилась здѣсь,— до Шестакова, Власова, Кононовыхъ, не забыла даже ни пьяненькаго чиновника, имѣющаго обыкновеніе танцевать въ неприличномъ видѣ передъ окнами неуважавшихъ его людей, ни торговцевъ, купившихъ ея имущество. Грязны и пошлы представились ей ея ближніе. Она уже и не подумала о своемъ вчерашнемъ желаніи оправдываться передъ ними въ взводимыхъ на нее обвиненіяхъ, что если бы ей дали даже средства для этого оправданія, то и тогда она не стала бы оправдываться. Въ ней совершился переломъ. Прежде она дорожила своимъ именемъ, страдала, когда на него набрасывалась кѣмъ нибудь хоть какая нибудь черная тѣнь, а теперь ей стало все равно, что бы о ней ни говорили, какъ бы на нее ни смотрѣли. Очень можетъ быть, что и въ ея жизни начался тотъ же переворотъ, который когда-то совершился въ жизни Шестакова, почти такимъ же путемъ дошедшаго до того убѣжденія, что не стоитъ думать о нашихъ ближнихъ, объ ихъ благѣ, желаніяхъ и мнѣніяхъ,— нужно думать только о себѣ и о своемъ счастьѣ, какими бы путями и какою бы цѣною ни достигалось это счастье. Теперь пока Упадышева думала только, что не стоитъ заботиться о мнѣніяхъ нашихъ ближнихъ, теперь пока она еще не утверждала вмѣстѣ съ Шестаковымъ, что нужно думать единственно объ устройствѣ своего комфорта, не щадя для этого никакихъ усилій и пожертвованій, не избѣгая никакихъ ведущихъ къ этому путей и средствъ. Она еще не дошла до этого, но очень можетъ быть, что впослѣдствіи она приметъ и это убѣжденіе. Я не думаю, чтобы это было особенно трудно. Я знаю, и всѣ мы знаемъ, одинъ благой совѣтъ, заключающійся въ томъ, что если насъ ударятъ по одной щекѣ, то мы должны вмѣсто всякаго отмщенія подставить другую. Мы всѣ это знаемъ, и однакоже я не думаю, чтобы мы могли насчитать очень много людей, слѣдующихъ этому благому совѣту. Точно также я знаю, и всѣ мы знаемъ, что для человѣка не будетъ особенно много чести, если онъ станетъ заботиться единственно о своемъ комфортѣ, ни мало не думая о своихъ ближнихъ и нисколько не принимая въ разсчетъ ихъ мнѣнія и интересы,— однакоже я смѣю думать, что если эти самые ближніе не будутъ ни въ грошъ ставить честь, счастье и мнѣнія одного изъ своихъ собратьевъ, то этотъ собратъ не захочетъ вторично подставлять щеку, а отмститъ своимъ ближнимъ и собратьямъ ихъ же орудіемъ, то есть перестанетъ уважать и ихъ честь, и ихъ счастье, и ихъ мнѣнія. Я думаю, что это очень печальная исторія, но я не соглашусь, если мнѣ скажутъ, что это исторіи неестественная.

Эта исторія начиналась и для Упадышевой. Она разсматривала лица, поступки и жизнь своихъ ближнихъ и не находила въ себѣ ни прежняго страха передъ ихъ судомъ, ни боязни передъ ихъ могуществомъ,— не находила въ себѣ ничего, кромѣ презрѣнія къ этимъ людямъ. Прежде она боялась ихъ, думала, что они могутъ сдѣлать съ ней, что хотятъ, и дать ей спокойную, счастливую жизнь, и выгнать ее на улицу просить милостыни, и заставить ее броситься въ ту глубокую, прекрасную рѣку, по которой плавали ихъ суда,— а теперь она презирала ихъ и спокойно смотрѣла на свое будущее. Странное было это спокойствіе. Она не рѣшилась ни на какой новый шагъ, не открыла никакой новой дороги, гдѣ могла бы снискивать свой насущный хлѣбъ, она не разрѣшила себѣ ни одного изъ тѣхъ средствъ и поступковъ, которые считала до этого времени непозволительными и нехорошими,— а все-таки ей почему-то казалось, что теперь для нея открыто больше путей, чѣмъ прежде, является больше шансовъ, чѣмъ до этого дня, и потому она спокойно смотрѣла впередъ. Но если бы ее попросили указать, гдѣ же находятся эти новые пути и въ чемъ заключаются новые шансы,— она не была бы въ состояніи сдѣлать этого. Она ни за что не смогла бы указать кому нибудь на причину своего внезапнаго успокоенія, потому что сама не знала этой причины или, лучше сказать, умалчивала о ней передъ самой собою, не сознавалась въ ней самой себѣ. Я знаю,— она думала, что если ея положеніе останется все такимъ же безвыходнымъ, какимъ было до сихъ поръ, то она разрѣшитъ себѣ такія средства къ достиженію спокойствія и насущнаго хлѣба, какія она называла до сихъ поръ непозволительными. Я знаю,— она думала это, но эта дума являлась въ ней не строго опредѣленнымъ рѣшеніемъ, не ясно формулированною мыслью, а скорѣе какимъ-то темнымъ предчувствіемъ далекаго будущаго, и потому-то наша героиня не могла бы сказать, что она придумала что нибудь новое, рѣшилась на что нибудь или разрѣшила себѣ какой либо новый шагъ. Она ничего не выдумала, ни на что не рѣшилась,— она только предчувствовала, что впослѣдствіи можетъ быть сдѣлаетъ что нибудь такое, чего до сихъ поръ не позволяла себѣ дѣлать. Что такое сдѣлаетъ она,— Упадышева не знала и не думала. Если бы теперь ей была возможность сдѣлаться любовницей какого нибудь богатаго барина въ родѣ Шестакова, она и не подумала бы воспользоваться этимъ случаемъ; если бы въ это время ей предложили выйти замужъ за любящаго ее, богатаго и не особенно сквернаго, но нелюбимаго ею господина, она не согласилась бы принять это предложеніе; но ежели бы ей сказали, что впослѣдствіи, черезъ годъ, черезъ два, она сдѣлается женой какого нибудь старика или чьей нибудь любовницей, она вѣроятно подтвердила бы, что это "очень модіетъ быть".

Она знала, что какъ скоро ступитъ на эту дорогу уступокъ передъ своею совѣстью, то она и ея ребенокъ могутъ не думать о голодѣ, болѣзняхъ, обидахъ и всякихъ матеріальныхъ лишеніяхъ — и потому она была спокойна. Да, она была спокойна; глаза ея смотрѣли какъ-то презрительно строго, на стиснутыхъ губахъ лежала насмѣшливо-горькая улыбка, а на сердцѣ у нея было холодно-холодно, какъ будто все нѣжное, теплое, любящее, что было въ этомъ сердцѣ, вдругъ умерло и замѣнилось презрѣніемъ ко всему, горечью и насмѣшкой, такъ ярко отражавшимися на ея красивомъ лицѣ.

Все теплое, хорошее какъ будто умерло для нея въ это время. Всѣ ея старыя мечты и планы объ устройствѣ для себя дѣятельной, трудовой, подъ часъ, можетъ быть, и тяжелой нѣсколько, но все-таки чистой, свѣтлой жизни,— оказались очень старыми, никуда негодными мечтами, которыя вѣроятно придется бросить и замѣнить новыми. Она заранѣе прощалась съ этими старыми негодными мечтами.

— А вѣдь если бы я сдѣлалась любовницей Шестакова,— эти люди навѣрное были бы со мной очень вѣжливы и милы,— небезосновательно подумала она о своихъ ближнихъ и презрительно усмѣхнулась.

— Но если бы я какъ нибудь нашла здѣсь нѣсколько уроковъ и устроила бы для себя ту трудовую жизнь, о которой мечтала, они, навѣрное, не обращались бы со мной лучше, чѣмъ обращаются теперь, опять небезосновательно подумала она.

Когда эти мысли приходили ей въ голову, она стояла у окна. Длинныя, прохладныя утреннія тѣни и блескъ росы на травѣ опять напомнили о той зеленой равнинѣ, въ которой стояла дорогая для нея могила, тонко осыпанная теперь свѣтлыми каплями росы и, какъ крепомъ, покрытая тѣнью возвышавшагося подлѣ нея дерева. Упадышевой опять пришло въ голову, что въ этой могилѣ зарыто все ея счастье. Пока живъ былъ человѣкъ, съ жизнью котораго она связала свою жизнь, она была счастлива, могла устроивать свою жизнь, какъ хотѣла, могла ставить для своей жизни какую угодно цѣль, и быстро ли, тихо ли, но могла идти къ этой цѣли. Умеръ этотъ человѣкъ, и съ нимъ умерли и спокойствіе, и независимость, и надежда на счастье и даже свобода воли. Теперь у нея нѣтъ никакой свободы воли: она хочетъ быть честной, а ее, можетъ быть, заставятъ выйти замужъ за стараго богатаго развратника, она хочетъ жить, а ее, можетъ быть, заставятъ броситься въ воду. Все можетъ быть, кромѣ того только, чтобы жизнь ея устроилась и пошла такъ, какъ ей хочется. Пока живъ былъ ея мужъ, она могла бодро и спокойно смотрѣть на жизнь. Когда она осталась одна, она чувствуетъ себя немощной, безсильной и безпомощной. Неужели же она одна не можетъ существовать? Неужели она непремѣнно должна на кого нибудь опереться, чтобы не упасть?

— Кто же теперь будетъ служить для нея опорой, и за кѣмъ она должна будетъ слѣдовать? съ горькой ироніей спросила Упадышева.

Ей захотѣлось сегодня же сходить на кладбище. Сережа тоже имѣлъ сильное желаніе еще разъ совершить прогулку по городу, и послѣ чаю они отправились вмѣстѣ.

Было еще рано, но народъ уже сновалъ взадъ и впередъ по улицамъ. Упадышева подъ вліяніемъ размышленій, занимавшихъ ее въ это утро, не особенно мягко и дружелюбно смотрѣла на встрѣчающійся ей людъ; глаза ея глядѣли все такаю презрительно и строго, на губахъ ея лежала все таже насмѣшливая и горькая улыбка, и, странное дѣло, всѣ кто ни встрѣчался ей, всѣ давали ей на этотъ разъ дорогу. Она замѣтила это и усмѣхнулась. Будь она такою же печальною, робкою, задумчивою, какъ въ тотъ разъ, когда шла съ ребенкомъ къ Власову,— ей никто не далъ бы дороги и всякій смотрѣлъ бы на нее съ тѣмъ нахальнымъ видомъ, съ какимъ обыкновенно смотрятъ на робкую, небогато-одѣтую, красивую женщину. Люди, какъ видно, всегда обижаютъ тѣхъ, кто желаетъ смотрѣть на нихъ, какъ на людей, и всегда склоняются передъ тѣми, кто презираетъ ихъ. Эта мысль заняла Упадышеву на нѣсколько минутъ. Потомъ она развлеклась другими предметами и забыла о ней. Ей часто встрѣчались женщины всякихъ возрастовъ, классовъ и профессій, и ей пришло въ голову, какъ существуютъ всѣ эти особы,— опираются ли они на кого нибудь, кто ихъ кормитъ, одѣваетъ и укрываетъ отъ холода, или же находятъ возможность существовать безъ всякой посторонней поддержки. Это очень заинтересовало ее,

Вотъ бредетъ съ кожанымъ мѣшкомъ въ рукѣ смуглая бодрая старушка въ шляпкѣ, отправляющаяся, какъ видно, на базаръ за провизіей. Башмаки на ней огромные, неуклюжіе, но крѣпкіе и блестящіе, чулки мелькаютъ бѣлые, чистые, платье недорогое, но порядочное и неособенно заношенное. Держитъ она себя очень независимо: то идетъ, не обращая никакого вниманія, не торопясь, спокойно погружаясь гл" свои мысли и расчеты, то, привлеченная какой-нибудь сценой на улицѣ, на дворѣ или въ чьемъ нибудь окнѣ, остановится, постоитъ, посмотритъ, иногда вслухъ выскажетъ какое нибудь мнѣніе и потомъ опять, не торопясь, отправится дальше. Очевидно, что торопиться ей незачѣмъ, бранить ее за медленность некому, кланяться ей никому не нужно, сдерживать свои иногда рѣзкія мнѣнія она не находитъ надобности,— и идетъ она себѣ, не смущаемая никакими жалкими думами или огорченіями, избирается новыхъ впечатлѣній, съ философскимъ спокойствіемъ созерцаетъ людскую суету и видимо наслаждается своимъ существованіемъ. Это, должно быть, бездѣтная вдова какого нибудь заслуженнаго гражданина, окончившаго свое земное странствіе и оставившаго пережившей сю подругѣ жизни пенсіонъ рублей въ восемь въ мѣсяцъ.

Вотъ и еще старушка, тоже не изъ нуждающихся. Лицо у ноя озабоченное, смиренное, жалостное и постное, но въ глазахъ ея есть нѣчто кошачье, быстрое, подозрительное и бдительное Она видимо привыкла наблюдать надъ поступками своихъ ближнихъ, проникать въ ихъ душу, испытывать ихъ совѣсть и въ тоже время прикидываться смиренною и кроткою. Она особенно громко выражаетъ свое негодованіе по поводу всякаго раздавшагося гдѣ нибудь неприличнаго слова, чрезвычайно строго, серьезно, большею частью шепотомъ говоритъ съ безпрестанно встрѣчающимися ей небогатыми знакомыми и очень униженно кланяется тоже нерѣдко проходящимъ или проѣзжающимъ мимо нея богатымъ знакомымъ. Она повидимому знаетъ весь городъ. Вѣроятно это тоже вдова, правда неимѣющая пенсіона, но опирающаяся на безчисленное множество благодѣтелей и благодѣтельницъ.

Вотъ еще третья старушка, крестьянка. Она идетъ съ бѣлой палкой въ рукахъ, съ бѣлымъ мѣшкомъ за плечами и проситъ милостыню. У ней, очевидно, нѣтъ никакой опоры, кромѣ этой бѣлой, длинной палки, которой она защищается отъ нерѣдко нападающихъ на нее собакъ.

Вотъ проѣхала въ блестящихъ дрожкахъ, запряженныхъ жирной, лоснящейся лошадью, толстая купчиха. У нея есть мужъ, который подчасъ бьетъ ее, часто ругаетъ, но все-таки считаетъ своимъ священнымъ долгомъ одѣвать ее, какъ куклу, и кормить, какъ барскую лошадь.

Вотъ выбѣжала изъ моднаго магазина блѣдная, худенькая дѣвушка и перебѣжала чрезъ улицу въ противоположную булочную. Платье на ней было простенькое, красивое,— волосы прибраны подъ черную, новенькую сѣтку, на груди блестѣла даже какая-то брошка или булавка. Повидимому, не тяготѣла надъ этой худенькой, молоденькой дѣвушкой особенная бѣдность, и только блѣдность, да худоба этого юнаго лица краснорѣчиво говорили, что не розами усыпана дорога этой женщины. Впрочемъ, Упадышева надолго задумалась надъ вопросомъ: одна ли эта худенькая швея несетъ бремя своей жизни или въ этомъ участвуетъ еще какая нибудь другая, болѣе сильная рука. Она не рѣшила этого вопроса ни въ ту, ни въ другую сторону и остановилась на томъ, что или у дѣвушки нѣтъ никакой поддержки и есть сильная чахотка, или же она пользуется посторонней помощью и вслѣдствіе этого проживетъ нѣсколько лишнихъ лѣтъ.

Прошла мимо Упадышевой молодая, здоровая крестьянка съ босыми, запыленными ногами, промелькнула въ одномъ окнѣ заспанная пухлая барышня съ заплывшими жиромъ глазками, прошла по улицѣ торговка, тащившая за собой телѣжку съ хлѣбами, торопливо проскользнула въ переулокъ желтая, растрепанная барыня съ какими-то пугливыми глазами и испуганнымъ лицомъ,— но наша героиня мало обращала на нихъ вниманія. Она все думала о блѣдной, чахоточной швеѣ, въ положеніи которой видѣла много сходства съ своей собственной судьбою. Правда, при появленіи босоногой крестьянки и торговки съ хлѣбами, она подумала, что вотъ живутъ же женщины и безъ всякой посторонней поддержки, можетъ быть, даже и нужды не чувствуютъ въ чьей нибудь помощи; однакоже она сильно сомнѣвалась, чтобы могла хоть съ небольшимъ успѣхомъ подвизаться на поприщѣ торговли, или такъ называемыхъ черныхъ работъ, и потому мало интересовалась этими профессіями. Ее гораздо больше занималъ вопросъ: что можетъ не позволить этой худенькой, блѣдной швеѣ сдѣлаться женой или даже просто любовницей какого нибудь дикаго, пьянаго, нѣсколько достаточнаго, но нисколько не любимаго ею господина? Очень можетъ быть, что эта дѣвушка желала бы подарить своей любовью такого человѣка, который самъ полюбитъ ее и притомъ будетъ достоинъ ея любви; очень можетъ быть, что она чувствуетъ сильнѣйшее отвращеніе ко всякой продажѣ своей любви; но если ей представятъ на выборъ — или сохранить свою свободу и совѣсть, но за то гаснуть изо дня въ день въ механической, убивающей тѣло и душу работѣ, или продать свою любовь, свободу и совѣсть, но за то прожить остальные годы своей жизни въ нѣкоторомъ довольствѣ и спокойствіи, то что удержитъ эту бѣдную швею отъ скользкаго житейскаго шага?

А Сережа между тѣмъ уже измѣнялъ свою походку. Сначала, когда они только-что вышли изъ дома, онъ весь погрузился въ созерцаніе встрѣчающихся на ихъ пути сценъ, людей, собакъ, лошадей и домовъ разнообразнаго вида; но скоро онъ видимо началъ уставать, крѣпче взялъ руку матери, нагнулся впередъ и принялся дѣлать рѣдкіе большіе шаги.

— Я усталъ, мама, сказалъ онъ наконецъ, безнадежно поглядывая на свои широко разставленныя и усиленно работавшія руки, которыми онъ старался, должно быть, помогать своему замедлявшемуся движенію впередъ.

Упадышева посмотрѣла на него. Лицо его, освѣщенное яркимъ, веселымъ утреннимъ солнцемъ, показалось ей такимъ худымъ, блѣднымъ, какимъ она еще никогда не видала его; вся его маленькая фигура смотрѣла такою хилою, слабенькою, больною, что у нея сжалось и заныло сердце.

Они дошли въ это время до городскаго сада, раскинутаго вдоль берега рѣки. Черезъ желѣзную рѣшетку виднѣлись густыя, зеленыя аллеи, скамейки, кое гдѣ выглядывали изъ-за деревьевъ высокія куполообразныя кровли бесѣдокъ. Упадышева насилу растворила массивную желѣзную дверь, потомъ взяла Сережу на руки и тихо пошла съ нимъ вдоль по аллеѣ. Свѣжо, ароматно было здѣсь, и чѣмъ дальше шла она, тѣмъ свѣжѣе и чище становился воздухъ, указывай на близость воды. На самомъ берегу, высоко подымавшемся отъ рѣки, стояла круглая бесѣдка съ куполообразной кровлей, лежавшей на высокихъ столбахъ. Упадышева поднялась по одной изъ лѣстницъ, ведущихъ въ бесѣдку, кругомъ ея шла широкая, рѣшетчатая скамейка. На ней, у одного изъ столбовъ, поддерживавшихъ кровлю, сидѣлъ спиной къ Упадышевой изящно одѣтый господинъ, безъ шляпы, и курилъ сигару, неподвижно, пристально смотря куда-то на блестящую, какъ зеркало, поверхность рѣки. Когда по полу бесѣдки зашумѣло

119

платье Упадышевой, онъ медленно оглянулся, вздрогнулъ, вынулъ изо рта сигару, а лежавшая у него на колѣняхъ шляпа скатилась на полъ. Это былъ Шестаковъ. И онъ, и Упадышева, видимо были смущены неожиданностью этой встрѣчи. Онъ быстро поднялся, ступилъ шагъ впередъ, какъ будто хотѣлъ протянуть руку, но потомъ вдругъ опомнился и ограничился вѣжливымъ, молчаливымъ поклономъ. А она какъ-то особенно круто повернула въ сторону и сѣла въ нѣсколькихъ шагахъ отъ него.

Шестаковъ былъ очень смущенъ. На первое время онъ даже совсѣмъ забылъ о свалившейся съ его колѣнъ шляпѣ и только потомъ уже вспомнилъ о ней и поднялъ ее съ полу. Нѣсколько секундъ онъ молчалъ.

— Давно уже мы не встрѣчались съ вами, проговорилъ онъ наконецъ.

— Да, давно, повторила Упадышева.

— Вы очень перемѣнились съ тѣхъ поръ, продолжалъ онъ, какъ-то робко и почтительно.— Очень похудѣли и поблѣднѣли.

— Въ самомъ дѣлѣ? Я это слышу въ первый разъ, равнодушно замѣтила она.

— Да, очень...

Опять онъ замолчалъ. Упадышева облокотилась на перила и задумчиво бродила взглядомъ по широкой рѣкѣ, по полямъ, зеленѣвшимъ за нею.

— Я нѣсколько разъ думалъ придти къ вамъ, заговорилъ опять Шестаковъ.— Но я все не рѣшался... Признаться, мнѣ совѣстно было.

Она все не сводила глазъ съ рѣки, но теперь ея взглядъ покоился на одномъ мѣстѣ. Она слушала его.

— Я хотѣлъ просить у васъ прощенія во всемъ, что я говорилъ и дѣлалъ въ тотъ вечеръ, когда былъ у васъ въ послѣдній разъ, продолжалъ онъ, устремивъ все свое вниманіе на сигару и сбрасывая ногтемъ пепелъ съ нея.— Я мало понималъ тогда, что говорилъ... Конечно, это не извиняетъ меня, можетъ быть даже еще больше обвиняетъ. Но я хочу сказать, что какъ я ни плохъ, а все-таки никогда не сдѣлалъ бы подобнаго, если бы не былъ пьянъ... Все-таки я еще не такъ дуренъ...

Упадышева ничего не отвѣчала ему. Она совершенно успокоилась уже и слушала его слова, какъ будто совершенно неотносящіяся къ ней, какъ будто пустой разговоръ совсѣмъ чужихъ для нея людей. Она даже удивлялась немного, что за охота ему пускаться въ свои извиненія и объясненія. Ей было совершенно все равно, какъ бы онъ ни смотрѣлъ на нее и чтобы о ней ни думалъ. Потомъ она вспомнила о попыткѣ вымазать ея ворота, мелькомъ взглянула на молодое, красивое, умное лицо Шестакова и опять повернулась къ рѣкѣ. На нѣсколько секундъ ея тонкія брови сдвинулись, губы сжались, въ глазахъ появилось злое, мстительное чувство. Еслибъ Шестаковъ былъ, какъ всегда, веселъ и болтливъ, она, можетъ быть, съ ненавистью смотрѣла бы на него. Но онъ казался такимъ почтительнымъ, робкимъ, раскаивающимся, что ея гнѣвъ скоро прошелъ, и она больше не чувствовала къ этому человѣку ничего, кромѣ холодной антипатіи и небольшой доли презрѣнія.

Ради характеристики Шестакова можно замѣтить здѣсь, что покушеніе на чистоту воротъ дома, въ которомъ жила Упадышева, было его дѣломъ, впрочемъ, и здѣсь онъ могъ бы точно также сказать, что онъ никогда не позволилъ бы себѣ подобнаго подвига, если бы но былъ въ тотъ вечеръ очень пьянъ. Онъ былъ очень пьянъ, Упадышева очень нравилась ему, онъ очень подозрѣвалъ, что она любитъ Карпова, и слѣдствіемъ всего этого было то, что онъ откомандировалъ своего кучера, повѣреннаго многихъ его тайныхъ дѣлъ, въ извѣстную ночную экспедицію. На другое же утро, Шестаковъ не то чтобы раскаивался въ этомъ,— онъ раскаивался рѣдко, когда его прегрѣшеній накоплялось уже очень много, гуртомъ, такъ сказать, раскаивался,— но находилъ, что этотъ поступокъ глупъ, грязенъ, пожалуй, даже недостоинъ его и, во всякомъ случаѣ, безполезенъ. Вчера, въ пьяномъ угарѣ, онъ разсчитывалъ, что предпринятый имъ подвигъ отниметъ у Упадышевой всякую возможность пробавляться хоть какими нибудь грошевыми уроками, быстро доведетъ ее до крайней нужды и, наконецъ, заставитъ принять его предложенія. Теперь же онъ нашелъ, что все это было очень глупо придумано. Впрочемъ, въ то время онъ не раскаивался, какъ можетъ быть не раскаивался бы въ чемъ нибудь и еще болѣе грязномъ. У него была своя очередь для наслажденія жизнью, своя очередь для раскаянія. Недѣли и мѣсяцы пролетали у него въ удовольствіяхъ, различныхъ похожденіяхъ, въ возбужденіи себя сильными ощущеніями, въ наслажденіи жизнью, казавшеюся ему въ это время веселою и занимательною, а потомъ вдругъ, точно онъ съ облаковъ сваливался, надоѣдала ему эта жизнь, казалась ему пустою, мелкою, вспоминались ему его чистыя, юношескія мечтанія, юношескія приготовленія къ великимъ подвигамъ, которые онъ надѣялся совершить, просыпалось ого, окруженное мѣдными бронями, сердце,— и тогда каялся онъ во всѣхъ своихъ грѣхахъ, съ презрѣніемъ смотрѣлъ на самого себя и иногда тяготился жизнью. Прежде эти періоды покаянія рѣдко случались съ нимъ, но чѣмъ больше онъ жилъ на свѣтѣ, тѣмъ чаще они посѣщали его. Наслажденіе жизнью видимо начинало терять для него свою цѣну.

Здѣсь, въ городскомъ саду, куря сегодня свою сигару, онъ сидѣлъ надъ широкой рѣкой и раздумывалъ, куда бы дѣвать себя, чѣмъ бы ему заняться, какъ бы перевернуть, передѣлать свою жизнь и, наконецъ, главное, стоитъ ли еще жить, стоятъ ли вѣчно таскать по одному и тому же пути этотъ скучный Сизифовъ камень? Въ это время онъ переживалъ періодъ пресыщенія, скуки и раскаянія. Между прочими, многочисленными рѣчами онъ не забывалъ и своего поступка съ Упадышевой. Вообще ея блѣдное, прекрасное лицо, ея граціозная фигура часто являлись въ его воображеніи, ея голосъ часто раздавался въ его ушахъ и тревожилъ его совѣсть, не давалъ ему покоя. Я не смѣю сказать, чтобы Шестаковъ любилъ ее: можетъ быть это слишкомъ большое слово для его маленькаго чувства къ ней; но, во всякомъ случаѣ, онъ расположенъ былъ полюбить ее, онъ начиналъ ее любить, онъ полюбилъ бы ее, если бы нѣсколько побольше зналъ ея чувства и мысли. Теперь же онъ, можетъ быть, и не любилъ ее, но она однимъ своимъ появленіемъ могла измѣнить направленіе его мыслей. Если онъ былъ пресыщенъ жизнью, Упадышевой достаточно было явиться передъ нимъ, чтобы жизнь опять получила для него нѣкоторую цѣну. Если онъ былъ веселъ и доволенъ, достаточно было мелькнуть въ его воображеніи образу нашей героини, чтобы его веселье нѣсколько смутилось, и чтобы жизнь показалась ему нѣсколько скучноватой.

И такъ его раскаяніе передъ нашей героиней было совершенно искреннее. Правда, къ нему примѣшивался нѣсколько эгоистическій разсчетъ на полученіе отъ Упадышевой прощенія, на возобновленіе знакомства съ нею... А тамъ, думалъ онъ, потомъ,— почему знать,— можетъ быть, удастся пріобрѣсти и дружбу этой женщины, и даже любовь. Но все-таки раскаяніе его было искреннее; онъ нисколько не преувеличивалъ, когда говорилъ, что много разъ собирался зайти къ Упадышевой, но все совѣстился.

— Какъ вы теперь поживаете? продолжалъ онъ между тѣмъ прежнимъ, нѣсколько робкимъ, голосомъ.

— Все также, лаконически отвѣчала Упадышева.

— Вы тогда думали найти уроки, сказалъ онъ съ видимымъ замѣшательствомъ, и опять опуская глаза на сигару.— Удалось вамъ это?

— Да, я получила урокъ въ одномъ домѣ, но теперь уже потеряла его.

— Правда, что нелегко уживаться съ нѣкоторыми господами, замѣтилъ онъ.

— Мнѣ отказали, коротко пояснила Упадышева.

Шестаковъ ожидалъ, что она не захочетъ оставлять его въ недоумѣніи и хоть намекнетъ на тѣ обстоятельства, вслѣдствіе которыхъ она лишилась урока. Онъ думалъ, что человѣкъ такъ прямо объявляющій, что его прогнали, отказали ему отъ мѣста, никогда не считаетъ себя виноватымъ и говоритъ такъ смѣло о полученномъ имъ отказѣ, потому что всегда имѣетъ въ запасѣ обстоятельный разсказъ, въ которомъ люди, отказавшіе ему отъ мѣста, выставляются въ самомъ позорномъ видѣ, а онъ, прогнанный, является угнетенной невинностью. Однакоже Упадышева молчала, и, повидимому, нисколько не думала оправдываться или объяснять эту темную исторію. Шестаковъ, съ своей стороны, не рѣшался раскрашивать се объ этомъ предметѣ.

— Имѣете въ виду что нибудь другое? спросилъ онъ послѣ напраснаго ожиданія.

— Нѣтъ, отвѣчала Упадышева.

— Пока я еще не могу сказать этого навѣрное,— прибавила она,— но кажется, что я скоро уѣду въ Петербургъ.

Шестаковъ быстро поднялъ голову, и но его лицу, по глазамъ видно было, что въ этомъ извѣстіи не было для него ничего особенно пріятнаго.

— Не очень радушно принялъ васъ нашъ городъ, сказалъ онъ съ видимой грустью и печальной улыбкой.

— Да, не очень, повторила Упадышева.— Ты отдохнулъ, Сережа? обратилась она къ ребенку.

Онъ посмотрѣлъ на нее своими задумчивыми глазами, потомъ печально осмотрѣлъ свои ноги и руки, повидимому, тоже помогавшія ему въ ходьбѣ и затѣмъ медленно покачалъ головой.

— Нѣтъ, усталъ, отвѣчалъ онъ со вздохомъ.

Упадышева съ какой-то внутренней, непонятной для нея болью смотрѣла на него. На него же смотрѣлъ и Шестаковъ.

— Онъ у васъ кашляетъ? спросилъ онъ вдругъ.

Упадышева быстро и съ испугомъ перенесла на него свои глаза. Въ голосѣ доктора ей послышалось что-то зловѣщее.

— Иногда кашляетъ... Но не всегда, прибавила она, стараясь какъ видно успокоить кого-то.

Шестаковъ медленно поднесъ къ губамъ сигару и все смотрѣлъ на ребенка.

— Это вы пѣшкомъ сюда пришли? спросилъ онъ наконецъ.

— Да, мы пошли на кладбище.

Шестаковъ покачалъ головой.

— Это вы напрасно... Я не думаю, чтобы такія прогулки были ему полезны, сказалъ онъ, принимаясь опять за сигару.— Слабенькій онъ. Больной, отрывисто повторилъ онъ еще, какъ будто для себя.

Упадышева пристально, внимательно смотрѣла на него, какъ бы ожидая еще чего-то, но ничего больше не дождалась. Шестакова сбило съ пути ея упоминаніе о кладбищѣ. Онъ вспомнилъ своего бывшаго школьнаго товарища, вспомнилъ свой первый разговоръ съ нимъ, по возвращеніи его въ родной городъ, и опять какой-то червякъ зашевелился въ его сердцѣ. Черезъ минуту онъ принудилъ было себя возвратиться къ больному ребенку и сейчасъ же опять сбился. Ему пришло въ голову, что вотъ представляется прекрасный случаи посѣщать Упадышеву, какъ будто единственно ради ея больнаго ребенка, быстро пріобрѣсти ея уваженіе, дружбу и наконецъ, можетъ быть, и любовь. Но пока онъ соображалъ нее это, отклонялся отъ одного предмета къ другому, поправлялся и опять сбивался, Упадышева успѣла порѣшить, что она непремѣнно обратится къ другому лекарю. Шестаковъ былъ для нея очень антипатиченъ за свои старые грѣхи передъ нею и за ея собственные прошлые промахи передъ нимъ.

— Ну, Сережа, сказала она, до воротъ сада и донесу тебя, а тамъ мы возьмемъ извощика и поѣдемъ.

Она встала. Шестаковъ тоже всталъ и ожидалъ, кажется, что она подастъ ему руку. Однако и въ этомъ случаѣ его ожиданія не сбылись,

— Если вамъ понадобятся знанія доктора, пожалуйста не забудьте меня, проговорилъ онъ съ улыбкой, но въ голосѣ его слышалась почти мольба.

Упадышева вмѣсто отвѣта очень вѣжливо поклонилась ему и тихо спустилась съ Сережей на рукахъ по ступенькамъ. Шестаковъ сѣлъ на свое мѣсто и съ тоской смотрѣлъ, какъ она уходила отъ него. Онъ чувствовалъ, что, кажется, начиналъ любить эту женщину, сильно и нѣжно любить. А она тихо шла по аллеѣ. Блѣдный, задумчивый ребенокъ смотрѣлъ черезъ ея плечо и съ какой-то печалью переносилъ свои глаза съ цвѣтовъ на деревья, съ деревьевъ на траву и на видневшійся еще ему край реки.

XVI

Къ вечеру воротилась Упадышева съ своей невеселой прогулки; вследъ затемъ навестилъ ее Карповъ.

— Опять неудача, сказалъ онъ входя въ комнату.— Мне Трофимовъ разсказывалъ...

— Я ведь предсказывала вамъ, отвечала Упадышева.

Она сидела у окна съ Сережей на рукахъ и разсматривала вместе съ нимъ книгу, принесенную Починковымъ, Когда Карповъ пожалъ руку Упадышевой, Сережа протянулъ къ нему и свою худую, бледную рученку.

— А я боленъ, сказалъ онъ печально,

— Что такое съ тобой? спросилъ Карповъ.

— Усталъ, со вздохомъ отвечалъ ребенокъ,— и кашляю, прибавилъ онъ, вспомнивъ разговоръ своей матери съ Шестаковымъ.

Упадышева смотрела невеселой, задумчивой, но въ ея голосе и взгляде было слишкомъ много какого-то страннаго спокойствія, удивившаго Карпова. Онъ находилъ ея положеніе далеко не такимъ, чтобы оно могло успокоивать кого бы то ни было и потому невольно началъ подозревать, что Упадышева или решилась на что нибудь, можетъ быть, даже отчаянное, или же еще готовится решиться на это.

— Жалко, заговорилъ онъ, намереваясь выпытать ея мысли,— что эта дикая исторія вероятно начала уже расходиться но городу.

— Конечно, лаконически отвечала Упадышева, раскрывая новую страницу.

— Такъ что теперь пожалуй еще труднее чемъ прежде найти какое нибудь место, продолжалъ онъ.

— Я думаю даже, что глупо было бы разсчитывать на это, заметила Упадышева.— Какая мать захочетъ допустить къ своимъ детямъ женщину, которая втирается въ богатые дома, чтобы завлечь въ свои сети отцевъ семействъ? Разумеется, никто не пуститъ... Ихъ дети невинные ангелы, ихъ мужья слабыя, увлекающіяся созданія, а сами оне, матери семействъ, чистыя голубки, которыя не станутъ даже говорить съ такой женщиной, какъ я... Разумѣется, если только я бѣдна. Если бы я была богата,— о, тогда, конечно, другое дѣло... О, я желала бы хоть на время сдѣлаться богатой, чтобы только посмотрѣть, какъ они улыбались бы мнѣ, добивались бы чести познакомиться со мной, повѣряли бы мнѣ сокровеннѣйшія изъ своихъ тайнъ. Я желала бы быть богатой... Хоть на время, хоть на одинъ годъ. Только бы заставить ихъ заискивать передо мной...

Карповъ не прерывалъ ее. У него тихонько сжалось и заныло сердце, когда она заговорила, что желала бы сдѣлаться богатой, чтобы отмстить людямъ. Ему подумалось, что одна ли это только минутная вспышка горечи, негодованія и оскорбленнаго чувства? Не связываются ли эти слова съ ея спокойствіемъ, съ ея рѣшимостью на что-то,— не рѣшилась ли она привести въ исполненіе эту грустную мысль?

— Сегодня я была на кладбищѣ, продолжала она.— Тамъ, на могилѣ мужа, я вспомнила о его судьбѣ. Былъ онъ честенъ всю свою жизнь. Работалъ всю свою жизнь, работалъ добросовѣстно, безпрерывно... И что же онъ, какая его судьба? Умеръ молодымъ, въ чахоткѣ. И стоитъ ли послѣ этого хранить свое безупречное имя и вѣчно искать, просить одной только работы, а не счастья какого нибудь, не жизни.

— Да счастье-то и жизнь такихъ людей, какъ вашъ мужъ,— заключается въ честной работѣ и въ сознаніи своей нравственной чистоты, дрожащимъ, рѣзкимъ голосомъ прервалъ ее Карповъ. Онъ желалъ бы остановить ее еще рѣзче и сильнѣе. Онъ заволновался и задрожалъ.

Впослѣдствіи, когда онъ вспоминалъ этотъ разговоръ, онъ казался ему очень страннымъ. Выходило такъ, что какъ будто бы онъ совѣтовалъ Упадышевой умереть, или во всякомъ случаѣ объяснялъ ей, что ея долгъ велитъ ей умереть. Однакожь, въ это время онъ считалъ своею непремѣнною обязанностью возражать противъ мнѣній, высказываемыхъ ею.

— Въ работѣ, въ сознаніи, горько повторила Упадышева. А если работа его вознаграждается только болѣзнями и нищетой? А если сознаніе чистоты приноситъ ему только горечь и желчныя мысли, что чѣмъ больше этой чистоты — тѣмъ больше лишеній, и чѣмъ больше человѣкъ дѣлаетъ уступокъ — тѣмъ спокойнѣе его жизнь. Гдѣ же тутъ счастье? Гдѣ оно? Что дѣлать, если на выборъ дается — или умереть, или уступать?

— Умереть, отвѣчалъ Карповъ.

— А если все-таки хочется жить?

— Людямъ, подобнымъ вашему мужу, честь дороже жизни...

— Но вѣдь хочется жить — поймите это. Вѣдь смерть страшна. Кто можетъ безъ боли подумать, что ему скоро придется разстаться съ свѣтомъ этого дня, говорила она. указывая рукой въ окно,— не увидѣть больше этого свѣта, не дышать больше этимъ воздухомъ?

— Есть люди, для которыхъ все это второстепенное дѣло, отвѣчалъ онъ.

Она молча смотрѣла на него.

— И такъ, умирать этимъ бѣднякамъ, про которыхъ я говорю? спросила она потомъ.

— Если нельзя жить честно,— то умирать...

— И предоставлять наслажденіе жизнью грязнымъ и гибкимъ?

— Пускай ихъ наслаждаются. У честно умирающихъ есть свои радости, которыя они не промѣняютъ на наслажденія грязныхъ людей, сказалъ Карповъ съ особенной теплотою.

Послѣ этого оба замолчали.

— Все слова, слова, мысли и мысли, проговорила наконецъ Упадышева какъ будто про себя.— Хорошія одобряющія слова и возвышенныя мысли, прибавила она вслѣдъ затѣмъ, но что-то немногихъ сдерживаютъ они на честной дорогѣ. Все больше сворачиваютъ въ сторону люди... Не хотятъ умирать... А что, вамъ не приходило въ голову такихъ мыслей? вдругъ спросила она, повернувшись къ Карпову и пристально смотря на него.

— То есть какихъ именно? спросилъ онъ.

— А вотъ — желаніе сдѣлаться богатымъ, посмотрѣть, какъ люди вдругъ перемѣнились бы къ вамъ... И посмѣяться надъ ними. Никогда не приходило этого?

— Нѣтъ, что-то давно уже не было... Прежде, кажется, бывало, да и то мелькомъ, на минуту... Я думаю, что если и сдѣлаешься какъ нибудь богатымъ, такъ вѣдь не будетъ особенно лучше противъ теперяшняго. Теперь недостатки разные,— а тамъ будутъ своего рода неудобства. Во-первыхъ — совѣсть шевелиться будетъ, во-вторыхъ, пресыщеніе постигнетъ, скука одолѣетъ. Такъ что я и не нахожу въ богатствѣ ничего обольстительнаго. Да притомъ вѣдь мнѣ еще можно кое-какъ жить. Это главное.

— Да, сказала Упадышева,— я думаю, что и мнѣ такія фантазіи по приходили бы въ голову, если бы у меня хоть что нибудь было.

Карповъ ничего не сказалъ на это.

127

— Ну, а что же однако думаете вы теперь предпринять? спросилъ онъ послѣ довольно продолжительнаго молчанія.

Она немного задумалась, потомъ посмотрѣла на ребенка и наконецъ повернула къ Карпову свое задумчивое, но спокойное лицо.

— Прежде я было рѣшалась,— какъ скоро потеряю мѣсто,— сейчасъ же уѣхать отсюда въ Петербургъ...

— Въ Петербургъ, повторилъ онъ такимъ тономъ, какъ будто хотѣлъ сказать, что вовсе не думаетъ, чтобы тамъ было ей лучше чѣмъ здѣсь.

— Да. Но теперь я думаю, что, можетъ быть, не поѣду. Починковъ предлагаетъ мнѣ поселиться у него въ деревнѣ. Я думаю, что приму это предложеніе.

Она сказала это такъ спокойно и положительно, что Карповъ счелъ все это дѣло окончательно рѣшеннымъ, и потому даже не сталъ больше говорить объ этомъ предметѣ. Онъ облокотился обѣими руками на колѣни, опустилъ голову и погрузился въ не особенно веселыя размышленія. Я не могу сказать опредѣленно, что ону любилъ Упадышеву; можетъ быть, онъ не любилъ ее, а, можетъ быть, и любилъ, но только любовь эта была совершенно особеннаго рода. Иногда онъ думалъ, что ему очень тяжело бы было не видѣть этой женщины, что жизнь сдѣлалась бы для него очень скучною, если бы Упадышева вздумала оставить этотъ городъ, но сейчасъ же, вслѣдъ за этимъ, онъ начиналъ посмѣиваться надъ самимъ собой, поддразнивать себя тѣми комплиментами своей особѣ, которые случалось ему слышать отъ уличныхъ ребятишекъ — начиналъ сопоставлять свою собственную непривлекательность, невзрачность, неуклюжесть съ красотой Упадышевой и обыкновенно кончалъ тѣмъ, что на нѣкоторое время или совершенно забывалъ о ней, или же успѣвалъ увѣрить себя, что нисколько ею не дорожитъ и не имѣетъ къ ней никакого особеннаго чувства. Никогда, впрочемъ, онъ не переставалъ думать, что она очень хорошая женщина и что онъ рѣшился бы для нея на многое.

Теперь, облокотившись обѣими руками на колѣни и опустивши голову, онъ просматривалъ исторію своихъ отношеній къ Упадышевой и мыслей о ней, какъ будто надѣясь отыскать въ этой исторіи что нибудь полезное или утѣшительное въ настоящемъ случаѣ. Онъ былъ увѣренъ, что во всякомъ случаѣ она его не любитъ. На этомъ онъ остановился особенно долго и не одинъ разъ повторилъ себѣ эту истину Затѣмъ онъ вспомнилъ, что не разъ, при видѣ ея труднаго положенія, неизвѣстности ея будущаго, обидъ, которымъ она подвергалась и будетъ подвергаться, ему не разъ приходило въ голову желаніе предложить ей сдѣлаться его женой. При этомъ онъ хотѣлъ прямо высказать ей, что она не любитъ его, и, можетъ быть, никогда не почувствуетъ къ нему того страстнаго чувства, которое называется любовью,— но онъ надѣется, что между ними можетъ быть мѣсто взаимному уваженію и тѣсной дружбѣ, нерѣдко замѣняющей любовь. Онъ хотѣлъ защитить ее своимъ именемъ отъ всякихъ обидъ и подозрѣній, думалъ, что подъ другимъ именемъ ей легче будетъ найти работу и надѣялся, что вмѣстѣ имъ будетъ легче жить. Эта мысль очень часто извѣщала его и также часто онъ отказывался отъ нея но многимъ причинамъ. Во-первыхъ, ему было бы очень совѣстно и тяжело, если бы Упадышева сдѣлалась его женой не любя его, покоряясь только гнету нужды и обстоятельствамъ: онъ вѣчно думалъ бы, что связалъ ее, можетъ быть, отрѣзалъ ей дорогу къ болѣе полному счастью съ какимъ нибудь другимъ человѣкомъ. Во-вторыхъ,— и это главное,— его надежда на то, что вмѣстѣ имъ было бы легче жить — очень часто представлялась ему самому шаткой и невѣрной надеждой. Иногда даже, и большею частью тогда, когда онъ уже готовъ былъ высказать Упадышевой свое предложеніе, ему вдругъ, съ поразительною убѣдительностью представлялось, что воображаемая имъ жизнь вмѣстѣ съ нею нетолько не сдѣлается легче и спокойнѣе, но будетъ даже несравненно хуже, тревожнѣе, чѣмъ ихъ теперешнее положеніе. И онъ пугливо отступалъ отъ своего намѣренія, и уходилъ отъ Упадышевой, считая въ эту минуту безумнымъ и гадкимъ говорить ей о своей любви, которую она очевидно не раздѣляетъ, и которая притомъ не можетъ дать ей ничего, кромѣ новыхъ лишеній, заботъ и страданій. Бывали минуты, когда онъ робко, на мгновеніе рѣшался допустить, что, можетъ быть, Упадышева и любитъ его; но въ эти минуты онъ еще больше пугался того будущаго, которое ожидало ихъ, если бы они связали свою жизнь вмѣстѣ, и поэтому еще меньше способенъ былъ высказать нашей героинѣ свои чувства. Такова была исторія его отношеній къ этой женщинѣ. Онъ страдалъ отъ неудачъ, которыя она встрѣчала, волновался отъ оскорбленій, ей наносимыхъ, приходилъ въ отчаяніе при раздумьи о будущемъ, ей предстоявшемъ, и не находилъ въ себѣ силы помочь ей хоть чѣмъ нибудь.

Теперь, когда онъ услышалъ о ея рѣшеніи поселиться у Починкова, онъ припомнилъ себѣ всю эту исторію, и мысленно согласился, что врядъ ли можно обвинять ее за это рѣшеніе.

Онъ подумалъ даже, что это пожалуй еще большое счастье, что у нея нашелся достаточный родственникъ, который милостиво предложилъ ей защиту и помощь, хлѣбъ и жилище. Что же въ самомъ дѣлѣ ей дѣлать?

Эти его размышленія были внезапно прерваны легкимъ восклицаніемъ Упадышевой, тоже на минуту задумавшейся о чемъ-то, и затѣмъ появленіемъ въ дверяхъ вспотѣвшаго и усердно обмахивавшагося шляпой Трофимова.

— Такъ и есть, заговорилъ онъ, увидѣвъ Карпова и не обращая ни малѣйшаго вниманія на Упадышеву.— Здравствуйте, мимоходомъ вставилъ онъ, протягивая ему руку и затѣмъ быстро продолжалъ: я зашелъ къ Степану; — былъ, спрашиваю, здѣсь нашъ пріятель?— Говоритъ, былъ, и прохладился немного, а потомъ ушелъ — Куда? въ какую сторону?— Направо... Я направо и пошелъ, да вотъ и нашелъ. Пойдемте-ка въ трактирчикъ чайку выпить...

Карповъ никогда не смотрѣлъ съ особеннымъ дружелюбіемъ на этого господина; но въ эту минуту, когда эта толстая, сонная, лѣнивая фигура явилась передъ нимъ, какъ олицетвореніе пошлости, и ворвалась въ теченіе его мыслей, хотя и не поэтическихъ, но серьезныхъ, грустныхъ и даже нелишенныхъ нѣкоторой торжественности,— теперь онъ хотѣлъ бы взять неожиданнаго гостя и выбросить его въ ту самую дверь, въ которую онъ вошелъ.

Имѣя въ своемъ сердцѣ это искреннее желаніе, Карповъ съ нескрываемой злобой посмотрѣлъ на Трофимова.

— Зачѣмъ я туда пойду? пробормоталъ онъ сквозь стиснутые зубы.

— Да чайку, я говорю, напиться, повторилъ Трофимовъ, нѣсколько возвысивъ голосъ.— Экой вы какой человѣкъ, право. Жарко вѣдь Поговоримъ о чемъ нибудь; поспоримъ, какъ въ прошлый разъ, прибавилъ онъ усмѣхнувшись,

Карповъ чуть не до крови кусалъ себѣ губы и хмурилъ брови.

— Да ну же, пойдемте, я говорю, но отставалъ Трофимовъ.— Я вамъ хорошенькое кое-что скажу. Ну, пойдемте, рѣшительно сказалъ онъ наконецъ, и схватилъ руку Карпова своей мясистой, потной рукой.

Непріятно, когда какой нибудь пошлый и грязный субъектъ прерываетъ нашъ разговоръ съ любимой женщиной; непріятно, когда какой нибудь презираемый нами содержатель десяти кабаковъ намекаетъ въ присутствіи любимой нами женщины, что мы иногда будто бы споримъ съ нимъ; еще

130

непріятнѣе, когда, онъ ведетъ себя съ нами такимъ образомъ, какъ будто бы мы были его задушевнѣйшимъ другомъ; но я полагаю, что всѣ эти непріятности ничто въ сравненіи съ тѣмъ положеніемъ, когда этотъ презираемый нами господинъ безъ церемоніи беретъ насъ за руку и, не смотря на наше нежеланіе слѣдовать за нимъ, не смотря на наше отвращеніе отъ него, готовится вести насъ куда ему угодно, какъ иногда мать тащитъ непослушнаго ребенка или какъ иногда пастухъ тащитъ за рога упрямаго барана, нежелающаго перейти черезъ мостъ. Таково именно было положеніе Карпова. Если бы какимъ нибудь чудомъ Упадышева въ эту минуту была перенесена изъ этой комнаты, хотя бы только на нѣсколько сажень, онъ непремѣнно ударилъ бы Трофимова въ его насмѣшливо улыбающееся, вспотѣвшее лицо; но такъ какъ чуда не было, то Карпову оставалось только покориться, потому что въ случаѣ малѣйшаго сопротивленія онъ былъ бы немедленно и непремѣнно уведенъ еще съ большимъ позоромъ. Онъ успѣлъ изучить Трофимова и зналъ, что этотъ господинъ только того и ждетъ, чтобы встрѣтить откуда нибудь какое нибудь сопротивленіе и въ побѣдѣ надъ нимъ развлечь свою скуку,

— А впрочемъ, пожалуй, пойдемте, сказалъ Карповъ, мгновенію сообразивъ все это и, сохраняя, повозможности, наружное безстрастіе, медленно поднялся съ своего мѣста. Впрочемъ онъ былъ очень блѣденъ.

— А какую исторію сочинили вы съ Еленой Павловной? сказалъ онъ, такъ для того только, чтобы сказать что нибудь.

До этой минуты Упадышева находила самымъ лучшимъ и съ своей стороны не обращать ни малѣйшаго вниманія на нежданнаго гостя, и смотрѣла въ окно, но при этихъ словахъ она быстро обратилась къ говорившему.

— Я думаю, что онъ въ этой исторіи ничуть не виноватъ, сказала она, улыбнувшись съ такимъ видомъ, какъ будто бы говорила о дурачкѣ и все-таки не удостоивая Трофимова ни однимъ взглядомъ.

— Я же говорилъ, что я въ этомъ дѣлѣ какъ ангелъ какой чистъ, обратился онъ къ Карпову.— Это все она, моя холера съумасшедшая надѣлала.— Ну, идемъ. Прощайте, сударыня, сказалъ онъ Упадышевой и, повернувшись къ ней спиною, забылъ навсегда, что она существуетъ или существовала на бѣломъ свѣтѣ.

Карповъ былъ увѣренъ, что Упадышева очень хорошо видѣла всю сцену его съ Трофимовымъ, очень хорошо понимала всѣ чувства, волновавшія его въ это время, весь комизмъ ею положенія и утѣшилъ себя только тѣмъ, что не особенно заботится о впечатлѣніи, которое производитъ на нее, потому что въ эту минуту онъ успѣлъ убѣдить себя, что не любитъ ее. До нѣкоторой степени это дѣйствительно утѣшало его, но все-таки не въ такой мѣрѣ, чтобы онъ не имѣлъ въ себѣ никакихъ враждебныхъ чувствъ къ своему спутнику, молчаливо рывшемуся въ своихъ карманахъ, Волненіе и бѣшенство Карпова нисколько не уменьшилось. Нѣсколько разъ думалъ онъ начать съ Трофимовымъ крупное объясненіе по поводу его поведенія, нѣсколько разъ онъ взглянулъ искоса на его полусонное лицо, какъ бы отыскивая на немъ мѣсто, въ которое лучше и больнѣе бы пришелся ударъ. Одинъ разъ его злобный, косой взглядъ встрѣтился со взглядомъ Трофимова, непереававшимъ искать что-то въ своихъ карманахъ и молча переносить свои глаза съ одного предмета на другой.

— Папироски забылъ, пробормоталъ онъ, съ недовольнымъ видомъ, смотря на Карпова, непереававшаго смотрѣть на него съ прежней злобой.

— А я тебѣ вотъ что скажу, отвѣчалъ онъ дрожащимъ голосомъ, отбрасывая на этотъ разъ свое обыкновенное вѣжливое вы,— что если ты еще разъ когда нибудь вздумаешь заставлять меня идти съ тобой, когда я сказалъ тебѣ, что не пойду, такъ я тебѣ оплеуху дамъ.

При первыхъ же словахъ Трофимовъ остановился и внимательно слушалъ, не пропуская ни одного слова и въ тоже время съ удивленіемъ, полураскрывъ ротъ и выпятивъ нижнюю губу, разсматривалъ Карпова съ головы до ногъ, преимущественно же останавливаясь на движеніи его губъ.

— Да я вѣдь пошутилъ! закричалъ онъ наконецъ, положительно не понимая, изъ-за чего человѣкъ сердится даже до дрожи въ голосѣ и во всемъ тѣлѣ.

— Я же тебѣ и говорю, что за такія шутки оплеуху тебѣ дамъ, отвѣчалъ Карповъ, смотря на него сверкающими глазами.

Трофимовъ еще посмотрѣлъ въ его лицо и потомъ вздохнулъ.

— Ну, бей, покорно сказалъ онъ, вытягивая шею. Бей, повторилъ онъ, равнодушно посматривая на прошедшую мимо ихъ барыню.

Карповъ пожалъ плечами и переступилъ на мѣстѣ, собираясь повернуться къ нему спиной и идти домой.

— Ей Богу же, я тебя пальцемъ не трону; бей, убѣдительно

повторилъ Трофимовъ.— Бей — и пойдемъ чай пить, прибавилъ онъ.

Карповъ засмѣялся, махнулъ рукой и оба они отправились дальше.

Онъ имѣлъ небольшую надежду, что его маленькій разговоръ съ Упадышевой объ обязанностяхъ честнаго человѣка не совсѣмъ безполезенъ для молодой женщины. Но я долженъ сказать, что эта надежда его была совершенно неосновательна. И послѣ его ухода, и даже еще въ то время, когда онъ отстаивалъ свободу своихъ дѣйствій отъ неожиданнаго нападенія Трофимова, Упадышеву навѣщали мысли далеко не похожія на тѣ, которыя хотѣлъ возбудить въ ней Карповъ. Она думала, глядя на него, что вотъ человѣкъ безспорно честный, нелишенный ума и способностей, добрый,— и все-таки при всѣхъ своихъ достоинствахъ понемногу пропадающій во мракѣ, бѣдности, грязи и бездѣйствіи. Рѣшись онъ на нѣкоторыя уступки передъ своею совѣстью,— онъ хоть для себя бы пожилъ, въ свое удовольствіе пожилъ бы: и тепло бы ему было, и старуха мать его не ворчала бы и не сокрушалась, и знакомые смотрѣли бы на него съ дружелюбнымъ и любезнымъ видомъ. А теперь, когда онъ неподкупно честенъ и даже мысленно не грѣшитъ передъ своею совѣстью.— теперь онъ бѣденъ, плохо одѣтъ, съ трудомъ можетъ прокормить мать и награждается общимъ пренебреженіемъ.

Эти размышленія, можетъ быть, и заставили Упадышеву взглянуть на Карпова съ нѣсколько большимъ уваженіемъ, но вмѣстѣ съ тѣмъ, они еще больше укрѣпили такъ недавно появившееся въ ней враждебное отношеніе къ своимъ ближнимъ и мстительное чувство къ нимъ. Теперь, она пожалуй еще больше была расположена думать, что хорошо бы было сдѣлаться богатой и посмотрѣть, какъ эти самые ближніе начали бы заискивать въ ней.

XVII

Невидимая болѣзнь, какъ червь подтачивавшая и безъ того слабенькое здоровье Сережи, начала очень безпокоить Упадышеву. Онъ видимо хилѣлъ, видимо день изо дня слабѣлъ. Руки у него сдѣлались блѣдныя, тонкія, точно кто нибудь постоянно высасывалъ изъ нихъ кровь; постройка экипажей изъ стульевъ или укрѣпленій изъ сырого песку дѣлалась для него все тяжелѣе и тяжелѣе. Большую часть дня онъ не вставая сидѣлъ на одномъ мѣстѣ, почти всегда у окна, и молча смотрѣлъ на проходящихъ людей или на дворовыхъ молодыхъ собакъ, никогда не упускавшихъ случая поиграть другъ съ другомъ или, съ кѣмъ бы то ни было изъ проходящихъ. Преимущественно поражало его,— какъ онъ высказывалъ матери,— то, что собаки все играютъ, все играютъ, цѣлый день борются, бѣгаютъ и почти нисколько не устаютъ. Удивляло его также — какъ это голуби, живущіе на сосѣднемъ дворѣ, могутъ по цѣлымъ часамъ летать, играть и кружиться въ воздухѣ, не уставая и не падая на землю.

Упадышева обратилась за совѣтомъ и помощью къ лекарю при городской больницѣ. Это былъ недовольный, брюзгливый, тощій господинъ. Нѣкогда онъ былъ однимъ изъ счастливѣйшихъ людей этого города; въ то время къ нему постоянно обращались почти всѣ, кто хоть сколько нибудь вѣрилъ въ могущество медицины, ему открывались всѣ семейные секреты, его никогда не забывали приглашать на вечера и собранія. Но пріѣхалъ Шестаковъ, женился — и его предшественникъ на собственной своей жизни убѣдился, что счастье рѣдко бываетъ продолжительно. Экипажи прежнихъ его паціентовъ начали останавливаться на противоположной сторонѣ улицы, у парадной двери Шестакова, имѣвшаго жестокость поселиться какъ разъ напротивъ жилища своего собрата; продолженіе семейныхъ исторій, въ которыя посвящали когда-то стараго врача, передавалось теперь новому доктору, приглашенія на вечера присылались все рѣже и рѣже и наконецъ понемногу старый лекарь былъ забытъ совершенно. Говорятъ, что прежде онъ былъ кроткій и мягкій человѣкъ:, но теперь онъ сдѣлался брюзгливъ и желченъ.

— Отчего вы не обратитесь къ Шестакову? ворчливо спросилъ онъ Упадышеву, видимо желая прибавить: подите, обратитесь къ нему; къ нему всѣ идутъ. Онъ воскрешаетъ мертвыхъ; а я что такое?

Упадышева отвѣчала, что она гораздо болѣе надѣется на его опытность, что Шестаковъ безуспѣшно лечилъ ея покойнаго мужа и потому не можетъ внушать ей особенной довѣренности къ его знаніямъ.

Этотъ отвѣтъ не могъ не расположить въ ея пользу этого брюзгливаго господина. Онъ немедленно надѣлъ перчатки и велѣлъ сейчасъ же подавать лошадь. Онъ горѣлъ желаніемъ "поставить мальчишку на ноги", какъ онъ выразился. Очень сильно было его похвальное желаніе, но когда онъ посадилъ Сережу къ себѣ на колѣни, осмотрѣлъ его, подержалъ пульсъ, выслушалъ объясненіе матери, что ребенокъ изо дня въ день худѣетъ, быстро слабѣетъ, изрѣдка кашляетъ,— тогда онъ поникъ головой и долженъ былъ внутренно сознаться, что нисколько не постигаетъ болѣзни. Еще разъ подержалъ онъ пульсъ ребенка, посмотрѣлъ его языкъ и все-таки остался единственно при ясномъ сознаніи, что ребенокъ болѣнъ, но чѣмъ болѣнъ и какими средствами можно отстоять его отъ этой болѣзни,— это было задернуто отъ лекаря непроницаемой завѣсой.

Сдѣлалось ему при этомъ какъ-то тяжело и неловко, мелькнула въ немъ горькая мысль, что онъ началъ стариться и вдохновеніе покидаетъ его, но все-таки кончилъ онъ тѣмъ, что прописалъ какія-то капли отъ кашля и затѣмъ вышелъ изъ комнаты далеко не съ такимъ свѣтлымъ лицомъ, съ какимъ входилъ сюда. Сдѣлавъ нѣсколько шаговъ по двору, онъ вдругъ опять воротился въ комнату и сказалъ Упадышевой, что прописанное имъ лекарстно само по себѣ не важно и преимущественное вниманіе нужно обращать на жизнь ребенка: беречь его отъ простуды, доставлять ему умѣренное движеніе на воздухѣ, ничѣмъ не утомлять его и т. д.

— Но скажите мнѣ, скажите правду, что съ нимъ, не опасная ли его болѣзнь? еще разъ спросила Упадышева умоляющимъ голосомъ.

— Я думаю, что бояться нечего, отвѣчалъ онъ, повертывая изъ стороны въ сторону крышку своей табатерки и пристально смотря на нее.— А вотъ мы побольше познакомимся съ нимъ, увидимъ,— тогда и скажемъ навѣрное, скоро мы совсѣмъ поставимъ его на ноги, закончилъ онъ, какъ-то особенно кивнувъ головой.

Не смотря на свою ворчливость, онъ былъ на самомъ дѣлѣ человѣкъ доброй души и хорошій семьянинъ. Года три тому назадъ у него умеръ ребенокъ-сынъ и съ тѣхъ поръ онъ не могъ безъ жалости и боли смотрѣть на страданія дѣтей; съ тѣхъ поръ онъ часто, сидя надъ кроваткой умирающаго ребенка, испытывалъ горькое сознаніе своего безсилія. Передъ страданіями большихъ людей имъ большею частью былъ довольно равнодушенъ, но маленькіе люди всегда умѣли тронуть его старѣвшее и черствѣвшее сердцо.

Его посѣщеніе не особенно утѣшило Упадышеву. Его нерѣшительные отвѣты, его задумчивость, его непонятная для

135

нея нѣсколько грустная нѣжность съ Сережей,— все это навѣяло на нее тоску и то тяжелое чувство, которое одни называютъ предчувствіемъ, другіе — опасеніемъ и боязнью за будущее. Тяжело, душно, тѣсно сдѣлалось ей. Средствъ къ существованію нѣтъ, жизнь представляется ей какой-то грязной, тяжелой исторіей, единственное существо, которое было для нея дорого и близко готовится повидимому оставить этотъ міръ грязи, плача и хохота. Ей вдругъ сдѣлалось какъ-то страшно, что, можетъ быть, ея сынъ въ самомъ дѣлѣ умретъ, и она останется одна, совсѣмъ одна. Она съ ужасомъ и съ мольбой взглянула на ребенка. Онъ сидѣлъ на диванѣ и, подражая манерамъ лекаря, щупалъ свой собственный пульсъ.

— Онъ вотъ такъ дѣлаетъ, сказалъ онъ, замѣтивъ, что мать смотритъ на него, и немного пригнулъ голову, какъ будто слушая, что дѣлается въ этой рукѣ.

Потомъ онъ медленно покачалъ головой, опять таки подражая доктору, досталъ изъ кармана воображаемую табатерку, повертѣлъ ея крышку, понюхалъ табаку и затѣмъ задумался, лукаво посматривая на мать. Задумался онъ уже не изъ подражанія лекарю, а самъ по себѣ задумался. Это была одна изъ его особенностей, что онъ чрезвычайно быстро переходилъ изъ самаго оживленнаго разговора или дѣйствія къ самой глубокой задумчивости. Запускалъ ли онъ на дворѣ маленькаго бумажнаго змѣя,— вдругъ, послѣ усердныхъ хлопотъ, онъ неожиданно садился на траву и мечталъ, что хорошо бы было сдѣлать много большихъ змѣевъ, привязать къ ннмъ длинные и широкіе хвосты не изъ мочала, а изъ красныхъ или черныхъ лентъ и запустить эти змѣи высоко, такъ высоко, чтобы весь міръ могъ ихъ видѣть и любоваться на ихъ извивающіеся красивые хвосты. Затѣмъ его посѣщалъ вопросъ, что если запустить змѣй подъ самые облака и что если оборвется нитка, на которой онъ летаетъ, то куда онъ упадетъ и упадетъ ли онъ куда нибудь, а не будетъ ли все летѣть, летѣть надъ землей на удивленіе всему свѣту?

Въ послѣднее время его начала почему-то занимать мысль о смерти. Какъ она запала въ него,— это неизвѣстно. Неизвѣстно также и то, на чемъ онъ основывался въ своихъ размышленіяхъ объ этой таинственной гостьѣ, но во всякомъ случаѣ онъ пришелъ къ твердому убѣжденію, что смерть — это фантастическое безобразное существо въ лохмотьяхъ, которое уводитъ слабыхъ дѣтей и слабыхъ большихъ людей въ какіе-то лѣса или пещеры и ни за какія сокровища не выпускаетъ ихъ оттуда повидаться съ родными. Сережа твердо вѣрилъ, что если смерть возьметъ его, то онъ непремѣнно обманетъ ее, прибѣжитъ къ матери повидаться, утѣшитъ со и затѣмъ опять убѣжитъ обратно, такъ чтобы смерть и не замѣтила его кратковременнаго отсутствія. Прежде его смущало то, что онъ не въ состояніи будетъ убѣжать, потому что очень скоро устаетъ; но сегодня ему неожиданно пришло въ голову, что въ жилищѣ смерти онъ можетъ отыскать своего отца, сообщить ему свой планъ, и тогда отецъ будетъ на рукахъ приносить его къ матери повидаться.

Теперь онъ рѣшился сообщить матери свой вполнѣ отдѣланный планъ и съ величайшимъ удивленіемъ увидѣлъ, что она, вмѣсто всякихъ похвалъ его изобрѣтательности или какихъ нибудь возраженій противъ его проэкта, поднесла руку къ глазамъ, прижала его къ своей тяжело подымавшейся груди и заплакала. Такъ Сережа и не узналъ, одобряетъ ли она его планъ и нѣтъ ли въ немъ какихъ нибудь упущеній.

Вскорѣ послѣ этой маленькой сцены пришелъ Починковъ. Едва только вступилъ онъ въ комнату, какъ Упадышева уже замѣтила, что въ немъ, въ его лицѣ, движеніяхъ и взглядѣ есть нѣчто странное, такое, чего она прежде никогда въ немъ не замѣчала. Румянецъ на его лицѣ былъ сильнѣе обыкновеннаго, глаза были немного красны, рука его показалась ей чрезвычайно горячей, точно будто онъ весь былъ въ жару. И взглядъ у него былъ нехорошій,— угрюмый, мрачный, прятавшійся отъ встрѣчи съ ея глазами.

Онъ молча позналъ ея руку и сѣлъ на диванъ. Сѣлъ и смотря на полъ потеръ руки.

— Жарко сегодня, сказалъ онъ не смотря на нее.

Упадышева согласилась, что дѣйствительно жарко.

Потомъ онъ вынулъ изъ кармана коробочку, не торопясь раскрылъ ее, и началъ доставать изъ нея и подавать Сережѣ разрозненныя и потертыя старинныя шахматныя фигуры, между которыми была и коробка съ костяными надувшимися парусами, и слоны, и вооруженные всадники, и короли съ коронами на головахъ. Онъ долго — долго производилъ эту церемонію.

Но когда наконецъ Сережа изъявилъ желаніе взобраться къ нему на колѣни,— онъ какъ будто бы нѣсколько сконфузился, заколебался, и когда наконецъ рѣшился взять его, то нѣсколько отшатнулся отъ ребенка назадъ къ снинкѣ дивана.

— Что это васъ такъ давно не видно? енроенла Упадышева.— Вы обѣщали зайти еще дня три назадъ.

— Я такъ и хотѣлъ, отвѣчалъ Починковъ,— да тутъ ко мнѣ пріѣхалъ одинъ мой старый знакомый. У меня остановился проѣздомъ... Все задерживалъ меня... Да и я его давно не видалъ, обрадовался. А вы какъ поживаете? вдругъ спросилъ онъ, искоса взглянувъ на нее.

— То, что я вамъ предсказывала, — сбылось, сказала она,— я теперь опять безъ мѣста.

Починковъ посмотрѣлъ на нее и ничего не сказалъ, но по его, все также апатичному лицу видно было, что это извѣстіе не сдѣлало на него ни малѣйшаго впечатлѣнія, точно будто онъ заранѣе приготовился ко всему и теперь ему было рѣшительно все равно, что бы ни случилось.

— Итакъ — уѣзжаете? спросилъ онъ, прислонившись къ синикѣ дивана и смотря на Упадышеву такимъ взглядомъ, который какъ будто бы говорилъ: ну, и прощай; Богъ съ тобой! Мнѣ вѣдь все равно,— одинаково тяжело: — здѣсь ли ты останешься или будешь жить далеко отъ меня.

Но когда онъ смотрѣлъ на нее такимъ образомъ, апатія на лицѣ его все больше и больше смѣнялась глубокой тоской, и съ этой тоской, какъ будто прощаясь съ Упадышевой, какъ будто не имѣя силъ оторваться отъ нея, онъ смотрѣлъ на ея лицо, на ея густые волосы, на ея блѣдную руку, подпиравшую бѣлый, гладкій лобъ.

— Уѣзжаете? повторилъ онъ.— Или еще не рѣшились, думаете еще здѣсь подождать удачи? прибавилъ онъ, но получая отвѣта и на вторичный свой вопросъ.

— Да, я совсѣмъ не знаю что дѣлать; не могу придумать, отвѣчала она.— Если бы я была одна, если бы одна была, я ни на минуту бы не задумалась...

— Тогда конечно совсѣмъ другое дѣло.... И что вамъ тамъ въ Петербургѣ? Вы думаете, тамъ лучше будетъ чѣмъ здѣсь? Вѣдь можетъ быть, что и хуже будетъ. И очень можетъ быть. Вы думаете работу, мѣсто тамъ достанете? Положимъ, такое ваше великое счастье будетъ, что достанете. Чтоже изъ этого? Какую такую вы работу найдете? Грошовую... Какая такая работа есть? Все грошовая.. Будетъ вамъ трудно, тяжело, ребенокъ безъ призору будетъ, не услышитъ веселаго, привѣтливаго слова, потому что подлѣ него будетъ все нужда да забота, а, можетъ быть, вамъ и дома-то не придется бывать. А тамъ болѣзнь придетъ... Что же тогда-то будетъ, какъ вы начнете болѣть и чахнуть?

— Я еще здорова и сильна, замѣтила Упадышева.

— И надѣетесь вы, что еще долго будете здоровы и

сильны? Думаете, что заботы и черные дни не сокрушатъ и здоровье ваше, и силу, и красоту? Не сокрушатъ, вы думаете? Недолго будете вы наслаждаться здоровьемъ, очень недолго... Ну и онъ, продолжалъ Починковъ, указывая глазами на Сережу,— ведь онъ больной, совсемъ больной, хилый...

— Вы тоже находите? быстро и съ испугомъ спросила она.

— Кто же не увидить этого? Онъ ведь видимо таетъ... Ну ему ли нести вместе съ вами те лишенія, на которыя вы идете? Ему ли? Посмотрите вы на него...

Упадышева невольно взглянула на ребенка. Онъ сиделъ на полу надъ шахматными фигурками и занятъ былъ какими-то глубокими размышленіями, неподвижно созерцая своихъ новыхъ собеседниковъ, которые, не смотря на свои костяныя груди и головы, говорили ему очень многое, спрашивали его и въ свою очередь отвечали на его вопросы. Лобъ его сморщился, лицо было бледное, усталое, скрещенныя калачикомъ ноги казались такими худыми, тонкими. Действительно, трудно было думать, чтобы маленькое, слабое существо могло вынести какія либо лишенія и невзгоды.

— Сегодня былъ у насъ докторъ... Я просила посмотреть его, тихо сказала наконецъ Упадышева.

— Что же онъ?

— Говоритъ, что бояться нечего... Лекарство прописалъ, но говорилъ онъ какъ-то странно, нерешительно, беречь его советовалъ...

— Любопытно было бы знать, что бы онъ сказалъ, если бы вы объяснили ему, какую жизнь вы намерены избрать себе. Сказалъ ли бы онъ, что и къ такомъ случае нечего бояться.

Починковъ опустилъ голову на руки и прикрылъ глаза пальцами.

— Голова болитъ, пробормоталъ онъ.— И что вамъ, продолжалъ онъ, опять открывая свое горящее лицо. Изъ-за чего вы нехотите согласиться на то, о чемъ я просилъ васъ въ прошлый разъ? Изъ-за того только, что не хотите быть обязанной кому нибудь чемъ бы то ни было. Своими руками хотите все делать. Это все гордость ваша, можетъ быть, и хорошая гордость, да ребенку-то отъ этого не будетъ легко.

— Я думаю, что стесню васъ, сказала Упадышева.

— Объ этомъ нечего и говорить, отвечалъ онъ.— Чемъ вы меня стесните? Во-первыхъ, что я почти и не показываюсь въ деревню, а во-вторыхъ — для меня пожалуй и легче будетъ, что вы по крайней мере не нуждаетесь и не мыкаете горе.

— Наконецъ въ деревнѣ мнѣ нельзя жить.... Для Сережи нуженъ докторъ...

Починковъ понялъ наконецъ, что она рѣшилась принять его предложеніе и мелькомъ взглянулъ на нее своими красноватыми глазами. Но на его лицѣ не было замѣтно и проблеска радости. Видно было, онъ зналъ и ни на одну минуту не забывалъ, что будетъ ли Упадышева жить подъ одной съ нимъ кровлей, уѣдетъ ли она за тысячи верстъ отъ него,— она все-таки будетъ слишкомъ далека отъ него.

— Такъ что же? сказалъ онъ.— У меня здѣсь свой домъ. Переѣзжайте въ него. Мнѣ все равно: я уже говорилъ вамъ, что уѣду отсюда.

— Нѣтъ, я не хочу этого, чтобы вы уѣзжали. Неужели вы думаете, что я выгоню васъ изъ вашего дома.

— Ну, такъ я уѣду въ деревню.

— Я не хочу этого.

— Какъ хотите. Въ моемъ здѣшнемъ домѣ есть флигелекъ, всего въ двѣ комнаты съ кухней. Живите тамъ, а я у себя останусь.

Онъ вздохнулъ, вѣроятно, подумавъ, что нелегко ему будетъ это близкое сосѣдство любимой женщины.

Упадышева сидѣла въ глубокомъ раздумьѣ.

— Рѣшайтесь, сказалъ Починковъ.

— Ахъ, еслибы я знала, что будетъ, если я поѣду, проговорила она вмѣсто отвѣта.

— Кромѣ нужды, потерь и обидъ ничего не будетъ, отвѣчалъ Починковъ.

— Да, обидъ, обидъ вездѣ много, замѣтила она, какъ будто про себя, должно быть вспоминая обиды, вынесенныя ею здѣсь.— Кажется, что лучше всего будетъ, если я приму вашу помощь, сказала она, повидимому окончательно рѣшившись и подняла на него свои глаза.

— Конечно, проговорилъ онъ.

— Ну, пускай такъ и будетъ, сказала она и протянула ему руку.

— Это будетъ самое лучшее, повторилъ онъ, не замѣтивъ ея движенія и опять опустилъ на руки свою горячую голову и закрылъ пальцами глаза.— Какъ у меня голова болитъ сегодня, еще разъ сказалъ онъ вполголоса.

Сережа обратилъ вниманіе на эти слова. Онъ посмотрѣлъ на него, приблизился къ матери, прошепталъ ей, что Починковъ пьянъ, и затѣмъ указалъ на свой раскрытый ротъ, давая этимъ понять, что отъ Починкова пахнетъ водкой.

Ребенку не разъ случалось бывать на рукахъ у хозяйки, и поэтому-то ему былъ не безъизвѣстенъ ароматъ водки. Онъ прошепталъ это съ очень огорченнымъ видомъ, посмотрѣлъ на Починкова съ большимъ упрекомъ и затѣмъ тихонько удалился опять къ своимъ шахматамъ. Упадышева съ нѣкоторымъ удивленіемъ осмотрѣла своего гостя. Онъ ничего не слышалъ, не замѣчалъ и по прежнему сжималъ свою голову.

— Чѣмъ скорѣе вы устроитесь на новомъ мѣстѣ и стряхнете съ себя всѣ свои заботы и опасенія — тѣмъ лучше, сказалъ онъ наконецъ поднимаясь.— Вамъ будетъ у меня спокойно, безъ хлопотъ; у самыхъ оконъ вашихъ садикъ небольшой... Сережа будетъ тамъ набираться здоровья; для васъ у меня цѣлая библіотека найдется.

— Вы уже уходите? спросила Упадышева.

— Пойду... Голова у меня болитъ, отвѣчалъ онъ.— Ежели вамъ все равно, такъ я завтра же и пришлю людей, чтобы мебель вашу перенести? Какъ вы думаете? сказалъ онъ немного подумавъ.

Упадышева отвѣчала, что если ужь переѣзжать, то чѣмъ скорѣе, тѣмъ лучше. Она особенно крѣпко пожала его руку, а онъ поклонился и ушелъ, даже не взглянувъ на Сережу, дожидавшагося своей очереди проститься съ нимъ. Вообще, онъ смотрѣлъ какимъ-то совершенно убитымъ, погруженнымъ въ самого себя и незамѣчающимъ ничего изъ того, что дѣлается кругомъ него.

XVIII

Новое жилище, въ которомъ поселилась Упадышева, выходило окнами въ садъ. Садикъ былъ маленькій, рѣзко раздѣлявшійся на двѣ половины. Одна, прилегавшая къ флигелю, была густо покрыта самыми разнообразными деревьями, между которыми были яблони, липы, рябина и березы; а другая, отдѣленная отъ первой длиннымъ прямымъ рядомъ смородинныхъ кустовъ, представляла гладкій, ровный, зеленый лугъ. Этотъ лугъ скоро сдѣлался любимымъ мѣстомъ игръ и прогулокъ Сережи и Починкова. У самыхъ оконъ флигеля стояли кусты сирени. Солнце съ ранняго утра до полудня свѣтило въ эти окна и рѣзко разрисовывало на полу обѣихъ маленькихъ комнатъ флигеля качающіяся вѣтви сиреней часто съ сидящими на нихъ птицами. Эти дрожащія, темныя картины на свѣтломъ фонѣ съ перваго же раза поразили Сережу и часто заставляли его задумываться.

Къ полудню Упадышева уже совсѣмъ устроилась на новомъ мѣстѣ. Къ вечеру, на минуту, зашелъ къ ней Починковъ. Онъ принесъ Сережѣ въ подарокъ на новоселье отличные сапоги съ красной обшивкой, предназначенные спеціально для прогулокъ въ саду и привелъ въ его полную собственность толстаго чернаго щенка. Сапоги Сережа отдалъ матери съ лаконическимъ замѣчаніемъ, что онъ будетъ въ нихъ завтра гулять, а на собаку онъ обратилъ всю свою дѣтскую нѣжность и заботливость и немедленно принялся за приготовленіе для нея постели.

— Мнѣ хотѣлось бы, чтобы этотъ домикъ былъ для васъ надежнымъ убѣжищемъ, сказалъ Починковъ Упадышевой.— Можетъ быть когда нибудь вамъ наскучитъ здѣсь жить. Можетъ быть, вы захотите когда нибудь уѣхать отсюда попытать счастья; и если опять встрѣтите одно горе да неудачи, такъ пускай у васъ будетъ убѣжище, въ которомъ можно и отдохнуть, и съ силами собраться.

Упадышева искренно и тепло благодарила его. Но тяжело было у нея на сердцѣ; горекъ и черствъ былъ ей чужой хлѣбъ, и холодомъ вѣяло на нее отъ стѣнъ гостепріимнаго, но чужого дома. Ей казалось, что она закабалила себя Починкову, продала ему свою жизнь и волю. Она находила его добрымъ и честнымъ человѣкомъ, но думала, что гораздо лучше было бы, еслибъ она могла смотрѣть на него не какъ на какого-то покровителя, а какъ на хорошаго знакомаго или добраго друга.

А Починковъ рѣдко показывался къ ней, и всякій разъ его посѣщенія были не продолжительнѣе этого перваго его прихода въ ея новое жилище. Казалось, онъ избѣгалъ ее. Дня черезъ два послѣ ея перѣзда въ его домъ онъ уѣхалъ въ деревню и пробылъ тамъ около недѣли. Когда онъ возвратился, Упадышева не могла не замѣтить, что онъ очень похудѣлъ, постарѣлъ, сѣдина ярко заблестѣла въ его темныхъ волосахъ, прежній легкій румянецъ только изрѣдка показывался на его щекахъ, а умные, задумчивые глаза его начали смотрѣть еще мрачнѣе и нерѣдко въ нихъ свѣтилась какая-то презрительная насмѣшка, гордость и даже дерзость. Въ рѣчахъ его начала иногда просвѣчивать таже презрительная насмѣшка надъ всѣмъ: надъ людскою жизнью, надъ горемъ и радостями людей, надъ ихъ идеями, надъ тѣмъ, чего они боятся, и надъ тѣмъ, въ чѣмъ они ищутъ утѣшенія. Казалось, что въ немъ происходила или произошла уже какая-то жестокая внутренняя борьба, которая ничего въ немъ не пощадила, ничего не оставила кромѣ боли и обезображенныхъ призраковъ того, что нѣкогда жило въ немъ и наполняло его существованіе. Вмѣстѣ съ этимъ перемѣнился онъ и въ отношеніяхъ къ Упадышевой. Ей раза два показалось, что онъ уже не боится, какъ прежде, малѣйшей тѣни намека на его любовь къ ней, ей показалось, что онъ уже не запрещаетъ себѣ подолгу смотрѣть на нее, точно любуясь ея лицомъ, ея движеніями. Но онъ все-таки избѣгалъ долгихъ разговоровъ съ нею и рѣдко показывался въ ея комнатахъ. Иногда онъ приносилъ какую нибудь книгу для нея, иногда приходилъ звать Сережу въ садъ и сейчасъ же уходилъ. За то съ Сережей онъ рѣдко разлучался. Или они занимались чѣмъ нибудь на дворѣ, или гуляли въ саду, или же наконецъ ребенокъ сидѣлъ въ кабинетѣ Починкова. Изрѣдка только бывали какіе то таинственные дни, когда Починковъ вдругъ изчезалъ куда-то на цѣлыя сутки или же запирался съ утра до вечера въ своей комнатѣ, и Сережа на всѣ свои просьбы допустить его къ больному, получалъ отъ его угрюмой и злой въ эти дни старухи — кухарки неумолимый отвѣтъ, что баринъ болѣнъ, спитъ и никому нельзя безпокоить его. Упадышева подозрѣвала, что Починковъ пьетъ и тоже какъ-то притихала, задумывалась и была очень печальна въ эти дни. Должно быть ей приходило въ голову, что она и до сей поры играетъ очень большую роль въ жизни этого человѣка и совершенно противъ своей воли внесла въ его существованіе много страданій. Ей казалось почему-то, что до встрѣчи съ нею, даже до самого послѣдняго времени, до того дня, когда она объявила ему, что думаетъ уѣхать изъ этого города, Починковъ не прибѣгалъ къ вину,— но когда онъ увидѣлъ, что она уходитъ, ускользаетъ отъ него, уноситъ за собой его послѣднюю надежду на послѣднее счастье въ его потухающей жизни, когда онъ задумалъ проститься съ этой надеждой,— тогда онъ не выдержалъ и не смогъ перенести своей сердечной боли. Такъ она думала о немъ и ей было жаль его, ей хотѣлось иногда сказать ему что нибудь теплое, любящее, утѣшительное, снять съ него хоть часть его страданія.

— Зачѣмъ мы такъ часто болѣете, съ упрекомъ сказала она одинъ разъ, на другое утро послѣ цѣлаго вечера, проведеннаго имъ въ своей комнатѣ.

Онъ поднялъ свое блѣдное лицо и пытливо, подозрительно посмотрѣлъ въ ея добрые, прекрасные глаза. Потомъ онъ зло и горько засмѣялся.

143

— Старюсь, сказалъ онъ,— старюсь. Старости только и остается что болѣть, прибавилъ онъ, и много горечи и отчаянія послышалось въ звукахъ его голоса.

— Старость? съ изумленіемъ повторила Упадышева.— Въ сорокъ лѣтъ старость?

Слова ли эти или тонъ, которымъ они были сказаны, только что-то поразило Починкова. Онъ съ недоумѣніемъ вопросительно посмотрѣлъ на молодую женщину, потомъ медленно, съ тѣмъ же недоумѣніемъ опустилъ свои глаза и задумался. Вѣроятно, онъ недовѣрчиво спрашивалъ самого себя; неужели онъ не кажется ей старикомъ?

— Нѣтъ, не въ сорокъ, наконецъ сказалъ онъ тихо, вполголоса, точно будто все еще въ недоумѣніи.— Не въ сорокъ, повторилъ онъ вставая и забросивъ назадъ свои сѣдѣющіе волосы.— Года черезъ два мнѣ пробьетъ полвѣка.

Онъ взялъ на руки Сережу и тихо, задумчиво вышелъ съ нимъ изъ комнаты, немного склонивъ свою голову, когда проходилъ въ дверь.

Уже черезъ нѣсколько дней послѣ переѣзда Упадышевой, Сережа, кажется, не могъ бы жить безъ Починкова. Починковъ уже успѣлъ осуществить нѣкоторыя изъ мечтаній ребенка,— напримѣръ, досталъ ему настоящій маленькій экипажъ, роль котораго до сей поры исправляли для Сережи столы и стулья, покрытые ковромъ или шалью, и устроилъ собственными руками великолѣпный черный змѣй съ красной лентой вмѣсто мочальнаго хвоста. Но этого мало было, все это могло бы ребенку наскучить. Починковъ чуть ли не каждый день изобрѣталъ какія нибудь новыя занятія. Сегодня оба они, сидя на зеленомъ лугу, устроивали какой нибудь новый невиданный міромъ змѣй въ видѣ человѣка съ руками, съ ногами и хвостомъ, завтра они катали по двору обручь или большой гуттаперчевый мячъ, послѣ завтра они копали, носили землю, вырѣзывали дернъ и сооружали гдѣ нибудь подъ деревьями новую дерновую скамью, а на слѣдующій день, когда погода стояла пасмурная, они или выбирали изъ шкафовъ книги и пересматривали ихъ, или же усердно занимались рисованьемъ какихъ-то никому невѣдомыхъ предметовъ и животныхъ.

Всего же чаще можно было наблюдать, какъ высокая фигура Починкова тихо двигалась по саду, то скрываясь за кустами и деревьями, то опять показываясь, и какъ ребенокъ, сидѣвшій на его рукахъ, дружелюбно опирался на его плечо своей худенькой рученкой или блѣднымъ подбородкомъ. Прогуливаясь такимъ образомъ иногда по цѣлому часу, они почти всегда разговаривали другъ съ другомъ и разговаривали всегда сообразно своему довольно общему характеру — серьезно, задумчиво, нѣсколько въ меланхолическомъ тонѣ. До Упадышевой, почти всегда сидѣвшей въ креслѣ у открытаго окна, долетали иногда отрывки изъ ихъ разговоровъ, но во всемъ, что удавалось ей услышать, было мало занимательнаго для нея. Говорилось о людяхъ, которые проходили мимо забора, выходившаго на пустырь,— о развалинахъ домовъ, стоявшихъ на этомъ пустырѣ, о томъ, гдѣ живутъ тощія и голодныя собаки, бродившія по улицѣ, чѣмъ они кормятся, тепло ли птицамъ въ ихъ гнѣздахъ и какъ они проводятъ зиму. Но одинъ разъ ей удалось услышать нѣчто не безъинтересное. Она уходила зачѣмъ то въ лавки. Никто не замѣтилъ, какъ она воротилась домой. Въ комнатахъ никого не было; она подошла къ окну и стала слушать: невдалекѣ за кустами и деревьями слышались голоса Сережи и Починкова, сидѣвшихъ на скамьѣ.

— Развѣ ты не любишь мою маму? спрашивалъ Сережа.

Починковъ не скоро отвѣчалъ на этотъ вопросъ и отвѣчалъ такъ тихо, что Упадышева не разслышала его словъ.

— Отчего же ты не говоришь съ ней? опять спросилъ ребенокъ.

Опять отвѣтъ не скоро послышался; казалось, что Починкову не особенно пріятенъ и легокъ былъ этотъ разговоръ.

— Я говорю съ нею, сказалъ онъ наконецъ.

— Мало говоришь...

— И не мало...

— Нѣтъ мало...

Починковъ промолчалъ.

— А зачѣмъ ты дѣлаешься пьянъ? вдругъ спросилъ ребенокъ,

Починковъ слегка кашлянулъ.

— Ты почему нее это знаешь? спросилъ онъ.

— Я слышалъ... Зачѣмъ ты такимъ дѣлаешься?

— Ничего ты не знаешь, наставительно и нѣсколько ворчливо заговорилъ Починковъ.— Развѣ одни только дурные люди пьютъ водку? Вовсе нѣтъ. Пьютъ ее и бѣдные люди отъ бѣдности, и больные пьютъ. Ты ничего не знаешь...

— А ты развѣ болѣнъ?

— Болѣнъ...

— Очень устаешь?

— Да, началъ уставать, отвѣчалъ Починковъ и послѣдній

слогъ вышелъ у него похожимъ на вздохъ, потому что должно быть и на самомъ дѣлѣ смѣшался со вздохомъ.

— Мы оба вмѣстѣ больны, печально и съ сожалѣніемъ проговорилъ ребенокъ.

— Вмѣстѣ, чуть слышно для Упадышевой повторилъ Починковъ.

На минуту наступило молчаніе. Кто-то, должно быть Починковъ, машинально постукивалъ прутомъ по вѣтви ближняго дерева и листья на немъ слегка вздрагивали.

— Когда меня возметъ смерть, тихо и задумчиво заговорилъ Сережа.

— Что? спросилъ Починковъ, какъ будто проснувшись и испугавшись.

— Когда за мной смерть придетъ и унесетъ меня, повторилъ ребенокъ,— я убѣгу отъ нея. И прибѣгу къ мамѣ, чтобы она не плакала. А потомъ уйду, чтобы смерть не замѣтила.

Починковъ ничего не возразилъ на это.

— Можно отъ нея убѣжать? спросилъ ребенокъ.

— Нельзя...

— Можно, настойчиво повторилъ Сережа.— Я возьму папу... Онъ меня принесетъ.

— Нельзя. Ну, развѣ этотъ василекъ можетъ уйти куда нибудь? Вѣдь нѣтъ. И развѣ та вода въ рѣкѣ можетъ къ намъ придти? Не можетъ. И развѣ тѣ облака придутъ къ намъ? Не могутъ они придти. Смерть, когда возметъ насъ, сдѣлаетъ изъ насъ цвѣтокъ, воду, облако. И не можемъ мы придти. Да и зачѣмъ? Всѣ сами придутъ къ намъ туда, закончилъ онъ съ какой-то не то горечью, не то желчью въ голосѣ.

— Придутъ?

— Непремѣнно.

Онъ всталъ и тихо пошелъ съ ребенкомъ на рукахъ въ глубь сада. Упадышева задумчиво отошла отъ окна. Ей показалось, что она заглянула въ сердце Починкову и поняла все совершившееся въ немъ за послѣднее время,— поняла, что онъ разрушилъ или разрушалъ еще и послѣднюю преграду, которая сковывала ею любовь. Ей казалось, что онъ не говорилъ бы такъ, если бы оставался тѣмъ же, чѣмъ былъ прежде. Ей еще тяжелѣе стало за него при этомъ предположеніи. Она быстро, въ видимомъ волненіи, прошлась раза два по комнатѣ потомъ остановилась, безцѣльно смотря на какой-то предметъ, затѣмъ сѣла и прикрыла глаза рукою. Она спрашивала у самой себя: что же дѣлать? что же мнѣ дѣлать? но отвѣта какъ видно такъ и не находилось.

XIX

Былъ пасмурный вечеръ. Рано сдѣлалось темно, вдалекѣ гремѣлъ громъ, поминутно блистала молнія, накрапывалъ дождь и глухо шумѣлъ на листьяхъ сада. Въ большой комнатѣ флигеля сидѣли около стола Упадышева, Сережа и Починковъ. Послѣдніе двое почти все послѣ обѣденное время провели въ кабинетѣ Починкова, занимаясь срисовываніемъ какой-то картинки. Но сегодня Починкова отчего-то не занимала и не развлекала бесѣда съ ребенкомъ. Раньше обыкновеннаго отнесъ онъ Сережу къ матери и противъ обыкновенія остался во флигелѣ пить чай. Сначала разговоръ шелъ все о совершенно постороннихъ предметахъ, о докторѣ, лечившимъ Сережу, о Карповѣ, навѣстившемъ недавно новое жилище Упадышевой, о воспитательномъ значеніи рисованія. Относительно Карпова, Починковъ высказалъ такое мнѣніе, что онъ вѣроятно былъ бы меньше обиженъ жизнью, еслибъ попробовалъ хоть немного подкупить свою честность. Насчетъ рисованія онъ выразился, что оно, конечно, развиваетъ въ ребенкѣ привычку всматриваться въ предметы, но поэтому самому можетъ его сдѣлать очень несчастнымъ человѣкомъ, такъ какъ въ людей не слѣдуетъ всматриваться слишкомъ пристально.

— А вы очень похудѣли въ послѣднее время, замѣтила между прочимъ Упадышева.

— Старѣюсь, отвѣчалъ онъ и на этотъ разъ.— Въ мои лѣта рѣдко кто не начинаетъ худѣть и желтѣть. Можетъ быть, въ этомъ и то много значитъ, что въ мои лѣта перестаютъ уже впередъ смотрѣть, на будущее надѣяться, начинаютъ назадъ оглядываться на то, что прожито,— итоги подводятъ. Обыкновенно, вѣдь эти итоги не приносятъ много удовольствія.

— Все чего-то не достаетъ,— да чего-то нѣтъ,— продолжалъ онъ дальше, точно будто стараясь удержать при себѣ вырывавшіяся у него слова и въ тоже время не имѣя силы остановить ихъ,— нѣтъ чего-то въ этомъ прожитомъ... Ничего такого нѣтъ, чтобы можно было спокойно глаза закрыть и гробъ себѣ заказать... Все кажется, что не видалъ еще чего-то...

Хотѣлось бы дожить до этого... А гдѣ ужъ дожить... Все прожито. Впереди ничего нѣтъ. Ну и тяжело... И жаль. Вотъ и сохнетъ человѣкъ...

Онъ говорилъ съ улыбкой, но этотъ смѣхъ былъ болѣзненный, тяжелый смѣхъ. И лицо его было не улыбающееся, а скорѣе какое-то искривленное, точно онъ самаго себя отпѣвалъ.

Упадышева думала о томъ переворотѣ, который она подозрѣвала въ немъ. Ей хотѣлось какъ нибудь навести разговоръ на эту тему. Послѣ небольшаго раздумья она издалека приступила къ этому вопросу.

— Скажите пожалуйста, заговорила она,— я часто думала объ этомъ и все не могу понять: помните, вы когда-то разсказывали о переломѣ въ вашей жизни,— разомъ, вдругъ, произошелъ онъ или нѣтъ, постепенно? Тогда вы такъ разсказывали, что какъ будто бы все это вдругъ перемѣнилось.

Починковъ выслушалъ ее съ той усмѣшкой на губахъ, съ какой обыкновенно серьезные или несчастные люди вспоминаютъ о глупостяхъ или заблужденіяхъ своего далекаго прошлаго.

— Дѣйствительно, вдругъ, отвѣчалъ онъ.

— Вотъ это мнѣ и непонятно...

Онъ посидѣлъ нѣсколько секундъ совершенно неподвижно съ опущенными въ землю глазами, и безстрастно-спокойнымъ лицомъ, всматриваясь въ себя и свою жизнь, какъ въ совершенно постороннiй ему предметъ, и потомъ слегка пожалъ плечами.

— Да вѣдь всегда такъ бываетъ, сказалъ онъ.— Если ужъ кто начнетъ свою жизнь съ какой нибудь большой глупости, такъ потомъ все и переходитъ отъ одной большой глупости къ другой, изъ одной крайности въ другую. Стоитъ только начать крайностью.

— А мнѣ кажется, что такіе крутые переходы рѣдки, замѣтила Упадышева, невольно отложивъ въ сторону работу и пристально разсматривая Починкова, какъ будто пораженная его тономъ, словами, какъ бы сдѣлавъ свое замѣчаніе затѣмъ только, чтобы хоть что нибудь сказать и затѣмъ удобнѣе наблюдать своего собесѣдника.

— Не всѣ же непремѣнно начинаютъ крайностью, отвѣчалъ онъ.— А кто начинаетъ крайностью, такъ у тѣхъ всегда такъ.

— Но неужели, неужели вы не находите за собой ничего, совсѣмъ ничего? невольно спросила Упадышева.

148

— А вы думаете, много найдется такихъ людей, которые въ мои лѣта находятъ за собой что нибудь?

— И однѣ только ошибки? повторила она еще разъ, какъ будто все сомнѣваясь, что достаточно ясно понимаетъ его слова.— Положимъ, молодость ваша такова, что вы не можете помянуть ее добромъ,— но потомъ...

Громко загремѣвшій надъ ихъ головами громъ заглушилъ ея послѣднія слова. Починковъ засмѣялся холоднымъ, неестественнымъ смѣхомъ, какимъ человѣкъ смѣется только надъ своими собственными непоправимыми ошибками, испортившими всю его жизнь,

— Въ молодости-то еще можетъ быть и найдется что нибудь, о чемъ можно вспомнить и вздохнуть, отвѣчалъ онъ,— ну а потомъ...

Онъ опять засмѣялся тѣмъ же смѣхомъ. Потомъ всталъ, подошелъ къ окну, посмотрѣлъ въ садъ, въ которомъ стоялъ гулъ вѣтвей и ропотъ дождя, заглушаемый изрѣдка громомъ,— и потомъ прислонился къ печкѣ напротивъ Упадышевой.

— Былъ у меня одинъ знакомый,— чиновникъ, недоучившійся семинаристъ, заговорилъ онъ, заложивъ руки въ карманы.— Онъ все мечталъ сдѣлаться писателемъ, славу пріобрѣсти. Написалъ онъ много, но напечатать ничего не удалось, такъ и умеръ. Онъ иногда показывалъ мнѣ свои сочиненія. Одно мнѣ пришло вотъ теперь на память. Это нѣчто въ родѣ сказки, святочнаго разсказа... Описывается тамъ одинъ ученый. Мелькомъ, въ видѣ предисловія, разсказывается о его дѣтствѣ,— говорится, что онъ былъ мальчикъ неблестящихъ способностей, такъ себѣ, но за то смирный, работящій, прилежный Въ школѣ онъ не то, чтобы очень любилъ заниматься науками, но все-таки, единственно изъ желанія быть добрымъ и прилежнымъ мальчикомъ, корпѣлъ надъ своими книгами и тетрадками до того, что даже нѣсколько поразстроилъ свое здоровье. Высохъ и зачерствѣлъ мальчикъ... Затѣмъ передъ нами открывается уже кабинетъ ученаго. Это все тотъ же зачерствѣвшій мальчикъ уже ученымъ сдѣлался. Кабинетъ его мрачный, тихій, сырой, заваленный книгами, древними рукописями. Кругомъ тишина могильная. Ни жены нѣтъ у ученаго, ни дѣтей, ни собаки, ни даже цвѣточка на окнахъ,— окружаютъ его только запыленныя бумаги, да книги, изъѣденныя червями. Никто къ нему не приходитъ, не услышите въ этомъ домѣ ни смѣха веселаго, ни рѣчи живой, громкой, никогда, ни откуда не приносятъ сюда писемъ. Изрѣдка только покажется въ кабинетѣ полуживая, полумертвая старуха, кухарка съ щеткой или съ подносомъ, да и это полу-живое существо не говоритъ ничего кромѣ "обѣдъ готовъ" да "чай принесла" или "свѣчей больше нѣту." Душно въ этомъ домѣ, тяжело... Самъ хозяинъ уже совсѣмъ изсохъ, совсѣмъ состарѣлся: волосы повыпали, лицо сморщилось и пожелтѣло, глаза потускли и голосъ дребезжитъ. Ему ужъ за пятьдесятъ лѣтъ... Половину своей жизни онъ провелъ какъ заживо погребенный, между своими книгами,— все объяснить старался, для пользы человѣчества, въ какомъ вѣкѣ и въ которомъ году была написана какая-то легенда о какой-то бабѣ, содержавшей въ себѣ бѣса... Изслѣдованія объ этомъ дѣлалъ и книгу писалъ. Въ этомъ и прошла лучшая пора его жизни... Наконецъ на пятидесятомъ году заболѣлъ онъ. Пробовалъ перемочься, оттерпѣться — нѣтъ, не дѣлается лучше. Пришлось позвать доктора. Докторъ прописалъ лекарство, посовѣтовалъ ему дѣлать побольше движенія, почаще дышать воздухомъ. Лекарство ученый принялъ, но движеніе и воздухъ не были ему по сердцу. Отъ лекарства сдѣлалось ему немного получше и онъ опять принялся за свои изысканія. Такъ и пошла было опять его жизнь какъ заведенное колесо; но тутъ случился какой-то праздникъ или какое-то событіе,— цѣлый день, не умолкая, звонили колокола. Тоску нагналъ на него этотъ звонъ: сядетъ ученый за работу, а колокола такъ и загудятъ еще громче и разгонятъ его мысли; походитъ онъ по комнатѣ, какъ будто бы успокоится, сосредоточится въ самомъ себѣ, опять сядетъ за работу, а звонъ колокольный какъ нарочно, какъ подсмѣиваясь надъ нимъ, опять прорвется въ комнату и разгонитъ его спокойствіе. Наконецъ, къ вечеру онъ потерялъ все свое терпѣніе, вспомнилъ совѣтъ доктора и рѣшился выйти на улицу. Была зима. Фонари горѣли по обѣимъ сторонамъ улицы, народъ толпился. Ученому пришло въ голову, что вотъ еще года два пройдутъ, окончитъ онъ свою многолѣтнюю работу и тогда весь этотъ людъ будетъ съ уваженіемъ смотрѣть на него, его имя будетъ перелетать отъ одного человѣка къ другому и всѣ будутъ указывать на него. Замечтался онъ такимъ образомъ и свернулъ въ глухой переулокъ. Здѣсь народу ни души не было. Но вотъ откуда-то вышелъ шарманщикъ и вдругъ заигралъ какую-то заунывную пьесу. Глубоко поразили ученаго эти мелодичные, печальные звуки,— давно онъ ихъ не слышалъ. Остановился онъ, стоялъ и слушалъ. Остановился и шарманщикъ. Когда онъ кончилъ, ученый далъ ему денегъ, затѣмъ спросилъ о чемъ-то, потомъ о другомъ спросилъ, и мало-по-малу завязался между ними разговоръ. Шарманщикъ говорилъ, что онъ болѣнъ, что жена у него тоже при смерти больна,— простудилась, пѣвши на морозѣ, дѣти сидятъ голодные. Ученый мало вѣрилъ ему, но находясь подъ какимъ-то обаяніемъ, вздумалъ посѣтить жилище шарманщика. Пошли. Но въ этомъ жилищѣ представилась ему такая ужасающая картина нищеты, голода, человѣческихъ страданій, что онъ какъ будто съ неба свалился на землю. Мать семейства умирала, дѣти просили ѣсть, стѣны были мокрыя, холодно были,— все кругомъ синія, чахлыя лица, вездѣ лохмотья. Сердце нашего ученаго перевернулось и облилось кровью. Вышелъ онъ, пошелъ дальше. Заговорила съ нимъ несчастная падшая женщина. Онъ отнесся было къ ней съ высокомѣрнымъ презрѣніемъ и отвернулся. Пройдя нѣсколько шаговъ, онъ услышалъ, что что-то упало. Это упала та самая женщина. Онъ привелъ ее въ чувство, отвезъ ее въ ея квартиру и здѣсь увидѣлъ, что падшее созданье цѣной своей чести содержитъ больного отца, маленькаго брата и сестру. Здѣсь онъ опять увидѣлъ болѣзни, голодъ, отчаянную борьбу человѣка съ подавляющей его нищетой. И опять пошелъ онъ дальше. На каждомъ шагу попадались ему нищіе, падшія созданья, пьяные люди, больные люди, люди въ лохмотьяхъ. Видѣлъ онъ израненныхъ, больныхъ лошадей, падавшихъ на мостовую, слышалъ кругомъ себя брань, грубыя, ожесточенныя рѣчи и стало ему какъ-то совѣстно думать о своемъ трудѣ. Люди хлѣба просятъ,— а онъ готовить имъ изслѣдованіе о легендѣ. Они протягиваютъ руки за милостыней, молятъ о помощи, а онъ роется въ архивной пыли. Дошелъ имъ до театра, когда-то, чуть ли еще не въ дѣтствѣ, онъ былъ здѣсь. Теперь ему захотѣлось стряхнуть съ себя овладѣвшую имъ тоску и потому онъ взялъ билетъ. Занялъ онъ свое мѣсто, осмотрѣлся. Уже блескъ залы, звуки настраиваемыхъ инструментовъ запахъ духовъ, блескъ нарядовъ — пробудили въ немъ теплыя и вмѣстѣ грустныя чувства. Недалеко отъ него въ ложѣ сидѣла группа дѣтей,— онъ долго, долго смотрѣлъ на нихъ и губы его все больше и больше дрожали. Вспомнилъ онъ свое дѣтство, подумалъ о теперешнемъ одиночествѣ. Занавѣсъ поднялся, наступила тишина и вотъ, среди этой тишины, раздалось женское пѣніе. Взглянулъ онъ на пѣвицу и опустилъ глаза на свои изсохшія, стариковскія руки. Красота этой пѣвицы, голосъ ея, волновавшій его сердце, волшебная обстановка,— все это точно ядъ вливало въ его грудь. Не вынесъ онъ и ушелъ изъ театра къ себѣ домой, въ свой тихій, какъ могила, кабинетъ. И дома не сдѣлалось ему лучше. Противны ему казались книги, противны стѣны, все противно. Захотѣлось ему жить,— а жизнь ужъ прошла. Пробовалъ онъ брести по старой дорогѣ,— приняться опять за работу, да и она сдѣлалась ему противна. Съ этого дня онъ сильно заболѣлъ, въ постель слегъ и до самой, говорятъ, смерти жаловался, что и свою жизнь погубилъ и другимъ ничего не далъ...

Починковъ замолчалъ. Упадышева посмотрѣла на него. Онъ неподвижно, спокойно стоялъ, заложивъ руки въ карманы, и съ усмѣшкой смотрѣлъ на нее, точно будто спрашивая, что она скажетъ на счетъ этого разсказа.

— Странная исторія, произнесла задумчиво Упадышева.

— Когда я прочиталъ ее, точно также подумалъ, что странная и мало правдоподобная сказка, отвѣчалъ Починковъ; — но теперь вотъ пришлось сознаться, что въ этой сказкѣ много и много правды.

Упадышева все еще задумчиво смотрѣла на него, оставивъ свою работу. Блеснула молнія и на секунду освѣтила его блѣдное лицо. Молодой женщинѣ показалось, что на его лицѣ отражалось много страданія. Громъ гремѣлъ вдалекѣ.

— А впрочемъ конечно все это пустяки, сказалъ Починковъ, садясь на свое прежнее мѣсто и допилъ остывшій чай.

— Что пустяки?

— Да все пустяки. Стоитъ ли еще жалѣть, что жизнь прошла такъ, а не иначе, не все ли равно? Какъ ни устрой ее, а подъ конецъ все-таки окажется, что одни только глупости были и пустяки.

Сначала она какъ будто не поняла его мысли, но потомъ быстро сказала:

— А вѣдь мнѣ иногда почти тоже думалось.

— Вотъ видите, произнесъ онъ сквозь зубы.

— Дѣйствительно иногда жизнь кажется и скучною, и пошлою. Но вѣдь это не всегда же такъ кажется, на меня это только днями находитъ.

Онъ ничего не отвѣчалъ,

— Все равно,— какая бы ни жизнь, повторилъ онъ, вставая.— Все пустяки. Нужно только побольше шуму и суетни, чтобы некогда было всматриваться въ свое житье... Тогда хорошо будетъ... Однако, прощайте... Нужно еще распорядиться; завтра я опять уѣду денька на три...

Рано утромъ на зарѣ Упадышеву разбудилъ скрипъ воротъ и ржанье лошадей. Сквозь сонъ она слышала, какъ ходили по двору люди, говорили,— потомъ застучали колеса,— наконецъ ворота еще разъ скрипнули и все затихло. Починковъ уѣхалъ.

Какъ какое-то грустное сновидѣніе вспомнила она вчерашнее свиданіе съ нимъ и вздохнула. Жаль ей было этого человѣка.

Прошли назначенные имъ три дня и четвертый день прошелъ, а Починковъ все еще не возвращался домой. Сережа скучалъ безъ него, и понемногу начиналъ опять погружаться въ свою прежнюю задумчивость. По цѣлымъ часамъ его не слышно было, голоса онъ не подавалъ и часто подолгу сидѣлъ на порогѣ наружныхъ дверей, печально посматривая на затворенныя ворота. Невесело было и Упадышевой, и она ждала возвращенія хозяина, хотя ея ожиданье не имѣло ничего общаго съ ожиданіемъ Сережи. По временамъ ей тяжело, скучно было и овладѣвали ею какія-то темныя предчувствія: — все казалось ей, что Починковъ не воротится больше, что, можетъ быть, его уже нѣтъ въ живыхъ и, при каждомъ появленіи на дворѣ какого нибудь знакомаго или незнакомаго человѣка, она пыталась прочитать на его лицѣ нѣчто зловѣщее, и ожидала услышать отъ него извѣщеніе о какомъ-то страшномъ происшествіи.

Въ первые три дня послѣ отъѣзда Починкова, у нея не было и тѣни этого страха Когда минулъ третій день и наступилъ поздній вечеръ, въ наружную дверь флигелька кто-то тихонько и отрывисто стукнулъ раза три желѣзной задвижкой. Это пришла изъ большаго дома старуха — кухарка. Лицо у нея было теперь такое суровое, движеніе и голосъ такіе сдержанные, точно вся она полна была величайшихъ тайнъ и глубокихъ думъ.

— Валеріанъ-то Петровичъ не говорилъ тебѣ, когда воротится? спросила она, тихонько, по-стариковски, пройдя всю комнату и положивъ руку на спинку стула, на которомъ сидѣла Упадышева. Она была старуха почтенная и никому въ мірѣ не говорила вы. Дожидаясь отвѣта, она всегда смотрѣла въ глаза тому, кого спрашивала.

— Онъ говорилъ, что дня на три уѣдетъ, отвѣчала Упадышева,

Тогда старуха на минуту отвела отъ нея свои глаза и послѣ небольшаго раздумья опять пристально устремила ихъ въ ея лицо.

— Ничего такого ты не примѣтила въ немъ? спросила она.

— Чего?

— А онъ какъ бы не по себѣ смотритъ...

— Да, онъ, кажется, очень скучаетъ...

— Тоскуетъ, поправила старуха.

153

Она опустила внизъ руки, скрестила ихъ пальцы и въ раздумьѣ поникла головой.

— И пить онъ сталъ, произнесла она вполголоса, какъ бы разсуждая сама съ собой.

— А прежде развѣ онъ не пилъ?

— Что? Прежде-то?.. Нѣтъ, прежде не бывало... Ѣсть совсѣмъ пересталъ, продолжала она соображать едва шевеля губами.— Въ глаза ему взглянешь иной разъ,— на душѣ нехорошо сдѣлается.

— А давно ли онъ пить началъ?

Старуха перемѣнила положеніе, точно ей мѣшали думать.

— Недавно... Знакомый одинъ пріѣзжалъ къ нему. Въ первый разъ онъ съ нимъ выпилъ...

Она постояла еще немного, поглаживая рукой спинку стула, потомъ коротко, тихо простилась, и прожней стариковской походкой вышла изъ комнаты.

Затворивъ за нею дверь, Упадышева уже не бралась за работу и то тихо ходила взадъ и впередъ по комнатѣ, то садилась на окно и подолгу смотрѣла въ садъ, прислушиваясь иногда къ изрѣдка раздававшемуся на улицѣ стуку проѣзжавшихъ мимо дома экипажей. Тревожно было у нея на сердцѣ. Точно будто старуха наполнила всю ея комнату какимъ-то тяжелымъ, непригоднымъ для дыханія воздухомъ и населила этотъ воздухъ сотнями непріятныхъ образовъ и картинъ. На огонь ли смотрѣла Упадышева, и ей видѣлось позади лампы блѣдное, искривленное лицо Починкова, горько смѣющагося надъ своей собственной глупо, безрадостно прожитой жизнью,— въ садъ ли она переносила свои глаза,— и тамъ, во мракѣ, казалось двигалась тихо, то изчезая за деревьями, то опять показываясь, его высокая, задумчивая, немного сгорбленная фигура, и ребенокъ смотрѣлъ черезъ его плечо. То представлялся онъ ей молчаливо сидящимъ вдали отъ нея и подолгу, какъ бы въ забытьи, неспускающимъ съ нея своихъ строгихъ и печальныхъ глазъ; то представляла она себѣ его мысли, чувства, выраженіе лица, когда онъ уходитъ отъ нея, чтобы въ винѣ и "шумѣ", какъ выразился онъ, забыть ея образъ.

Она какъ будто присутствовала при чужихъ мученіяхъ, въ которыхъ совершенно напрасно обвиняли ее и неотступно просили ее прекратить эти мученія. Что я могу сдѣлать? Нисколько я не виновата въ этомъ,— думала она. Часто она припоминала всѣ свои встрѣчи, всѣ разговоры съ Починковымъ, всѣ его отношенія къ ней, и всегда выносила изъ этихъ воспоминаній хорошее, теплое чувство къ нему. Иногда

154

она думала даже увѣрить себя, что это чувство — любовь. Но когда, какъ сегодня, доходило до того, чтобы рѣшить, что нужно дѣлать,— она не могла произнести этого рѣшенія, и надѣялась, что въ ближайшемъ будущемъ все устроится какими-то судьбами къ лучшему, все обойдется благополучно.

Наконецъ на пятый день къ воротамъ дома Починкова подъѣхала повозка. Въ калитку явился ямщикъ, затыкая за поясъ кнутъ, и началъ отворять ворота. Сережа вскрикнулъ на крылечкѣ. Упадышева услышала весь этотъ шумъ и тоже вышла за крыльцо. Починковъ пріѣхалъ. Онъ видимо обрадовался, увидѣвъ ее, посмотрѣлъ на нее съ такимъ видомъ, какъ будто бы давно, очень давно не видѣлъ ее, соскучился объ ней,— и крѣпко пожалъ ея руку. Сережу онъ взялъ на руки и пошелъ съ нимъ въ комнату. На ступенькахъ его крыльца стояла облокотившись обѣими руками на перила старуха.

— А мы думали, что ужь не сдѣлалось ли чего нибудь съ тобой, сказала она, когда Починковъ ступилъ на лѣстницу, и зорко посмотрѣла въ его лицо.

Онъ какъ будто удивился.

— Чему сдѣлаться со мной, проговорилъ онъ немного отвернувшись отъ ея взгляда и быстрѣе пошелъ впередъ.

— Хорошо, кабы нечему, замѣтила она, качнувъ немного головой.

Починковъ пріѣхалъ оживленнѣе, чѣмъ уѣхалъ. И глаза у него смотрѣли ласковѣе, и улыбка была безъ грусти, и даже прежній румянецъ показался на его тонкихъ, впалыхъ щекахъ. Онъ не прятался сегодня въ свою комнату, а только переодѣлся и пошелъ къ Упадышевой, ведя за руку Сережу, обремененнаго многочисленными гостинцами. Добродушно распросилъ онъ свою гостью о ея здоровьѣ, о томъ, что она дѣлала въ его отсутствіе, чѣмъ занимался Сережа, и подъ конецъ даже немного разсердился на нее за то, что она не умѣетъ занять ребенка. На этотъ разъ онъ остался обѣдать съ нею и все время разсказывалъ о своей поѣздкѣ. Оказалось, что онъ ѣздилъ въ сосѣдній городъ на свадьбу къ тому самому старому пріятелю, который недавно гостилъ у него.

— Шуму много было? спросила Упадышева.

Но ея улыбкѣ и выраженію лица онъ замѣтилъ, что она намекаетъ на что-то, но не сразу понялъ этотъ намекъ. Наконецъ онъ вспомнилъ и печально улыбнулся.

— Да, шуму много было, отвѣчалъ онъ.— Играла музыка, танцевали, пѣсни пѣли, напивались до безчувствія,— не до скуки было...

Онъ на минуту призатихъ. Упадышевой досадно сдѣлалось, что она испортила его веселость, такъ рѣдко его навѣщавшую; она съ радостью взяла бы назадъ свои слова, но ужь поздно было.

Послѣ обѣда, Починковъ ушелъ передать привезенныя имъ письма и порученія, и воротился уже поздно вечеромъ.

Упадышева и Сережа были въ саду. Они только-что кончили пить чай. Упадышева сидѣла на разостланномъ на травѣ коврѣ, Сережа прорубалъ ножикомъ какую-то узенькую и извилистую аллею въ цѣломъ лѣсѣ сирени, густо разросшейся въ углу сада.

— Садитесь къ намъ, посидимъ, поговоримъ, сказала Упадышева, очищая ему на коврѣ мѣсто.

— Поговоримъ, повторилъ онъ, но сѣлъ недалеко отъ нея на дерновую скамейку.

Однакоже никакого разговора не послѣдовало. Починковъ долго смотрѣлъ вокругъ себя, на траву, на кусты, на зеленыя вѣтви деревьевъ.

— Скоро ужь и листья начнутъ падать, проговорилъ онъ.

— Да, скоро и осень, отвѣчала она.

Опять они замолчали. Тихо было и кругомъ ихъ. Солнце уже скатилось за сосѣднія крыши, и только послѣдніе прощальные лучи его лежали и потухали понемногу на вершинахъ деревьевъ. Засыпали птицы, цвѣты опускали свои головки,— все засыпало, и приближалась ночь, вѣя передъ собою легкимъ холодомъ и сыростью.

— А здѣсь вотъ нѣтъ шуму, сказала вдругъ Упадышева и взглянула на него безъ улыбки, скорѣе съ какой-то тоской?

— Да, здѣсь его нѣтъ...

Не лучше ли было бы, еслибъ я уѣхала? подумала Упадышева.— Другая жизнь началась бы здѣсь. Онъ съумѣлъ бы забыть меня, еслибъ не видѣлъ меня каждый день, съумѣлъ бы развлечься и не тосковать. Но уѣхать ли? Куда?— Сердце ея заныло.

— Да, здѣсь тихо, повторилъ — Починковъ.— А что?

— Да вы опять задумались. Пріѣхали веселымъ, а теперь опять задумались.

— Усталъ. Съ дороги усталъ, потомъ ходилъ много.

— Не оттого, сказала она какъ бы про себя.

— Что вы сказали?

— Не оттого, я говорю, повторила она, не поворачивая къ кому лица и не измѣняя положенія.

Онъ ничего не сказалъ, и сидѣлъ, облокотившись обѣими

руками на колѣни, положивъ на руки подбородокъ и неподвижно смотря на землю.

Она тоже неподвижно сидѣла на коврѣ и въ глубокомъ раздумьи смотрѣла вдаль, судорожно ломая между пальцами вѣтку.

Потомъ она посмотрѣла на него.

— Такъ скучно живется? спросила она. Лицо ея было очень блѣдно, рука дрожала.

Онъ взглянулъ на нее съ удивленіемъ и что-то шевельнулъ губами. Тогда она встала и сѣла подлѣ него. Онъ какъ будто съ испугомъ отодвинулся. Она взяла его руку. Онъ вздрогнулъ, взглянулъ въ ея лицо, точно будто не вѣря самому себѣ и ей не вѣря. Потомъ онъ глубоко вздохнулъ и опять принялъ прежнее положеніе.

— Это жалость одна, сказалъ онъ глухо.

— Нѣтъ, отвѣчала она,— не жалость. А тебѣ развѣ не нужно ея?

— Не нужно, отвѣчалъ онъ, и опять недовѣрчиво посмотрѣлъ въ ея лицо.

— Не жалость, повторила Упадышева.

Можетъ быть, онъ смотрѣлъ на нее сквозь туманъ и потому повѣрилъ ея словамъ. Онъ глубоко, полной грудью вздохнулъ, точно гора съ него свалилась или солнце вдругъ освѣтило его длинную, темную дорогу.

XX

Какъ будто бы и въ самомъ дѣлѣ солнце засіяло надъ этимъ домомъ, какъ будто бы и дѣйствительно всѣ живущіе въ немъ сбросили съ себя все бремя, какое лежало на ихъ плечахъ, нашли свою настоящую дорогу, на которую не могли до сихъ поръ попасть,— успокоились и безмятежно вкушали полное счастье, такъ долго обходившее ихъ. Казалось, что всѣ сдѣлались спокойнѣе и довольнѣе, но это только казалось. Сережа получилъ отъ Починкова обѣщаніе, что теперь они уже не будутъ разлучаться, а если когда нибудь, вѣроятно черезъ долгое, долгое время, обстоятельства и заставятъ ихъ разстаться, то эта разлука ни въ какомъ случаѣ не будетъ продолжаться дольше одного дня, Казалось, что ребенокъ долженъ былъ быть и доволенъ, и счастливъ, и веселъ, но на самомъ дѣлѣ ему далеко не было такъ хорошо, потому что болѣзнь, какъ бы отступившаяся отъ него на нѣкоторое время, вдругъ опять взяла его въ свои руки и начала дѣйствовать такимъ образомъ, какъ будто бы торопилась покончить свою работу надъ нимъ. Когда Сережа только-что переселился на новую квартиру, болѣзнь какъ будто бы заснула въ немъ. Но время послѣдней отлучки Починкова она опять шевельнулась въ немъ. Когда Починковъ вернулся, ребенокъ оживился на нѣсколько часовъ, точно будто потухающая искра блеснула въ послѣдній разъ, и затѣмъ быстро началъ онъ таять, какъ воскъ. Силы его пропадали, мысли ему приходили все меланхолическія,— и далеко не былъ онъ ни доволенъ, ни веселъ.

Таялъ онъ изъ часу въ часъ. Скоро наступилъ наконецъ и тотъ день, когда ребенокъ, съ величайшимъ удивленіемъ и съ немалою печалью, увидѣлъ, что его исхудавшія ноги рѣшительно не хотятъ служить ему, что его слабыя руки не смогли бы и мухи убить. Печаленъ и серьезенъ лежалъ онъ въ этотъ вечеръ на постели и глубоко задумался надъ чѣмъ-то. Глаза его устремлены были на окно, надъ которымъ нависли вѣтви деревьевъ. Можетъ быть, думалъ онъ, что когда же наконецъ можно будетъ ему идти въ садъ, и зачѣмъ онъ боленъ теперь, когда въ саду еще тепло и хорошо, и трава на лугу поднимается все выше и выше, такъ что скоро могла бы вѣроятно закрыть его съ ногъ до головы.

Зачѣмъ, если ужъ непремѣнно нужно болѣть,— то зачѣмъ эта болѣзнь не пришла къ нему тогда, когда лежитъ вездѣ снѣгъ или когда по цѣлымъ недѣлямъ льетъ дождь. Ему приходила въ голову и мысль о смерти, но не смерть печалила его Что ему была смерть? Чѣмъ она могла испугать его? Размышлялъ онъ иногда, что если она и придетъ къ нему и возьметъ его, то что же изъ этого выйдетъ? Сдѣлаетъ ли она изъ него воду, цвѣтокъ ли выроститъ, пуститъ ли она его возлѣ маленькаго облака по голубому небу или другое что нибудь выдумаетъ? Если воду сдѣлаетъ, то онъ вѣчно можетъ гулять за-городомъ, если цвѣтокъ, то онъ будетъ жить въ какомъ нибудь саду, можетъ быть, въ томъ самомъ, который растетъ подъ окнами его матери,— если облако, то онъ постоянно будетъ смотрѣть съ своей высоты на суетню людей и можетъ высматривать между ними своихъ знакомыхъ... Конечно, ему можетъ быть сдѣлается наконецъ скучно безъ матери, Починкова, Карпова, но вѣдь они наконецъ придутъ же къ нему, непремѣнно всѣ придутъ. Чѣмъ же смерть могла пугать его? Его пугала болѣзнь, скучная, досадная болѣзнь, которая отняла у него ноги, не велитъ отворять окна въ садъ и дѣлаетъ такими молчаливыми всѣхъ, кто ни придетъ къ нему.

Починковъ сидѣлъ около его постельки. Упадышева работала нѣсколько въ отдаленіи отъ нихъ, у стола. Она очень похудѣла въ эти немногіе дни. Лицо у нея сдѣлалось какое-то холодное, на губахъ часто показывалась горькая улыбка, на бѣломъ, какъ мраморъ, лбу почти никогда не расправлялась глубокая морщинка между бровей,— точно будто непрестанно совершалась въ нашей героинѣ тревожная, усиленная, внутренняя работа, которая производила однѣ только грустныя, горькія, безотрадныя мысли и не создала ни одной утѣшительной?

Было въ комнатѣ полное молчаніе. Починковъ уже давно сидѣлъ здѣсь. Онъ нѣсколько раза, заговаривалъ съ Упадышевой то объ одномъ, то о другомъ предметѣ, и всякій разъ получалъ отъ нея короткіе, односложные отвѣты, всякій разъ разговоръ прерывался. Наконецъ онъ вздохнулъ и надолго замолчалъ. Онъ ждалъ, что она заговоритъ съ нимъ, обратитъ вниманіе на его грусть, но она молчала. Послѣ ихъ послѣдняго разговора въ саду прошло не больше недѣли, а ужь опять на взошедшее тогда для Починкова солнце начала надвигаться какая то черная туча. Онъ провелъ обоими руками по лицу, по глазамъ и принялъ свое всегдашнее положеніе,— облокотился на колѣни и положилъ голову на руки. Когда у него не легко было на сердцѣ, когда его посѣщали невеселыя мысли,— онъ всегда сидѣлъ такъ, точно будто голова его невольно склонялась ниже и ниже — падала.

— И скоро ли я выздоровѣю? съ досадой спросилъ ребенокъ.

— Скоро, отвѣчалъ Починковъ не шевелясь.

— И не умру?

Починковъ молчалъ.

— Умру? повторилъ ребенокъ.

Починковъ выпрямился и облокотился на его изголовье.

— Зачѣмъ умирать, отвѣчалъ онъ.— Развѣ смерть стучалась къ тебѣ?

— А она стучится? Какъ стучится?

— Въ дверь стучится, иногда въ окно...

Сережа вспомнилъ, что еще не очень давно позднимъ вечеромъ стучалась къ нимъ желѣзной задвижкой старуха — кухарка.

— И придетъ? спросилъ онъ.

— Нѣтъ, только скажетъ — къ кому она пришла и уйдетъ. Развѣ она уже стучалась къ тебѣ?

— Нѣтъ, еще не стучалась...

Всѣ замолчали. Упадышева даже не перемѣняла положенія, какъ будто ничего не слышала и сидѣла въ комнатѣ совершенно одна. Она говорила съ Сережей только тогда, когда онъ спрашивалъ ее о чемъ нибудь. Когда онъ просилъ чего нибудь, она вставала, подавала ему, стояла надъ нимъ нѣсколько минутъ, облокотясь на спинку его кровати, и пристально, пристально напряженнымъ сухимъ взглядомъ смотрѣла на него, какъ бы стараясь смѣрить всю его болѣзнь, взвѣсить убыль его силъ. Иногда во время этого наблюденія губы ея начинали немного вздрагивать, она наклонялась къ ребенку и начинала цаловать его худыя рученки, будто умоляя его о чемъ, или прощаясь съ нимъ. До послѣднихъ двухъ дней она большую часть дня читала что нибудь, но теперь вдругъ съ жаромъ принялась за исправленіе и передѣлку своего гардероба, какъ будто она или къ путешествію какому нибудь готовилась, или же ей нужно было, чтобы руки ея были заняты, а голова совершенно свободна.

Починкову какъ-то неловко и тяжело сдѣлалось среди наступившаго молчанія. Онъ всталъ и прошелся по комнатѣ.

— Что теперь, спать ложатся? спросилъ Сережа.

— Да; а что?

— Собаки лаютъ.

Починковъ остановился и прослушался,

— Нѣтъ это не собаки, сказалъ онъ улыбнувшись.

— Нѣтъ собака... Лаетъ... Слышишь?

— Лаетъ, да не собака... Человѣкъ лаетъ.

— Развѣ люди лаютъ?

— Вотъ есть одинъ человѣкъ, который лаетъ.

Онъ опять сѣлъ на свое мѣсто и началъ разсказывать.

— Домъ этого человѣка за нашимъ садомъ. Тотъ самый домъ, на которомъ красная крыша. Домъ этотъ большой, внизу каменный, вверху деревянный; окна у него большія; на воротахъ, на столбахъ бѣлые звѣри съ красными языками. Хозяинъ этого дома былъ прежде чиновникомъ, писалъ бумаги, а теперь ничего не дѣлаетъ, только домъ свой караулитъ. Онъ маленькій такой, старичекъ; голова у него на половину сѣдая, на половину черная, лицо у него сморщенное, черное, носъ длинный,— ходитъ онъ всегда въ халатѣ старомъ, престаромъ, на которомъ лохмотья такъ и вѣютъ, когда старикъ выйдетъ на дворъ. Когда этотъ человѣкъ былъ еще молодъ,— былъ онъ бѣденъ,— но на что было ему купить себѣ новые сапоги и потому всегда ходилъ въ дырявыхъ. Но потомъ онъ сдѣлался богатъ. Какъ разбогатѣлъ онъ, этого я не знаю. Говорятъ, что онъ нехорошія дѣла дѣлалъ. Можетъ быть, что это и правда, только я все-таки могу сказать, что онъ былъ человѣкъ не злой. Женился онъ на бѣдной дѣвушкѣ и жили они между собой согласно. Родились у нихъ дѣти, два мальчика. Какъ отецъ обрадовался дѣтямъ, такъ это и разсказать трудно. Онъ былъ ужь немолодъ въ то время какъ женился, а когда дождался наконецъ дѣтей, такъ совсѣмъ помолодѣлъ. Очень онъ ихъ полюбилъ. Только, кажется, и смотрѣлъ на нихъ, только и думалъ, чтобы не простудились-то они, и не заболѣли, и горя никакого имъ не было, и весело имъ было. Все ждалъ онъ, дождаться не могъ, скоро ли они большіе выростутъ. Думалъ онъ скопить имъ много-много богатства къ тому времени, когда они сдѣлаются большими и придумалъ, что пока они еще маленькіе и учатся, такъ онъ работать будетъ, деньги зарабатывать. Придумалъ, что теперь онъ будетъ жить бѣднякомъ, ходить будетъ въ старомъ платьѣ, новаго ничего покупать не станетъ и удовольствій никакихъ не позволитъ себѣ дѣлать. "Я, говорилъ онъ, довольно уже поработалъ и теперь еще лѣтъ съ десятокъ поработаю. Теперь еще рано мнѣ отдыхать. А вотъ,— говоритъ,— когда мои сыновья выучатся и пріѣдутъ домой, тогда милости просимъ къ намъ въ гости. Тогда мы изъ нашего дома дворецъ устроимъ,— по лѣстницамъ и поламъ разстелемъ мягкіе ковры, навѣсимъ вездѣ зеркала по всю стѣну, наставимъ мебель раззолоченую, въ конюшняхъ будемъ держать лошадей дорогихъ"... Такъ онъ придумалъ, такъ и сдѣлалъ. Самъ онъ и дни, и ночи все за бумагами сидитъ, работаетъ, а дѣти его уѣхали въ Петербургъ учиться. Вотъ идетъ время,— проходитъ годъ за годомъ, и чѣмъ больше выростаютъ дѣти старика, тѣмъ веселѣе онъ дѣлается. Думаетъ, что вотъ скоро пріѣдутъ его дѣти, станутъ хозяйничать въ домѣ, работать, а онъ отдыхать начнетъ. Вотъ наконецъ и пришло это время: старшій его сынъ кончилъ учиться, вышелъ изъ училища и пишетъ отцу, что теперь онъ не поѣдетъ домой, а подождетъ еще годикъ, пока и меньшой братъ его выйдетъ изъ училища. Невесело сдѣлалось отъ этого старику, однако ничего, послалъ онъ имъ много денегъ и сталъ ждать еще годъ. Началъ онъ приготовлять все къ пріѣзду сыновей. Домъ совсѣмъ передѣлалъ, крышу выкрасилъ этой самой красной краской,

161

звѣрей этихъ поставилъ на воротахъ, накупилъ ковровъ, мебели, зеркалъ, пару лошадей завелъ. Не прошло еще и года, какъ вдругъ пишетъ ему старшій сынъ, что онъ проигралъ въ карты много — много чужихъ денегъ и что если отецъ не заплатитъ ихъ, то его засадятъ въ тюрьму. Заплакалъ старикъ, но денегъ даль. Ожидалъ онъ, что младшій сынъ будетъ лучше старшаго и скоро пріѣдетъ домой. Но вышелъ и младшій сынъ изъ училища и все нѣтъ его, все не ѣдетъ. Пишетъ только письма и все денегъ проситъ. То болѣнъ онъ, то дѣла у него такія, что нельзя пріѣхать, то денегъ нѣтъ. Время все идетъ, да идетъ и наконецъ у старика совсѣмъ ничего не осталось денегъ. А сыновья и не думаютъ ѣхать. Письма отъ нихъ стали приходить все рѣже, да рѣже, а наконецъ и совсѣмъ перестали приходить. И жилъ старикъ одинъ-одинехонекъ, всѣ его покинули. Жена его давно ужь умерла. Жилъ онъ въ маленькой, грязной комнатѣ,— а въ богатыя-то комнаты съ коврами и не заглядывалъ. Понемногу началъ онъ все задумываться, задумываться, а потомъ, года три назадъ, вдругъ вздумалъ онъ караулить по ночамъ свой домъ и лаять по собачьи.

На этотъ разъ Починковъ разсказывалъ апатично, разсѣянно,— подъ конецъ эта исторія какъ будто бы даже надоѣла ему. Окончивъ ее, онъ всталъ и началъ ходить по комнатѣ.

— Это не сказка? спросила Упадышева послѣ небольшаго молчанія.

— Нѣтъ, сущая быль, отвѣчалъ Починковъ.

Онъ остановился, ожидая, что она еще что нибудь спроситъ. Но она молчала, какъ будто бы сдѣлала свой вопросъ единственно затѣмъ только, чтобы про нее не сказали, что она во весь вечеръ не вымолвила ни одного слова.

— А гдѣ же его дѣти? спросилъ сквозь сонъ Сережа.

— Не знаю, отвѣчалъ Починковъ.

Онъ отвернулся къ окну и долго смотрѣлъ въ темный садъ, тихо барабаня пальцами по стеклу. Когда онъ оборотился къ свѣту, зубы его были стиснуты, губы сжаты, точно онъ силился вытерпѣть и перенести жестокое страданіе.

Онъ сѣлъ подлѣ Упадышевой. Она не взглянула на него.

— О чемъ ты думаешь весь день? спросилъ онъ.

Она ниже нагнулась надъ работой и долго ничего не отвѣчала. Починковъ положилъ руку на ея плечо. Тогда она перестала шить, отклонилась къ спинкѣ своего стула, и повернула голову къ Починкову.

— Тебѣ хочется всю душу мою видѣть? сказала она улыбнувшись.— Зачѣмъ?

— Я думаю, что тебя что нибудь особенное занимаетъ, отвѣчалъ онъ.— Вчера, сегодня я отъ тебя слова не слышалъ.

— О чемъ мнѣ говорить?

— Неужели же не о чемъ?

— Какъ ты хочешь, чтобы я была теперь весела, разговорчива... Развѣ теперь возможно это? сказала Упадышева, взглянувъ на постель Сережи.

— Я не хочу, чтобы ты была весела. Но неужели у тебя не найдется для меня хоть слова, хоть взгляда... Я знаю, что тебѣ невесело... Но зачѣмъ ты какъ будто бы сторонишься отъ меня, забываешь меня, точно я чужой здѣсь.

Онъ взялъ ея руку. Упадышева не показала и желанія освободить ее, но все-таки ни теплаго слова, ни любящаго взгляда у нея какъ видно не нашлось для Починкова. Она казалась какой-то рабыней, съ которой ея повелитель можетъ дѣлать все, что захочетъ, но отъ нея не дождется ничего, кромѣ покорности.

Казалось, что это замѣтилъ и Починковъ. Онъ выпустилъ ея руку, всталъ и прошелся по комнатѣ.

— Для Карпова у тебя находятся предметы для разговора, сказалъ онъ наконецъ съ горечью.— Для меня только нѣтъ. Съ нимъ ты ласковѣе даже...

Она вдругъ подняла голову. Какая-то рѣшимость и гордость сказались въ ея глазахъ, въ поворотѣ головы, въ выраженіи губъ; казалось, она готова была произнести рѣшительное слово, но мгновенно вспомнила что-то и удержалась.

— Я уже замѣтила, что вы ревнуете даже, тихо и тоже горько произнесла она.

Этотъ взглядъ, это холодное вы сорвавшееся съ ея губъ, точно будто раздавили Починкова. Онъ стоялъ, приложившись спиною къ печкѣ, заложивъ въ карманы руки, и когда услышалъ эти слова, увидѣлъ быстро поднявшееся къ нему рѣшительное лицо Упадышевой, холодно стало у него на сердцѣ. Онъ забылъ гдѣ находился, не чувствовалъ — стоялъ ли онъ, сидѣлъ ли, не видѣлъ ничего вокругъ себя,— и тревожныя мысли, какъ рой видѣній, овладѣли имъ. Гдѣ же то счастье, которое такъ недавно улыбнулось ему? Что за исторія совершается здѣсь? Любитъ ли она его? Не любитъ ли? Если любитъ, то зачѣмъ такъ мучитъ его, зачѣмъ забываетъ его? Вѣдь такъ не любятъ, не такова любовь. Если же не любитъ, то зачѣмъ она обманула его? Если наконецъ она и хотѣла обмануть его, притвориться, то отчего же теперь не притворяется? Что же это такое дѣлается?

XXI

Вечеромъ чрезъ два дня Починковъ возвращался откуда-то домой. Когда онъ приблизился къ воротамъ своего дома, витое желѣзное кольцо на ихъ калиткѣ брякнуло; на улицу вышла Упадышева, блѣдная, торопливая, съ опущенными внизъ глазами.

— Куда это? спросилъ Починковъ.

Она обошла его, почти уже прошла мимо него и потомъ вдругъ, какъ будто сообразивъ, что этотъ вопросъ относился къ ней, остановилась и взглянула на Починкова.

— Къ доктору, отвѣчала она.

— Развѣ онъ...

— Къ другому, другому доктору, прервала она не то раздражительно, не то какъ будто умоляя не мѣшать ей и быстро пошла дальше,

Починковъ точно будто растерялся, постоялъ на мѣстѣ, посмотрѣлъ ей вслѣдъ, посмотрѣлъ вокругъ себя и наконецъ пошелъ во флигель.

Тамъ, на своей постели, смирно, не шевелясь лежалъ Сережа, придерживая ручонками свое одѣяло у самаго подбородка Должно быть ему сдѣлалось холодно,— онъ закутался, и потомъ, засмотрѣвшись на что нибудь или задумавшись, такъ и остался въ этомъ положеніи. Лицо у него очень измѣнилось, носикъ заострился, глаза казались слабыми, печальными, смотрѣлъ онъ такъ, какъ будто бы потерпѣлъ жестокое разочарованіе въ людяхъ и вслѣдствіе этого у него на сердцѣ сдѣлалось очень тяжело и горько. На Починкова онъ посмотрѣлъ недовѣрчиво и съ упрекомъ. Починковъ пристально взглянулъ на него, но почему-то не находилъ въ себѣ ни словъ для ребенка, ни желанія говорить и молча началъ ходить по комнатѣ. Сережа слѣдилъ за нимъ своими глазами, и въ нихъ выражалось теперь даже нѣчто враждебное.

— Ты больше не любишь меня? вдругъ спросилъ онъ.

Починковъ остановился у его постели.

— Съ чего ты это взялъ? спросилъ онъ.

— Ты больше не хочешь разговаривать со мной, продолжалъ ребенокъ,— не хочешь играть... Не нужно...

Починковъ нагнулся къ нему.

— Не нужно мнѣ тебя, не нужно, сказалъ Сережа и порывисто отвернулся отъ него къ стѣнкѣ.

Тонкія губы его немного полураскрылись и какъ будто посинѣли, дышалъ онъ отрывисто, тяжело, Починковъ почувствовалъ, что если дотронется до ребенка, скажетъ ему хоть одно слово, то окончательно выведетъ его изъ себя — и отошелъ, сѣлъ на окно.

Ребенокъ былъ отчасти правъ. Дѣйствительно, въ послѣднее время, Починковъ мало и неохотно говорилъ съ нимъ, рѣдко старался развлечь его, скучающаго, прикованнаго къ постели и по-немногу угасавшаго; не до того было Починкову,— у него были свои заботы и страданія. Со времени того вечера, когда онъ жаловался Упадышевой, что она забываетъ его, не ласкова къ нему,— отношенія ихъ нисколько не сдѣлались лучше. И прежде рѣдко былъ слышенъ смѣхъ Упадышевой, а теперь его совсѣмъ не было слышно,— теперь если и случалось ей чему нибудь улыбнуться, то эта улыбка выходила слабая, мгновенная, точно будто боль какая нибудь всегда сопровождала ея смѣхъ и быстро прерывала его. Она похудѣла, глаза ея вѣчно были опущены въ землю, прятались отъ чужого взгляда,— она почти ни съ кѣмъ ни о чемъ но говорила, и постоянно глубокая морщинка лежала между ея тонкими, темными бровями.

Починковъ часто по-долгу сидѣлъ, наблюдая ее, дожидаясь отъ нея ласки, теплаго слова, ласковаго взгляда и наконецъ уходилъ ничего не дождавшись, съ изъязвленнымъ сердцемъ, съ отчаяніемъ въ немъ. Онъ не могъ не додуматься до того, что она, можетъ быть, вовсе не любитъ его и отдалась ему изъ одного сожалѣнія. Но если такъ, если ей стало жаль его, то зачѣмъ же, отчего же она теперь не пожалѣетъ его, зачѣмъ она теперь мучитъ его своей холодностью? Нѣтъ, это все не то. Но что же это такое? можетъ быть, болѣзнь ребенка такъ измѣнила ее? Но нѣтъ, Починковъ тысячу разъ видѣлъ, что такое горе еще больше привязываетъ человѣка къ тѣмъ, кого онъ любитъ,— часто отнимаетъ у него веселость, здоровье, но никогда не отнимаетъ у него любви, всегда еще тѣснѣе связываетъ его съ тѣми, кто ему былъ дорогъ до этого времени. Все не то... Но чѣмъ же наконецъ кончится все это?

Сережа опять повернулся къ Починкову и смотрѣлъ на него все тѣмъ же взглядомъ упрека и разочарованія.

Упадышева скоро возвратилась съ Шестаковымъ. Должно быть невесело было ей обращаться къ этому человѣку съ великой для нея просьбой, но она смотрѣла какой-то лихорадочно возбужденной, рѣшительной; большіе блестящіе глаза ея какъ бы говорили, что она сдѣлаетъ для ребенка все, что ни велѣли бы ей, рѣшительно все.

Она сняла шляпку и сѣла къ столу, положивъ подбородокъ на руку и пристально, съ терпѣливымъ ожиданіемъ смотря на ребенка и доктора. Долго сидѣлъ Шестаковъ подлѣ ребенка, наблюдая его, спрашивая, слушая его грудь, вслушиваясь въ голосъ. Нѣсколько разъ повторялъ онъ одни и тѣже пріемы. Упадышева терпѣливо ждала. Наконецъ онъ кончилъ, подошелъ къ столу, у котораго она сидѣла, сѣлъ въ кресло, взглянулъ на нее и сейчасъ же опять опустилъ глаза. На столѣ лежала бумага, изъ которой его предшественникъ выкраивалъ свои рецепты. Шестаковъ машинально взялъ перо, машинально, въ раздумьѣ черкнулъ на бумагѣ нѣсколько штриховъ и потомъ опять взглянулъ на Упадышеву.

— Поздновато, произнесъ онъ тихо.

Тогда она опустила свои глаза, голова ея наклонилась ниже, ниже къ столу; бѣдная женщина усердно и старательно принялась зачѣмъ-то тереть своимъ худымъ пальцемъ блестящій и нисколько непопорченный лакъ на столѣ.

Шестаковъ тихонько отодвинулъ свое кресло, еще разъ посмотрѣлъ на Упадышеву, и отошелъ къ окну. Можетъ быть, ему пришло на память, что она точно также не плакала и тогда, когда ея мужъ умеръ,— можетъ быть, ему подумалось, что онъ не совсѣмъ основательно предполагалъ тогда, что она не любила покойника. Бываетъ горе и безъ слезъ.

Вдругъ Упадышева встала и обернулась къ нему.

— Скоро ли кончится все это? спросила она, точно спрашивая — скоро ли кончится пытка надъ нею.

— Недолго, тихо отвѣчалъ Шестаковъ.— Не сегодня — завтра.

Онъ скоро ушелъ. Упадышева сидѣла опять на томъ же мѣстѣ, облокотившись на столъ, прикрывъ лобъ своими тонкими длинными пальцами и закрывъ глаза. Во все время она даже не взглянула на Починкова.

— Елена, назвалъ онъ ее.

Она не шевелилась.

166

Онъ все еще имѣлъ маленькую надежду, что она подѣлится съ нимъ своимъ горемъ. Вѣдь она еще такъ недавно говорила ему, что любить его. Онъ подождалъ немного, а потомъ ушелъ домой. Если онъ думалъ, что она позоветъ его,— то очень ошибся. Когда дверь скрипнула за нимъ, Упадышева приподнялась, точно будто ее разбудилъ этотъ скрипъ. Она подошла къ постели. Сережа открылъ глаза и посмотрѣлъ на нее.

— Ушелъ? спросилъ онъ.

— Кто?

Сережа назвалъ Починкова и когда получилъ утвердительный отвѣтъ, подвинулся и очистилъ матери мѣсто подлѣ себя, приглашая ее сѣсть.

— Онъ совсѣмъ бросилъ меня, пожаловался онъ.— Не хочетъ говорить.

— И его бросятъ, отвѣчала Упадышева.

— А его кто броситъ?

— Всѣ его бросятъ...

Она взяла его къ себѣ на руки, ходила съ нимъ по комнатѣ, качала его, какъ грудного ребенка. Самыя нѣжныя, любящія слова, какія только могутъ быть въ лексиконѣ матерей, говорила она ему,— самыми нѣжными поцѣлуями, какими только можно цѣловать дорогого человѣка, уносимаго смертью, цѣловала она его потухающіе глаза,— а слезы какъ градъ вырывались изъ ея глазъ. Ребенокъ вытиралъ своими ручейками ея слезы, утѣшалъ ее, и въ его голосѣ слышалась какая-то небывалая до сихъ поръ нѣжность.

А между тѣмъ шла ночь, можетъ быть, послѣдняя для Сережи ночь, подумала Упадышева. Ребенокъ заснулъ, а мать все сидѣла невдалекѣ отъ нею въ креслѣ. Не разъ колоколъ на далекой башнѣ принимался за свою протяжную, печально раздающуюся въ ночной тишинѣ пѣсню,— билъ и полночь, билъ и часъ, и два часа, а Упадышева все сидѣла, все не могла сомкнуть глазъ, точно съ минуты на минуту ожидала она появленія какого-то страшнаго гостя, одна мысль о которомъ прогоняла ея усталость и сонъ. Черныя деревья смотрѣли на нее въ окна, свѣтлыя звѣзды сіяли между ихъ вѣтвей; черныя мысли приходили къ ней и обступали ее цѣлымъ лѣсомъ, и не сіяло за ними ни одной свѣтлой черты.

Черныя, странныя мысли приходили къ ней. Идетъ ли эта ожидаемая страшная гостья, нѣтъ ли? Далеко ли еще она, или уже въ дверь входитъ, въ эту темную пріотворенную дверь, на которую падаетъ черная тѣнь? И зачѣмъ ей непремѣнно придти нужно? Счастье ли она хочетъ этимъ дать кому нибудь, отмстить ли кому нибудь за что нибудь или думаетъ найти здѣсь свое, ей принадлежащее? И по какому праву принадлежитъ ей этотъ ребенокъ? Можетъ быть, ей принадлежатъ всѣ дѣти, родившіеся и проведшіе первые годы своей жизни въ той сырой и мрачной комнатѣ, въ которой онъ появился на свѣтъ? Можетъ быть, ей принадлежатъ всѣ дѣти, которые, съ перваго же дня своего рожденія, просыпаясь среди глухой ночи, постоянно видятъ свѣтъ огня на рабочемъ столѣ и слышатъ кашель отца, работающаго за этимъ столомъ? Если такъ, то смерть неминуемо, неминуемо придетъ и возьметъ его, онъ ей принадлежитъ, потому что сыра и мрачна была та комната, въ которой онъ родился и постоянно слышалъ по ночамъ болѣзненный кашель отца, постоянно видѣлъ въ глубокія ночи свѣтъ на его столѣ. Если таковы ея права, то она непремѣнно придетъ. И неужели ничто не можетъ остановить ее? Ребенокъ давно уже вынесенъ изъ мрака и сырости, и жилъ среди зелени, среди тепла и свѣта... Неужели эта перемѣна совершилась ужо слишкомъ поздно? Говорятъ, что поздно... Говорятъ, что или въ эту ночь или завтра онъ покинетъ свою мать. Вотъ понемногу выступаетъ изъ темнаго далека и это послѣднее завтра,— блеснуло вдали свѣтлой полосой, гаситъ звѣзды и тихо — тихо идетъ все впередъ и впередъ, все выше и выше по темному небу.

Да, такъ скоро ребенокъ покинетъ ее и она одна останется жить... Жить... Зачѣмъ, къ чему жить? Есть ли что нибудь дорогое для нея въ этой жизни? Есть ли около нея кто нибудь, ради котораго ей свѣтла была бы жизнь? Нѣтъ никого! Есть ли хоть впереди у нея что нибудь такое, ради чего стоило бы жить? Есть ли у нея дѣло какое нибудь милое и неоконченное, есть ли у нея цѣль какая нибудь, давно желанная и все еще не достигнутая? Нѣтъ, ничего нѣтъ,— ни цѣли, ни дѣла, ни надеждъ даже... Холодна ея жизнь... Долго ли еще продлится эта холодная жизнь или она коротка будетъ, и чѣмъ наполнится она, эта жизнь? Также ли, какъ теперь смерть смотритъ въ пріотворенную дверь на ея сына, будутъ входить въ дверь его матери нищета и болѣзни, голодъ и мысли отчаянія? Другое что нибудь ждетъ ее? Кому въ самомъ дѣлѣ принадлежитъ жизнь ея? Если дѣти, родившіяся среди сырости и мрака, среди бѣдности и лишеній, принадлежатъ смерти, то значитъ прошедшее можетъ предсказывать будущее... Что же въ ея прошедшемъ, прожитомъ ею до этой минуты? Все таже тамъ бѣдность, не крайняя ужасающая бѣдность, которая какъ огонь сожигаетъ человѣка, а маленькая бѣдность рабочихъ людей, которая,— какъ червь по цѣлымъ годамъ точитъ дерево,— медленно, песлышно подтачиваетъ тѣло и мысли человѣка. Все тамъ одни стѣсненія, обиды мелкія, которыя ожесточаютъ сердце и вызываютъ на мщеніе людямъ и приносятъ черныя мысли. Все-то растутъ эти черныя мысли, все темнѣетъ ея умъ, притупляются чувства, все чаще и чаще случаются съ нею ошибки и все крупнѣе онѣ дѣлаются. И вотъ теперь — отдалась она человѣку, котораго не любила. Какъ могла она хоть на минуту убѣдить себя, что любитъ его? Какъ могла она обмануть себя? И даже обманула ли она себя? Повѣрила ли она себѣ хоть на минуту, что любитъ его? Не отдалась ли она ему изъ жалости? Не отдалась ли изъ благодарности за то, что онъ дѣлалъ для ея ребенка? Поистинѣ темнѣетъ ея умъ. Теперь изъ благодарности за сына, затѣмъ изъ отмщенія людямъ, дальше изъ отчаянія можно будетъ отдаться, и всегда возможно будетъ обмануть себя. Поистинѣ темнѣетъ ея умъ. И неужели же онъ все больше и больше будетъ темнѣть, неужели все чернѣе и чернѣе будутъ ея мысли, все черствѣе и черствѣе си сердце, и все чаще и крупнѣе сдѣлаются ея ошибки? Не можетъ быть, но должно быть. Прошедшее невсегда предсказываетъ будущее.

Можетъ быть, и на счетъ ея ребенка ошибаются,— не умретъ онъ. Что знаютъ эти люди, которые предсказываютъ ему смерть! Знаютъ ли они сегодня, что сдѣлаютъ завтра? Можно и не вѣрить имъ... Пройдетъ, можетъ быть, и завтрашній день, пройдетъ и слѣдующій, а смерти все не будетъ, и на мѣсто ея придетъ неожиданное счастье. Выздоровѣетъ ея милый мальчикъ, поправится, похорошѣетъ, веселѣе сдѣлается, и тогда... тогда онъ освободитъ ее изъ этого дома, ей можно будетъ уѣхать съ нимъ отсюда. Да, уѣхать... А что же тамъ, куда они уѣдутъ? Опять бѣдность, мракъ, сырость, опять обиды, опять болѣзни? Или не ѣхать? Покориться? Нѣтъ, нужно ѣхать,— потому что не можетъ она жить здѣсь. Правда, Починковъ добрый человѣкъ, но все таки она не можетъ, не можетъ оставаться у него. Нужно ѣхать. Можетъ быть, тамъ, вдалекѣ отсюда, ихъ ожидаетъ наконецъ такъ давно непосѣщавшее ихъ счастье? Очень можетъ быть... Уѣдемъ...

Все блѣднѣе и блѣднѣе становилось небо,— холодкомъ повѣяло въ воздухѣ, дрожь начала пробѣгать по усталому тѣлу Упадышевой. Голова ея отяжелѣла и все плотнѣе пролегала она къ спинкѣ кресла. Какъ-то смутно, но вмѣстѣ съ тѣмъ спокойно сдѣлалось у нея на сердцѣ,— она какъ будто утопала.

Рано утромъ тихонько вошла старуха кухарка; немного погодя пришелъ Починковъ. Упадышева сидѣла на постели ребенка, блѣдная, усталая, съ какимъ-то недоумѣніемъ въ глазахъ, точно она все еще не совсѣмъ вѣрила тому, что случилось.

— Кажется, что все кончено, сказала она съ такимъ видомъ, какъ будто ожидала, что никто съ ней не согласится.

Но всѣ молчали.

— Ну, вотъ и совсѣмъ одна, сказала она тогда, перешла съ постели на диванъ и прилегла лицомъ къ подушкѣ.

XXII

Похоронили Сережу. Могилка его была вырыта подлѣ могилы отца.

Вечеромъ въ тотъ день, когда его маленькое тѣло зарыли въ землю, Починковъ навѣстилъ Упадышеву. Она сидѣла, или скорѣе полулежала въ креслѣ у открытаго окна и холодными, безжизненными глазами смотрѣла въ садъ. Когда Починковъ вошелъ, она пристально, серьезно смотрѣла на него, какъ онъ затворилъ дверь, какъ приближался, какъ наконецъ сѣлъ невдалекѣ отъ нея. Когда онъ сѣлъ наконецъ, тогда она опять, безъ малѣйшаго измѣненія въ лицѣ, перенесла свои глаза въ садъ. Еслибъ птица пролетала передъ ея глазами, еслибъ увидѣла она облако, плывшее въ вышинѣ, она вѣроятно точно также прослѣдила бы ихъ своимъ равнодушнымъ взглядомъ и потомъ сейчасъ яіо забыла бы.

Починковъ посмотрѣлъ на нее, долго посмотрѣлъ, и потомъ, не найдя вѣроятно ни одного слова, которымъ можно бы было начать какой нибудь разговоръ,— ни одного предмета, о которомъ можно бы было теперь говорить, раскрылъ лежащую на столѣ книгу. Я не думаю, чтобы онъ понялъ въ ней хоть одно слово изъ тѣхъ страницъ, которыя отъ времени до времени раскрывались передъ его глазами, но онъ часто перевертывалъ листы и много времени провелъ въ этомъ занятіи.

Наконецъ Упадышева обернулась къ нему, или вѣрнѣе сказать увидѣла его и вспомнила о немъ.

— Какъ скучно стало, сказала она.

— Да... скучно, повторилъ Починковъ.

Она перешла на диванъ,— какъ будто ее утомили предметы, бывшіе передъ ея глазами, когда она сидѣла на прежнемъ мѣстѣ,— и опять погрузилась въ прежнюю неподвижность.

Прошло еще съ четверть часа въ томъ же молчаніи. Наконецъ Починковъ оставилъ книгу и посмотрѣлъ на Упадышеву. Глаза ея были закрыты. Онъ долго, долго смотрѣлъ на ея блѣдное, усталое лицо, потомъ тихо поднялся и, подавивъ вздохъ, вышелъ изъ комнаты.

Онъ старался увѣрить себя, что нужно только имѣть терпѣніе переждать это печальное время, пока образъ ея бѣднаго, изчезнувшаго мальчика постоянно носится передъ ея глазами. Онъ убѣждалъ себя, что когда пройдетъ это время, тогда она вспомнить о немъ и не будетъ такъ жестока къ нему. Однако же, не смотря на всѣ эти соображенія, онъ не пользовался большимъ душевнымъ спокойствіемъ, не безъ безпокойства ждалъ онъ слѣдующаго дня.

На другой день Починковъ съ утра ушелъ изъ дому и воротился уже къ вечеру. Упадышева ходила въ это время "гулять", какъ она сказала старухѣ — кухаркѣ, то есть на кладбище вѣроятно, подумалъ Починковъ. Онъ пошелъ въ садъ, побродилъ по травѣ и извилистымъ дорожкамъ, по которымъ онъ еще такъ недавно носилъ Сережу, не безъ грусти припомнилъ многіе изъ своихъ разговоровъ съ нимъ и потомъ присѣлъ на скамью. Здѣсь онъ задумался о своей собственной судьбѣ. Думалъ онъ между прочимъ, что старъ становится,— что не слишкомъ ли неумѣстно его желаніе, чтобы Упадышева любила его тою горячею любовью, при которой легко переносятся и неудачи, и потери, и всякое горе? Не на такую любовь можетъ онъ надѣяться. Такая любовь существуетъ только для молодости и умираетъ вмѣстѣ съ нею. Похоронена его молодость,— похоронена съ нею и надежда на горячую, всезабывающую, всепрощающую любовь. Другая любовь оставалась еще для него,— любовь спокойная, ровная, мало чѣмъ отличающаяся отъ дружбы. Горькая улыбка пробѣжала по его губамъ,— должно быть мало способенъ онъ былъ удовлетвориться такой любовью.

Онъ всталъ и пошелъ домой. При поворотѣ въ другую аллею ему встрѣтилась Упадышева.

— Гулять ходила? спросилъ онъ.

— Да, на кладбище, отвѣчала Упадышева.

— Проститься ходила, прибавила, она помолчавъ, и печально, серьезно взглянула въ его глаза.

Онъ слегка поблѣднѣлъ, предчувствуя что-то нехорошее, отступилъ назадъ и прислонился къ дереву.

— Проститься, повторилъ онъ, немного задрожавшимъ голосомъ.

— Вотъ что, Валерьянъ Петровичъ, заговорила она съ волненіемъ и не смотря на нею.— Что тамъ было между нами... то ошибка была... я сама себя обманула.

Починковъ заложилъ руки за спину и поднялъ на нее блестящіе, холодные черные глаза. Онъ долго смотрѣлъ въ ея лицо, пронизывая ее насквозь своимъ взглядомъ.

— Уѣзжаешь? спросилъ онъ ровно, твердо.

— Да, отвѣчала она.

Онъ все смотрѣлъ ей прямо въ лицо.

— Ну, и поѣзжай, сказалъ онъ наконецъ, повернулся и пошелъ обратно въ глубину сада.

Она догнала его и положила руку на его плечо. Она дорого дала бы, чтобы узнать, что дѣлается въ душѣ этого человѣка.

— Постой... Я боюсь за тебя... Скажи мнѣ, что нечего бояться, говорила она.

Онъ остановился и осмотрѣлъ ее съ головы до ногъ.

— Мое это дѣло, сказалъ онъ холодно.— Поѣзжай себѣ.

Нѣсколько секундъ они стояли и смотрѣли другъ на друга.

Потомъ она отвернулась и тихо, опечаленная, пошла отъ него прочь.

— Послушай, позвалъ ее Починковъ, неподвижно стоявшій на мѣстѣ.

Она остановилась.

— Живи здѣсь... Я уѣду, сказалъ онъ.

Она покачала головой.

— Отчего нѣтъ?

— Не могу я такъ жить, сказала Упадышева.— Душно мнѣ здѣсь, скучно...

Починковъ махнулъ рукой и пошелъ своей дорогой. Дойдя до самого конца сада, до низенькаго покачнувшагося забора, онъ круто повернулъ обратно и пошелъ домой. Руки его все время заложены были за спину, шелъ онъ быстро, широкими шагами, изрѣдка пожимая плечомъ и что-то шевеля губами. Не убитымъ, не несчастнымъ казался онъ, а скорѣе обиженнымъ, полнымъ гнѣва и презрѣнія. "По ошибкѣ, думалъ онъ,ипо ошибкѣ приходитъ иногда счастье. Ошибется — и придетъ, опомнится — и уйдетъ".

Въ сторонѣ отъ дороги, по которой онъ шелъ, мелькнули окна флигелька, занимаемаго Упадышевой. Бѣлая занавѣска качалась на одномъ окнѣ, темная фигура мелькнула за нею и хоть никто, обладающій обыкновеннымъ человѣческимъ зрѣніемъ, не могъ уловить даже очертаній мелькнувшей тѣни, однакожъ Починкову показалось, что онъ ясно видѣлъ блѣдное милое лицо и большіе глаза любимой имъ, покидающей его женщины. Сжалось его сердце, ниже наклонилась голова, и все тише и тише шелъ онъ до своей комнаты. Здѣсь онъ, не снимая шляпы, сѣлъ въ кресло противъ письменнаго стола и поникъ головой. Здѣсь онъ уже не гнѣвенъ былъ,— а несчастенъ. Только-что проводившему близкаго человѣка — скучно и пусто кажется въ опустѣвшемъ домѣ; только-что похоронившему счастье — скучно и пусто кажется во всемъ мірѣ. Долго сидѣлъ такъ Починковъ, потомъ всталъ, къ окну подошелъ, тупо посмотрѣлъ, какъ испуганная его приближеніемъ большая муха отчаянно загудѣла и забарабанила въ стекло, затѣмъ опять сѣлъ.

— Ошибка, произнесъ онъ, какъ будто это слово легло его, покоя ему не давало.

На столѣ лежалъ складной садовый ножъ. Онъ взялъ его и повертѣлъ въ рукѣ. Пришло ему въ голову, что все на свѣтѣ — одна только ошибка, и жизнь его собственная — одна ошибка. Двадцать лучшихъ лѣтъ своей жизни посвятилъ онъ исканію истины — и оказалось, что ошибку сдѣлалъ. Друзья у него были — по ошибкѣ. Счастье къ нему пришло тоже по ошибкѣ... Пришло и ушло... Все ошибки.

Машинально раскрылъ онъ ножъ и ниже наклонился къ столу.

Все ошибки... Вотъ и эта женщина, которую онъ любилъ... Она думала, что и свое счастье найдетъ съ нимъ, и его сдѣлаетъ счастливымъ,— ошиблась. Ѣдетъ она теперь, надѣясь, что тамъ ей не будетъ душно и скучно, какъ здѣсь,— ошибается. Встрѣтитъ она человѣка молодого, красиваго, съ пылкими рѣчами, полюбитъ горячо, до забвенія своей собственной жизни...

Вдругъ онъ остановился и неподвижными, расширившимися глазами смотрѣлъ на блестящій въ его рукахъ ножъ. Потомъ тихо — тихо, съ тоской началъ онъ приподниматься съ мѣста, отодвигаться отъ стола, но дрожащая, похолодѣвшая рука крѣпко держала ножъ.

Наконецъ Починковъ бросилъ его и быстро отступилъ къ двери, взялся за ея ручку, пріотворилъ даже, но здѣсь опять остановился, и опять — опять тѣми же расширившимися глазами смотрѣлъ на брошенное желѣзо, точно оно притягивало его... Точно въ немъ двѣ воли боролись. Наконецъ онъ растворилъ дверь и быстро, не оглядываясь, пошелъ изъ дома на дворъ, на улицу, точно кто нибудь гнался за нимъ.

Эпилогъ

— Ну, нѣтъ, сегодня, въ ночь на Рождество, я не намѣрена работать. У меня былъ дѣдушка, который,— съ пьяныхъ глазъ должно быть,— выдумалъ въ ночь подъ Рождество поѣхать за водой на Волгу. Ну и увидѣлъ за это, какъ къ нему на дугу, и на оглобли, и на бочку насѣли чертенята. Добрые люди разсказываютъ, что дѣдъ несчастный голову совсѣмъ потерялъ, не могъ придумать,— бросить ли ему лошадь-то, да бѣжать домой или ужъ все какъ есть поворотить обратно и везти къ себѣ во дворъ. Долго, говорятъ, не могъ придумать; однако подъ конецъ пожалѣлъ бросить лошадь и домой поѣхалъ... Все въ домъ и привезъ... Говорятъ, что потомъ, немного только погодя, повыгнали всѣхъ этихъ чертенятъ изъ нашего дома въ лѣса и болота; да я не вѣрю,— всѣ они должно быть такъ и остались у насъ Такого содома и брани, какъ въ нашемъ домѣ, я нигдѣ не видывала,— не только въ Петербургѣ покажется лучше, а и въ лѣсу пожалуй веселѣе... И хоть бы деньги платили исправно, такъ еще можно бы и подъ праздникъ поработать,— а то изъ-за чего же?

Такъ,— громко и бойко,— говорила блѣдная молодая дѣвушка, садясь на постель подлѣ Упадышевій, неподвижно лежавшей въ черномъ шерстяномъ платьѣ съ заложенными подъ голову руками.

— И зачѣмъ онъ обѣщалъ отдать сегодня деньги... Лучше бы не обѣщалъ, отвѣчала Упадышева тихимъ усталымъ голосомъ.

— Мало ли что обѣщается на нашемъ свѣтѣ, возразила ея подруга,— Мнѣ три раза счастье предсказывали, два раза жениться на мнѣ обѣщали,— а все вотъ и безъ счастья, и безъ мужа живу. Нынче я мало что-то вѣрю въ обѣщанія.

174

— А я думала, что если снесемъ сегодня работу и получимъ деньги, такъ завтра за супомъ пошлемъ хозяйку... Ужасно надоѣло такъ жить... Все чай да хлѣбъ, кофе да хлѣбъ, проговорила Упадышева.

— Съ масломъ вѣдь иногда бываетъ этотъ хлѣбъ, полусмѣясь, полугрустно отвѣчала ея подруга.— Оттого и надоѣли тебѣ наши обѣды, что ты хворать начинаешь. Какая у тебя голова горячая... Ужасъ...

— Болитъ, сказала Упадышева, прикладывая свою руку къ глазамъ, И лицо горитъ, глаза свѣта не выносятъ...

Ея собесѣдница ниже опустила колпакъ на лампѣ и долго, пристально смотрѣла куда-то въ темный, покрытый бѣлою плѣсенью уголъ, не переставая однакоже быстро постукивать ногою, точно будто въ тактъ какой нибудь бойкой, веселой пѣсенки. Эта дѣвушка, кажется, жить не могла безъ движенья.

— Нѣтъ, завтра будемъ кушать супъ, сказала она наконецъ.— Нельзя такъ жить. Горячки, говорятъ, по всѣмъ угламъ шныряютъ, какъ салопницы въ большіе праздники

Упадышева помолчала.

— У меня еще кольцо есть обручальное, заговорила она.— А ты не платье ли хотѣла продать? Вѣдь этого нельзя. Продай мое кольцо... Богъ съ нимъ...

— Зачѣмъ продать?.. это еще зачѣмъ?

— Ну, заложи... Все равно... Такъ говорятъ, что горячки появились?

— Давно уже.

— И много умираетъ?.. Очень?..

— Говорятъ, что много... Да тебѣ что изъ этого? Не придутъ же онѣ къ намъ, съ нѣкоторой неохотой отвѣчала дѣвушка.

— Можетъ быть, и пришли уже, тихо, печально отвѣчала Упадышева.— А не хочется умирать, Оля, прибавила она протяжно.

— А я хоть сейчасъ готова бы, ворчливо отвѣчала Оля. Что это такое въ самомъ дѣлѣ? Работаешь, работаешь на этихъ лавочниковъ, а они только любезностями отдѣлываются, рѣдко деньги показываютъ... хлѣбъ дѣлается какой-то горькій, люди гадкіе, морозы злые, ботинки то и дѣло разваливаются, чай гнилой начали продавать... Я хоть сейчасъ готова, а ты вотъ храбришься только: пока здорова, такъ и смерти у Бога просишь, а какъ заболѣешь,— такъ и жить захочется.

Она замолчала и усиленно быстро забарабанила ногой по желтому, блестящему полу, чисто выметенному ради праздника. Упадышева неподвижно лежала, закрывъ глаза, и улыбалась на ея ворчливыя рѣчи слабой улыбкой больного человѣка.

— Да, жить хочется, заговорила она послѣ додгого молчанія.— Хорошо было бы, если бы мы съ самой той минуты, какъ появились на свѣтъ, только и жили, что въ какихъ нибудь темныхъ, сырыхъ подвалахъ, гдѣ вода капаетъ со стѣнъ,— только бы и знали, что свою работу,— только бы и видѣли, что иголки, нитки, полотно бѣлое. Можетъ быть мы думали бы, что это бѣлое, тонкое полотно на мертвецовъ шьется и никому бы не завидовали. Не думали бы мы тогда, что вотъ есть же люди, которые веселятся и блаженствуютъ въ то самое время, когда мы и днемъ, и ночью убиваемся надъ работой. Можетъ быть мы не знали бы тогда, что есть на свѣтѣ солнце, поля зеленыя, Волга твоя, о которой ты теперь вздыхаешь. Не знали бы мы, что есть на свѣтѣ такія страны, гдѣ вѣчно все тепло вѣчно все въ зелени, гдѣ вода никогда не замерзаетъ, гдѣ въ никогда неопадающихъ лѣсахъ кричатъ обезьяны и живутъ чудесныя, какъ въ сказкахъ птицы. Зачѣмъ намъ знать это? Затѣмъ развѣ, чтобы иной разъ сердце у насъ перевернулось и какъ въ тискахъ сжалось?

Она какъ будто бредила. Протяженъ и прерывистъ былъ ея голосъ, болѣзненный румянецъ горѣлъ на ея щекахъ. Оля взяла ея горячую руку и задумчиво, совсѣмъ затихнувъ наконецъ, слушала ея болѣзненныя рѣчи. И ея сердце тоже какъ-то иначе, тревожнѣе, тоскливѣе забилось.

— И нужно же намъ знать объ этомъ, продолжала Упадышева.— Зачѣмъ? Право, какъ глупо все устроивается. Не знали бы,— жили бы себѣ и безъ свѣта, и безъ жизни, и безъ мечтаній, а когда знаемъ уже,— такъ иной разъ и подумаешь, что лучше все забыть, все бросить и честь продать, да хоть годъ одинъ посмотрѣть на свѣтъ, на весь свѣтъ, на все, что есть въ немъ хорошаго И изъ-за чего терпѣть, все сносить и крѣпиться? Какія радости въ этомъ мученичествѣ? Немного... Зависть одна огложетъ все сердце... И несправедливость какая... Если честной останешься — то мучиться и страдать будешь и какъ въ могилѣ похоронятъ тебя въ какомъ нибудь сыромъ — сыромъ подвалѣ; а если свѣта захочешь, такъ волю свою продай, любовь продай... Тогда и отворятся передъ тобой двери, за которыми заперты отъ насъ всѣ радости. Нѣтъ, лучше ужь не крѣпиться...

На этомъ словѣ прервалъ ее дребезжащій, старушечій голосъ, отъ котораго вздрогнули обѣ женщины.

— Это ты въ который ужъ разъ разсказываешь? заговорилъ онъ за перегородкой и постепенно приближаясь къ двери.— Чуть захвораешь,— такъ и запоешь эту пѣсню; а выздоровѣешь, такъ и забудешь...

— Терпишь — терпишь, да наконецъ и не хватитъ терпѣнья,— все оно издержится, меланхолически отвѣчала Упадышева.

— А я думала, что оно у тебя никогда не издержится, продолжала старуха, показываясь въ темной двери.— Посмотримъ, какъ-то оно у тебя издержалось...

Вмѣсто отвѣта Упадышева глубоко, протяжно вздохнула. Оля еще немного посидѣла на ея постели, потомъ крѣпко — крѣпко поцѣловала больную женщину и съ задумчивымъ, груснымъ лицомъ начала приготовлять свою постель. Раздѣвшись, она сѣла на кровать, сложила на колѣняхъ руки, и долго еще просидѣла, неподвижно смотря внизъ.

— Ну прощай, моя хорошая, сказала она наконецъ тихимъ, полнымъ печали голосомъ.

— Прощай, Оля, отвѣчала Упадышева.

Настала ночь; но не звѣзды смотрѣли въ эту комнату,— смотрѣла въ нее рядами темныхъ оконъ высокая бѣлая стѣна большого дома. Настала ночь; но не принесла она въ эту комнату мира и спокойствія, забвенія страданій и успокоенія отъ тревожныхъ мыслей. Изрѣдка раздавался здѣсь среди тишины отрывистый, жалобный стонъ, потомъ слышался глубокій вздохъ, затѣмъ слѣдовалъ рядъ тихихъ отрывочныхъ восклицаній, дѣлавшихся все громче и громче, чаще и чаще, и наконецъ переходившихъ въ долгій, безсвязный, горячечный бредъ, который встревоживалъ сонъ и другихъ спящихъ людей. И въ другихъ мѣстахъ, какъ въ отвѣтъ на безсвязныя рѣчи больной, поднимались вздохи и стоны, и незаконченныя, никѣмъ неслышимыя восклицанія. А на окнахъ морозъ терпѣливо дѣлалъ свою работу, обкладывалъ стекла толстою бронею льда, разрисовывалъ ихъ фантастическими узорами, убиралъ бѣлыми звѣздами и, какъ будто прикрываясь этой художественной работой, незамѣтно все больше и больше пробирался въ комнату, на окна съ своими свѣтлыми слоями льда, и на плѣсень обоевъ съ своимъ бѣлымъ инеемъ.

— Какіе мнѣ все сны снятся,— говорила Упадышева на другой день за обѣдомъ.— О чемъ я говорила вчера вечеромъ, о чемъ все думала,— то и видѣлось мнѣ всю ночь на пролетъ. Все лѣса какіе-то невиданные мнѣ снились, наполненные цвѣтами и деревьями, какихъ я еще никогда не видала. На деревьяхъ сидятъ птицы, одѣтыя въ самыя яркія перья и поютъ пѣсни, какихъ вѣроятно никто еще никогда не слыхалъ... Печальныя пѣсни... И какъ тепло мнѣ было тамъ! Кажется, что самое легкое платье и то душитъ и жжетъ тѣло. Рѣки широкія, свѣтлыя, получше твоей Волги, я видѣла. Все хотѣлось броситься въ нихъ, освѣжиться, да все что нибудь мѣшало...

— Богъ съ ними, съ этими теплыми краями,— ворчливо отвѣчала Оля.— По мнѣ хоть бы въ комнатѣ у насъ потеплѣе было. А о водѣ, о рѣкѣ мнѣ даже и подумать холодно...

Упадышева неохотно доѣла тарелку такъ давно желаннаго супа и опять прилегла на постель.

— Болитъ голова? спросила Оля.

— Болитъ.

— И жаръ есть?

— Да, есть еще немного.

Она закрыла глаза и повернулась лицомъ къ стѣнѣ. Ея подруга посидѣла еще нѣсколько минутъ подлѣ нея, потомъ перешла къ свѣту и тихонько принялась за работу, думая, что Упадышева заснула. Но больная не спала. Она вдругъ сѣла на постели, блѣдная, съ блестящими глазами, посидѣла, осматриваясь кругомъ, потомъ встала и начала ходить по комнатѣ.

— Страшно вѣдь умирать, Оля? спросила она, неожиданно остановившись передъ изумленной дѣвушкой.

Та молча, широко раскрытыми глазами смотрѣла на нее.

— Что съ тобой? произнесла она наконецъ.

— Страшно,— отвѣтила на свой вопросъ Упадышева, и опять начала ходить взадъ и впередъ по комнатѣ.

— Что съ тобой? тебѣ нехорошо? холодно? спросила черезъ минуту ея подруга, пытаясь понять, что значатъ эти странныя слова Упадышевой, ея видимое волненіе, наконецъ эта ходьба ея.

— Нѣтъ, отвѣчала Упадышева,— нѣтъ, не холодно...

Начало темнѣть, зажглись огни, она все ходила. Въ комнатѣ была глубокая тишина. Внятно слышалось, какъ кто-то шелъ по каменной лѣстницѣ, какъ этотъ кто-то взялся за ручку звонка, какъ задребезжала и заскрипѣла проволока. Потомъ раздалось щелканье ключа; кто-то вошелъ и довольно долго тихо разговаривалъ съ старухой, хозяйкой квартиры. Упадышева все ходила.

Наконецъ старуха вошла въ комнату, приблизилась къ Упадышевой и тихо, какъ будто нѣсколько сурово, заговорила:

— Тебя спрашиваютъ, познакомиться съ тобой желаютъ... Здѣшняго домохозяина сынъ... Онъ тебя часто встрѣчалъ.

Упадышевой показалось, что старуха какъ будто усмѣхнулась, глядя на нее. Она отступила назадъ, все не спуская глазъ съ лица хозяйки, потомъ подняла руку и сжала свой блѣдный лобъ.

— Я нездорова, сказала она наконецъ.— Очень нездорова... Не могу съ нимъ говорить.

— Не можешь, повторила старуха, и опять Упадышевой показалось, что она насмѣшливо улыбнулась — Ну, такъ завтра, что ли, онъ зайдетъ. Такъ я и скажу... А?

— Какъ хочешь, отвѣчала Упадышева и отвернулась.— О, какъ все это противно, какъ противно! проговорила она, когда дверь затворилась за старухой. Противно и жить такъ, противно и перемѣнить эту жизнь на ту, которую предлагаютъ эти люди... И умирать противно, закончила она и бросилась на постель.

На другой день утромъ опять пришелъ вчерашній посѣтитель, сынъ домохозяина. Это былъ немолодой уже офицеръ, съ истасканнымъ, пошловатымъ лицомъ, но съ большимъ запасомъ важности во взглядѣ и въ угловатыхъ манерахъ. Сегодня передъ нимъ растворились всѣ двери. Упадышева лежала въ горячкѣ и никого уже не узнавала.

Офицеръ послалъ Олю за докторомъ.

Черезъ нѣсколько времени пришелъ красивый, прекрасно одѣтый господинъ, съ черною бородою и черными умными глазами.

— Вы докторъ? спросилъ офицеръ.

— Дѣйствительно, докторъ... А вы почему знаете?

Офицеръ удивился.

— Да вѣдь я же послалъ за вами!

— Неужели? А я самъ по себѣ пріѣхалъ, изъ провинціи. Здѣсь мнѣ пришло на память: дай, думаю, зайду, посмотрю на мою старую знакомую. Вотъ она... Бѣдная, бѣдная! Такою ли я видѣлъ тебя.

Онъ грустно покачалъ головой.

— Такъ вы ее знаете? заговорилъ офицеръ.

— Знаю. Вотъ она теперь какая... бѣдная... А было время, когда я ей въ любви объяснялся.

— И что же? быстро спросилъ офицеръ.

— Да я ужь и не помню: выгнала она меня, или просто отослала.

— Вотъ какъ! обрадовавшись произнесъ его собесѣдникъ.

179

— Она тамъ другого, кажется, любила, равнодушно продолжалъ Шестаковъ;— а потомъ еще другого полюбила.

— А! какъ будто обидѣвшись и оскорбившись, сказалъ офицеръ и съ недовольнымъ видомъ взялся за фуражку.

Шестаковъ сѣлъ подлѣ больной и долго, долго смотрѣлъ въ ея лицо. Въ его глазахъ произошла какаи-то перемѣна, на лобъ набѣжали пасмурныя морщины.

— Спасать ее или не спасать? задумчиво проговорилъ онъ.

— Какъ-съ?

— Спасать ее или не спасать? такъ же повторилъ онъ. Офицеръ какъ будто ошалѣлъ отъ этою вопроса и шире раскрылъ глаза.

— Вашъ долгъ подать помощь,— разсудилъ онъ наконецъ.

— То-то вотъ я и думаю насчетъ долга-то... Что долгъ мнѣ говоритъ? Спасать или не спасать?

— Вашъ долгъ — спасать.

— Вы вотъ такъ думаете. А я, какъ человѣкъ, у котораго все-таки есть еще маленькій кусочикъ сердца... я колеблюсь... Зачѣмъ ее спасать? Для нужды-то? Для оскорбленій всякихъ отъ насъ грѣшныхъ? Нѣтъ, слуга покорный...

— Ну, какъ знаете, и офицеръ вышелъ.

———

Благодаря ли философіи Шестакова или своей судьбѣ, но Упадышева умерла. Она умерла; а остальные всѣ, дѣйствовавшія въ этой повѣсти лица, живутъ себѣ, и никакого измѣненія въ ихъ жизни не произошло.

Н. Бажинъ
"Дѣло", NoNo 1—4, 1868